일범의 재미있는 생활 이야기

미국 10대 절경

안텔롭 캐년(Atelope Canyon)

아취(Arches)

브라이스 캐년(Bryce Canyon)

모뉴먼트 밸리(Monument Valley)

요세미티 국립공원(Yosemitte National Park)

그랜드 캐년(Grand Caynon)

글레이셔 국립공원(Glacier National Park)

내추럴 브릿지(Natural Bridge)

크레이터 호수(Crator Lake)

나이아가라 폭포(Naiyagara Falls)

캐나다 최고 절경 루이스 호수(Lake Louise)

일범의 재미있는 생활 이야기

초 판 1쇄 2024년 02월 23일

지은이 일범 손영징
펴낸이 류종렬

펴낸곳 미다스북스
본부장 임종익
편집장 이다경
책임진행 김가영, 윤가희, 이예나, 안채원, 김요섭, 임인영, 권유정

등록 2001년 3월 21일 제2001-000040호
주소 서울시 마포구 양화로 133 서교타워 711호
전화 02) 322-7802~3
팩스 02) 6007-1845
블로그 http://blog.naver.com/midasbooks
전자주소 midasbooks@hanmail.net
페이스북 https://www.facebook.com/midasbooks425
인스타그램 https://www.instagram/midasbooks

ⓒ 일범 손영징, 미다스북스 2024, *Printed in Korea.*

ISBN 979-11-6910-517-0 03810

값 27,000원

미다스북스는 다음세대에게 필요한 지혜와 교양을 생각합니다.

일범의
재미있는
생활 이야기

일범 손영징 지음

결혼생활, 매일의 기록, 시골의 사투리,
역사와 경제, 사회까지!

책머리에

'일범의 비범한 인생 이야기', '일범의 특별한 영어 이야기', '일범의 평범한 사람 이야기'에 이어, 이번에는 '일범의 재미있는 생활 이야기'를 펴낸다. 정말 재미있을지는 읽는 사람들의 판단이지만, 내가 살아오면서 느끼고 생각한 바를 있는 그대로 글로 남겼다는 점에서 내게는 의미가 있다.

제1부는 오랫동안 결혼생활을 해 온 사람이면 누구나 겪을 법한 이야기들을 모았다. 부부가 모든 일에 마음이 맞아 한 번도 다툼 없이 살아간다면 좋겠지만, 사실 완벽히 맞는 부부는 없을 것이다. 다른 점을 이해하고 포용함으로써 함께 백년해로를 할 수 있는 것이지, 서로를 인정하지 않을 경우, 조기에 파탄 나는 요즘 부부들을 많이 본다. 내 얘기는 '비록 그럴지라도 우리는 잘 살고 있다.'는 것을 말하고 싶은 것이다.

제2부는 일일일선 (一日一善), 일일일사 (一日一思)라는 생각으로 매일 뭔가를 생각하고 그것을 기록으로 남긴 것이다. 아무 생각없이 매일 똑같은 날을 무료히 보낸다면 인생이 너무 지루할 것 같지 않은가? 항상 새로워지겠다는 마음 가짐으로 배우고, 반성하다 보면 오늘보다 나은 내일이 될 것이다.

제3부는 어린 시절 시골에서 자라면서 사용하던 사투리를 모은 것이다. '경남 밀양지역'이라는 지역적 한계는 있지만, 개인적인 입장에서는

추억이고 정감 어린 말들이기 때문에, 나이 들어서도 이런 말들을 들으면 왠지 반가워진다. 점점 잊혀져 가는 것 같아서 더 늙기 전에 한 번 정리해 보았다.

제4부는 우리민족의 발원에서부터 한중일 3국의 고대사 중심으로, 우리 역사가 얼마나 유구하며, 우리 민족이 얼마나 우수한가를 모든 사람에게 알리고 싶어서 정리한 것이다. 내가 누구인지 알아야, 앞으로 어떻게 할 것인지를 알 수 있는 것이다. 일제의 식민사관에 기초한 역사를 배운 사람들에게는 생소할지도 모르지만, 이것이 우리 역사라는 자부심을 가져야 할 것이다.

제5부는 쓰기 전에 좀 망설이기도 하였지만, 오늘날의 우리나라 경제 부흥에 일조한 세대로서, 나라가 잘못되어 가고 있는 것이 너무나 안타까워, '잘못된 것은 잘못된 것'이라고 분명하게 지적하고 싶었기 때문에 쓴 것이다. 우리의 다음 세대가 더욱 번영하고, 더욱 정의로운 사회가 되기 위해서는 '어떤 것을 해야 하고, 어떤 것을 하지 말아야 할 것인지' 경험자로서 솔직하게 조언하고 싶었다.

한 사람 한 사람의 건강과, 모든 가정의 행복과, 나라의 무궁한 발전을 진심으로 기원한다.

임진강이 보이는 파주에서 일범(一凡)

목차

제 3 부 정겨운 밀양 사투리

제4부   자랑스러운 우리 역사

제5부   우리나라를 바꾸는 방법

제1부

부부

아내

아내의 학창시절 장래희망은 '현모양처'라 했다. 아내의 꿈은 이루어진 것 같다. 아들, 딸 하나씩 낳아 건강하고 착하게 잘 자라도록 가르쳤고, 그 애들도 시집, 장가 가서 말썽 없이 잘 살고 있으니 현모(賢母)임이 분명하고, 고집 세고, 화 잘 내고, 고함 잘 지르는 남편을 한평생 뒷바라지하면서, 큰 소리 한 번 내지 않고 묵묵히 따라와 줬으니 양처(良妻)임도 분명하다. 다만 결혼생활 40년이 지난 후부터는 더 이상 순종형은 아니다. 간섭을 싫어하고, 잔소리가 심하고, 나의 얘기에 대해 한마디도 지지 않는다. 그 모두가 남편인 나를 위해서 하는 것이라고 이해는 하지만, 옛날의 그 다소곳함과는 너무도 달라져서 낯설 때가 많다.

아내의 준법정신은 너무나 완벽해서 내 관점에서는 바보 같아 보일 때가 많다. 운전을 하다 어린이 보호구역이나 노인 보호구역을 지날 때면 단속용 카메라와는 상관없이 그 구간에서는 절대적으로 규정된 속도를 지킨다. 내가 카메라 없는 방향에서 조금이라도 속도를 초과하면 반드시 지적을 한다. 고속도로를 주행할 때는 규정속도에서 10km 이상 초과하면 큰일 난다. 100km 도로에서는 110km 이하, 110km 도로에서는 120km 이하를 절대적으로 지킨다. 부산의 파크 골프장은 대개 오전에 플레이를 한 사람은 오후에는 플레이를 못하게 하고, 특히 오후에는 부산시민이 아닌 타 지역 사람은 입장하지 못하게 하는데, 말로만 그렇지 실제로는 지켜지지 않는다. 내가 보기에는 오전에 플레이를 한 사람 중 70% 이상은 오후에도 연속적으로 치고, 타지역인이라고 자진해서 골프장에 가지 않는 사람은 한 사람도 없는 것 같다. 신분증 검사를 하는 것도 아니다. 그런데 아내의 입장에서는 '두 가지를 다 어긴다.'는 것은 도저히 용납할 수 없는 것이다. 나는 아무리 운동을 더 하고 싶어도 오후에는 운동을 할 수가 없다.

아내가 쓰레기 분리수거를 하는 걸 보면 대충 살아가는 나로서는 기가 막힌다. 물티슈 팩, 우유 팩 등 비닐과 플라스틱이 혼합된 용기는 가위로 일일이 도려내어 분리하고, 병과 병뚜껑도 반드시 분리한다. 요거트 같은 것은 뚜껑을 떼어낸다. 그리고 용기는 반드시 내부를 물로 깨끗이 씻는다. 한 번은 KBS의 〈개는 훌륭하다〉라는 프로그램에서 옆집 개를 촬영했는데, 우리집이 촬영진 본부였다. 촬영이 끝난 후 촬영진이 쓰레기를 도롯가에 버리고 갔는데, 아내는 그 쓰레기 봉투를 들고 와서는 약 1시간가량, 음식물은 분쇄기에 넣고, 기타 쓰레기는 깔끔하게 분리수거를 했다. 또 외부에서 무엇을 먹을 경우가 있으면 음식물 쓰레기는 반드시 집으로 가져온다.

아내의 준비성은 말 그대로 철두철미다. '어디에 여행을 가겠다.'는 계획을 잡으면, 날짜별로 갈아 입을 속옷, 양말은 당연하겠지만, 날씨와 기온변화에 대비한 갖가지 옷을 다 챙기고, 용도별로 다양한 신발, 아침, 저녁 먹어야 할 약, 면도기, 면도기 충전기, 휴대폰 충전기, 외국인 경우는 그 나라 전압과 전기코드에 맞는 선, 비행기를 탈 경우 휴대가 가능한 물품과 화물로 부칠 물건의 구분 등 모든 것을 미리 준비한다. 또 복용하고 있는 약의 통관문제를 예상하여 처방전도 함께 챙긴다. 나는 여행 출발할 때 그냥 아내만 따라 나서면 된다. 타고 다니는 차 안에는 물 휴지, 마른 휴지, 안경, 메모지, 선글라스, 휴대용 휴지통, 물 등을 빠짐없이 비치해 둔다.

준비성이 철저한 만큼 걱정도 잘 한다. 기우(杞憂)란 옛날 기(杞)나라의 어떤 노인이 '하늘이 무너질까' 걱정했다는 데서 유래한 쓸데없는 걱정을 말하는데, 아내의 걱정은 내가 보기에는 정말 기우에 가깝다. 먼 후일 닥칠 일을 왜 미리부터 걱정하는지 모르겠다. 내가 무슨 일을 계획하면, 그 일이 잘못될 경우를 가정해서 걱정부터 한다. 나는 모든 일에 긍정적인 반면 아내는 모든 것이 걱정이다. 며칠간 집을 비울 일이 있으면 '집으로 배달될 물건이 있는 데 어쩌나?', 나 혼자 차를 몰고 나가면 '또 사고를 내면 어쩌나?', 자전거를 타고 나가면 '넘어지면 어쩌나?', 술을 좀 먹으면 '수술 후인데 머리에 부작용이 생기면 어쩌나?', 친구를 만나러 나가면 '과음하면 어쩌나?', 매너 나쁜 사람을 만나면 '남편이 고함 지르면 어쩌나?', 햄버그라도 사 먹으러 갈까? 하면 '주차할 데 없으면 어쩌나?' 한다. 아 정말 하늘이 무너지면 어쩌나?

아내의 배려심은 단연 타의 추종을 불허한다. 운전을 하다가 신호가 바뀌었는데도 불구하고 꼬리 물기를 하는 차들에 대해 경적이라도 한 번쯤 울릴 법하지만, 다 지나갈 때까지 기다려준다. 뒤에 바짝 붙어 따라오는 차가 있으면 차선을 바꾸어 그 차가 추월해 가게 해 준다. 또 끼어들기 하는 차가 있으면 무조건 양보해 준다. 내가 '왜 자꾸 양보하느냐?'라 하면, '아무도 양보 안 해주면 그 차는 어쩌냐?'라 한다. 미국에서는 골프를 치다가 뒤따라오는 팀이 두 명이면 '우리를 앞질러가게 하자'고 한다. 나에 대한 배려는 더욱 철저하다. 식사를 끝내기 전에 내가 먹을 약을 미리 챙겨 놓고 약을 먹고 나면 약 캡슐을 받아 쓰레기통에 넣는다. 내가 샤워를 하려면 속옷을 문밖에 가지런히 챙겨 놓는다. 밥을 먹을 때는 나에게 맛있는 걸 하나라도 더 먹이기 위해 자꾸 떠 준다. 내 모자를 몇 종류나 사 놓고 내가 외출할 때면 옷에 맞는 모자를 골라 준다. 외출했다 돌아오면 갈아 입을 속옷, 바지, 티셔츠를 가지런히 정리해 두고 있다. 심지어는 내 칫솔에 치약을 짜 두는 경우도 많다. '소파에 앉을 때는 허리를 바로 세우고 똑바로 앉아라', '컴퓨터게임을 너무 오래 하지 마라', '휴대폰을 너무 오래 보지 마라', '손 씻어라', '외출하고 오면 반드시 옷 갈아 입어라', '밥 좀 천천히 먹어라', '차 운전할 때 제발 좀 과속하지 마라' 등등 내가 하는 모든 행동은 아내의 지적 대상이 된다. 새 자전거를 하나 샀더니, 자전거 타는 데 어울리는 바지, 가방, 장갑, 두건, 얼굴마스크,

타이어 바람 주입기 등 모든 액세서리를 어디선가 잘도 구입했다. 내가 자전거를 타러 나가려고 하면, 간식, 물, 신발, 수건, 안전모, 보조배터리 등을 딱 챙겨주면서 '조심하세요'라 말하며 배웅한다. 외출이라도 하려면, 어울리는 옷을 챙겨 주는 것은 물론, 전화기, 지갑, 모자, 손수건, 신발 등 모든 것을 일일이 확인하고, 심지어는 면도하다 빠뜨린 잔털과 콧수염까지 확인한다. 아내에게는 내가 어린애로 보이는 모양이다.

아내의 정리정돈 버릇은 아무도 못 말린다. 옷장, 찬장, 이불장, 창고 어디를 열어봐도 완벽하게 정리되어 있다. 마치 군대 훈련병이 관물 정리하듯 한다. 우리집을 구경 온 사람들은 누구라도 깨끗이 정리된 집안을 보고 놀란다. 정리 잘된 깨끗한 집이 나도 좋기는 하지만 내게는 불편한 점도 있다. 내가 무엇을 찾으려고 하면 나 혼자서는 도저히 찾을 수가 없다. 아내가 어디엔 가 꼭꼭 숨겨 놓았기 때문이다. 옛날에 나의 할머니도 집안을 너무 정갈하게 관리했는데, 아버지는 할머니에게 '저렇게 쓸어대니 들어오는 복도 다 쓸어낸다'고 하신 말씀이 생각난다. 아내도 마찬가지인 것 같다. 돈이 들어오려다 앉을 곳이 없어서 피해 갈지도 모르는 일이다.

아내는 집안 일도 혼자 다 한다. 미국에 거주할 때는 그 넓은 프론트 야드(Front Yard), 백 야드(Back Yard)의 잔디를 혼자 관리했다. 내가 잔디를 깎고 싶어도 나에게 기회가 오지 않았다. 내가 회사에 가 있는 동안 혼자 다 해 버리기 때문이다. 집안에 뭔가 손볼 일이 생기면 홈 디포 (Home Depot)에 가서 필요한 자재와 공구를 구입해서 모든 걸 다 수리하고, 정리했으며, 건평 백 평의 집을 관리하고, 청소하고, 정리하는 것도 혼자 다 했다. 한국으로 이주한 후에도 집안 청소는 물론 나무와 꽃 가꾸기, 페인트 칠하기, 물 새는 곳 실리콘 치기, 차양 막 치기, 세차하기, 창고 정리하기 등 모든 것을 혼자 한다. 내가 거들 수 있는 것은 힘을 써야 할 때뿐이다.

아내는 성격이 워낙 예민하여 잘 체한다. 조금만 스트레스를 받아도 체하고, 약간만 과식을 하여도 체한다. 아내는 스트레스를 받으면 속이 뒤집히고, 신물이 나며, 역류성 식도염이 생긴다고 한다. 어디에 외식이라도 가자고 하면 거의 '배에 가스가 꽉 차서 빵빵하네.'라 한다. 속이 편안한 날은 거의 없다. 아내 스스로 수지침을 배워 체할 때는 손, 발가락을 따기도 하지만, 내가 아내의 등을 세게 두드려 주는 경우도 많다. 등을 두드리는 것으로 안 될 때는 이현기 씨로부터 배운 흡선요법을 해 주는 경우도 많다. 고집 세고 급한 내 성격을 고칠 수 없듯이, 예민한 아내의 성격도 고칠 수는 없으니, 있는 대로 살아갈 수밖에 없다. 예민한 성격은 잠자는 데도 불편이 많다. '아침에 몇 시에 일어나야 한다'고 알람을 맞춰 놓는 경우는 거의 잠을 못 잔다고 보면 된다. 아침 6시에 알람을 맞췄다면 3시면 깨어서 그때부터는 잠을 설친다. 계속 '자다 깨다' 반복하다가 결국은 알람보다 30분 전에는 일어난다. 여행을 가는 날이라면 출발하기 전부터 이미 피곤한 몸이 되는 것이다. 예민한 것은 소리, 냄새 등에서도 마찬가지다. 지극히 작은 소리에도 즉각 반응한다. 좋은 점도 많다. 아래층 거실에 있다가 '이층에서 무슨 소리가 났다' 해서 가 보면 실제로, 액자가 하나 떨어져 있거나, 이층 화장실에서 물이 새고 있는 걸 발견한 적이 있다. 차를 타고 갈 때는 '뭔가 소리가 난다, 냄새가 이상하다'고 할 때면 다른 차일 경우도 있지만, 내 차에 뭔가 문제가 있는 경우가 많았다.

아내가 2013년 '음식물 알레르기(우유, 두부, 콩, 된장, 육류, 매운 것, 현미, 조미료, 과일 등 거의 모든 음식물에 대한 알레르기를 일으키는 현상)'라는 희귀한 병에 걸리기 전까지는 정말 동안(童顔)이었다. 미국에 있을 때 함께 외출만 하면, '딸인가?' 또는 '세컨드인가?'라는 오해를 많이 받았다. 약 6개월 간의 흡선치유로 병은 나았지만, 얼굴은 갑자기 10년 정도는 늙어버린 것 같았다. 한국에 돌아와서도 단발머리를 하고 마스크로 얼굴을 가리면 종종 '따님이에요?'라고 묻는 사람들이 있다. 내가 그만큼 늙어 보이는가 보다. 얼마 전에는 어느 예식장에서 처음 만난 분이 나에게 '말씀 낮추세요'라 했는데, 알고 보니 그 사람은 나보다 6살이나 많았다.

생각은 다르지만

아내의 의사 표현은 직설적이지 않다. 무엇을 먹고 싶은지, 무엇을 하고 싶은지, 무엇을 사고 싶은지 짐작하기가 참 어렵다. 좋으면 '좋다', 싫으면 '싫다'라 분명하게 말하면 되는데, 애매하고 두리뭉실하기 때문에, 나는 아내가 하는 말을 잘 듣고 유추해서 알아 맞혀야 한다. 나는 좋고 싫음을 분명하게 말하는 성격이라 아내의 이런 말 표현으로 인해 다툴 경우가 많다. 나는 앞에 나서기 좋아하고 적극적, 능동적, 돌격적인 반면에 아내는 남 앞에 서는 걸 정말 싫어하고, 소극적, 수동적이다. 그래서 더 잘 어울리는지는 모르겠다. '극과 극은 통한다'고 했으니.

차를 타고 외출할 때면, 아내는 차를 대문 밖 길에 세우고 집안으로 들어가 대문을 꼭꼭 잠근다. 외출했다 돌아오면 다시 차를 길에 세우고 집안으로 들어가 잠겼던 대문을 연다. 한적한 시골 마을, CCTV가 설치된 전원 주택에 도둑이 들 것도 아니고, 대문 안으로 누가 들어왔더라도 집안으로 들어갈 수 없는 구조인데, 왜 그런 불편을 감수하는지 이해가 안 된다. 이것도 기우(杞憂)의 하나다.

우리집에는 연중 태극기가 게양되어 있다. 바람이 불면 태극기가 잘

펴져 있지 못하고 접히는 경우가 많다. 나는 접힌 태극기를 펴기 편하도록 긴 막대기를 하나 대문 옆에 비치해 두는데, 태극기가 접혀 있어 막대기를 찾으면 내가 둔 자리에 없다. 정리 정돈이 체질화된 아내가 어디엔가 숨겨 놓는 것이다. 숨길 만한 곳을 찾아내는 것은 숨바꼭질 하는 기분이다.

연천 파크 골프장 D코스를 마친 뒤 골프채를 의자 위에 놓아두고 아주 잠시동안 물을 마시고 오니 골프채가 없어졌다. 순간적으로 '누군가 가져 가 버렸구나'라는 생각이 들어 '여기 놔 둔 내 골프채가 없어졌다!'라고 고함을 질렀다. 고함소리를 들은 직원이 오길래 '여기에 놓아 둔 내 피닉스 골프채가 없어졌다'고 모든 사람이 들을 수 있게 큰 소리로 말했다. 그때 A코스에서 샷 준비를 하던 아내가 '왜 소리를 지르고 그래요? 당신 채는 내가 가지고 있잖아요'라고 했다. 아내는 나를 위해 내 채를 챙긴 것이겠지만, 나에게 말하지 않고 가져갔기 때문에 나는 순간적으로 '도둑맞았다'라 생각한 것이다. 고함지른 내가 잘못한 것일까? 나에게 말없이 내 채를 챙긴 아내가 잘못한 것일까?

아내가 운전하는 차를 타고 가는 중에 화장실이 급해졌다. 배를 움켜쥐고 고속도로 길옆 '율곡 수목원'까지 겨우 참고 갔다. 아내는 '율곡수목원'에서 차를 멀찌감치 주차하고는 '내려라'고 했다. 나는 '더 가까이 대라'고 짜증을 냈다. 급하게 볼일을 다 보고 나오니 아내의 차는 또 멀찌감치 있었다. 상황을 살펴보니 가까이는 유료 주차장이었다. 아내는 유료 주차장에 입구에서 멀리 떨어져 차를 댄 것이다. 유료 주차장이라도 바로 회차를 하면 주차비는 내지 않아도 될 텐데, 혹시 뒤따라올지도 모를 다른 차를 배려한 모양이다.

나는 약 20여 년간 이발소나 미용실을 다니지 않고, 아내 손에 이발을 맡겼다. 그런데 내가 머리 수술 후 방사선 치료를 받으면서, 원래 대머리였는데 조금 남은 머리카락마저 거의 다 빠져버렸다. 이때부터 아예 빡빡머리를 하기로 해서, 면도할 때 마다 내가 직접 전기면도기로 머리카락을 밀어버렸다. 어느 날 아내에게 '늘 내 머리카락을 이발해 주다가 이제 이발을 못 하니 섭섭하지 않냐?'라 물으니 '속이 시원하다.'라고 대답했다. 나는 아내의 속마음은 그렇지 않을 거라 생각했다. 직접 보지 못하고 거울만 보면서 면도기로 혼자 민 머리는 완벽할 수가 없다. 아내는 가끔씩 면도칼로 약간 잘 못된 부분을 마무리해 준다. 오늘도 면도칼로 내 머리를 손질하다 웃자란 눈썹 한 올을 잘라내었다. 나는 '그렇지 않아도 없는 눈썹이라 눈썹 문신까지 했는데, 왜 자연스럽게 자라난 눈썹을 자르느냐?'고 화를 내었고 아내는 '보기 좋게 정리해 주는 것도 문제냐?'며 반박했다. 누가 누구를 배려하는 것인지 모르겠다.

오늘 아침에는 자전거 타이어에 바람 넣다가 말다툼이 있었다. 나의 유일한 운동장비인 자전거에 대해서 아내는 '저놈의 자전거 갖다 버리든지 해야지'라 할 정도였다. 결혼한 지 40년도 훌쩍 지났는데 우리 부부에게 서로는 무엇일까? 내가 직장생활을 할 때는 아내에게 나는 '돈 벌어주는 남자', 나에게 아내는 '살림해 주는 여자'였던가? 지금은 아내에게 나는 '스트레스 주는 남자', 나에게 아내는 '잔소리하는 여자'인가? 여생을 더 편안히 살려면 부부간에 서로 하는 일에 대해 불간섭 협정이라도 맺어야 하는 게 아닐까?

　파크 골프를 치다가 아내가 '배고프다'고 했다. 9홀을 마치고 싸온 간식을 먹었는데 나는 여러 가지를 배가 든든하게 먹었지만 아내는 사과 한 쪽만 먹었다. 다시 몇 홀을 치고 있는데, 아내가 또 '배고프다'고 했다. '아까 간식 먹을 때 왜 든든히 먹지 않았느냐?'고 물으니, '아까는 사과 한 쪽만 먹었어도 배가 불렀다'고 했다. 여자들의 심리상태는 알 수가 없다.

　차를 타고 오다가 인적이 드문 옆 동네에 CU라는 가게가 새로이 Open한 것을 보고, 내가 '이런 곳에 저런 가게를 열어 장사가 될까? 곧 문 닫을 것 같다'라 얘기하자, 아내는 '왜 남의 일에 간섭하느냐? 나는 당신의 그런 짜증스러운 목소리를 들을 때마다 정말 스트레스를 받는다. 내가 왜 이렇게 살아야 하나?'라고 말한다. 나는 상황을 보고 내 의견을 말한 것뿐인데, 아내에는 내 말 자체가 스트레스인 모양이다. 아내와 말을 아예 하지 않고 살 수 있을까? 젊어서는 정말 순종적이었는데 나이가 드니 나의 모든 것이 못마땅한 모양이다. 아직은 내 연금으로 생활하고 있는데도 말이다. 내가 먼저 저 세상으로 가버리면 아내는 생활비가 없을 텐데….

나는 성격이 급하고 하던 일이 마음에 안 들면 화를 잘 낸다. 내가 실수를 해서 잘못된 것인데 화를 내고 욕을 한다. 그것은 나 자신에게 화를 내는 것인데, 옆에서 이를 지켜보는 아내가 스트레스를 받는다고 한다. 내가 나 자신에게 화를 내는데 아내가 왜 스트레스를 받는 걸까? 아내는 스트레스의 99%가 나 때문이라고 한다. 내 스트레스의 99%도 나 때문이다. 내가 고쳐야 하는데, 성격이란 게 쉽게 고쳐지지 않으니 답답할 뿐이다. 또 나 자신에게 화가 난다.

내가 운전을 하고 아내가 조수석에 앉으면 우리는 항상 싸운다. 걱정이 많은 아내는 내가 규정 스피드 40에서 42만 되어도 '40, 40'이라고 소리치고, 규정 속도가 50에서 52만 되어도 '50, 50'이라고 소리친다. 옆 차가 끼어들려고 하면 '어어어어' 하면서 놀란다. 앞차와 간격이 조금이라도 붙으면, '어어, 스톱, 스톱'이라 하고, '크루즈, 크루즈'는 수시로 외친다. 어린이 보호 구역에 들어서는 순간 단속카메라와는 관계없이 '30, 30'이라고 외친다. 운전하는 나보다 훨씬 스트레스를 많이 받는다. 내가 '제발 내가 운전할 때는 잔소리 좀 하지 마라'라 하면 '당신이 위험하게 운전하니까 그렇지'라 한다. 반면, 아내가 운전하고 내가 조수석에 앉으면, 나는 눈감고 휴식을 취한다.

나는 대학에서 기계를 전공했다. 그래서 그런지 나는 스트레스에 대해 다른 사람과는 좀 다른 생각을 가지고 있다. 기계공학에서는 스트레스 (Stress)를 응력(應力)이라고 한다. 즉, 외부에서 가해지는 힘에 대한 반발력을 말하는 것이다. 그래서 외부에서 힘이 가해질 때 반발하면 흔히 말하는 스트레스를 받는 것이고, 반발하지 않으면 스트레스를 받지 않는 것이다. 나는 스트레스가 뭔지 모른다. 그냥 화가 날 뿐이다. 당신은 왜 스트레스를 받는가? 이렇게 말하면 아내는 또 스트레스를 받는다고 한다.

나는 불의를 보면 참지 못한다. 상대방이 누구든 반드시 잘못된 것을 지적해 주려고 한다. 그러다가 싸운 적도 많다. 그런 나를 볼 때마다 아내는 스트레스를 받는다고 한다. 나는 내가 틀린 말을 하는 것도 아니고, 항상 사실 그대로를 얘기하기 때문에 내 행동이 잘못되었다고 생각지 않는다. 아내는 '당신이 생각할 때는 사실이라고 하지만 다른 사람의 기분도 생각해 줘야 한다. 당신이 항상 옳은 건 아니다'라 얘기한다.

아내는 요일별로 아침/저녁 약을 구분해서 챙겨 놓는다. 오늘 아침에는 식사 후 아침 약을 먹으려고 보니, 어제 아침 약을 먹지 않은 것을 알았다. '어! 어제 아침 약을 먹지 않았네.' 했더니, 아내가 '당신이 어제 외출준비를 늦게 해서 안 먹은 거다.'라 했다. 사실 나는 어제 외출준비를 가장 먼저 끝냈고, 아내와 처남의 준비가 끝날 때까지 5분 이상을 기다렸다. 나는 대뜸 아내에게 '약 먹는 걸 잊어버린 것과 외출 준비는 아무 상관이 없는 데, 왜 그 둘을 연관시키느냐고 소리를 질렀다. 아내의 생각으로는 '바쁘게 서두르다 보니 약 먹는 걸 잊은 게 아니냐? 항상 여유 있게 행동하면 잊어버릴 일이 없지 않겠나?'라는 생각에서 한 말일 것이다. 나는 '모든 언행에 3초간 생각하자'는 스스로의 다짐을 잊고, 또 즉각 고함을 질렀던 것이다. 아내는 '이제 더 이상 못 참겠다'라 고함치고는 갑자기 대성통곡을 했다. 나는 여전히 사실대로 얘기했을 뿐이라고 고집을 부린다. 사실대로 얘기하는 것은 항상 상대방의 기분을 생각하지 않는 경우가 많다. 민망하고 내가 잘못한 것 같지만 사과하거나 아내를 달래주는 용기가 나지 않는다. 집안의 평화를 위해서는 아내의 말이 맞다.

나이가 들면서 깜박깜박하는 것은 비슷한 것 같다. 나는 아내의 안경을 찾아 준 경우가 많고, 아내는 나의 지갑이나 휴대폰을 찾아 준 경우가 많다. 아내는 휴대폰을 몸에 잘 지니고 있지 않는다. 미국에 있을 때는 내가 몇 시간 동안 통화를 시도하다가 결국 연락이 안 되어 '혹시 무슨 일이 생긴 건 아닐까?' 하는 걱정에 회사에서 집으로 가 본 적이 있었다. '휴대폰을 핸드백에 넣어 두고 태연히 야드에서 일을 하고 있었다. 내가 '전화는 항상 몸에 지녀라. 전화를 할 때 받지 않으면 전화기가 무슨 소용이 있냐?'라고 하면 '나에게 전화 올 데가 어디 있어요?'라 한다. 계속 이런 일이 반복되다 보니 어쩔 수 없이 애플 워치(Apple Watch)를 하나 사 주었다. 손목에 시계는 차고 있을 테니 이제 전화 안 받는 경우는 없겠지.

제2부

하루 하루가
모여서 일 년

일일일선(一日一善)

일일일선(一日一善) '하루에 한 가지 좋은 일을 하자.' 말은 참 좋은데 실천하기는 쉽지 않은 일이다. 명심보감(明心寶鑑)의 첫 구절은 '爲善者 天報之以福 爲不善者 天報之以禍'(착한 일을 하는 사람에게는 하늘이 복으로써 갚아주고, 나쁜 일을 하는 사람에게는 하늘이 재앙으로써 갚는다.)이고, 주역(周易)에도 '積善之家必有餘慶'이라는 말이 있다. 좋은 일을 많이 하면 복을 받기 마련이다. 꼭 복을 받기 위해서 착한 일을 하는 게 아니라 착한 일을 하다 보면 복은 저절로 오게 마련인 것이다. 요즘 세상은 악한 일을 밥 먹듯이 많이 행하고도 버젓이 살아가는 사람들이 너무 많아서 뉴스를 접하는 것도 짜증나는 일이지만, 그래도 가끔씩 미담을 들으면 마음이 훈훈해진다. 어느 날 나는 '내가 몇 살까지 살 수 있을지는 몰라도 살아 있을 동안 일일일선을 행하면 어떨까'라는 생각을 했다. 그 다음날부터 바로 실천에 들어갔는데, 매일 거의 똑같이 단순한 생활을 해 나가는 나로서는 매일 착한 일을 할 기회가 잘 생기지도 않았다. 그래서 남의 일이라도 내가 감명받아 널리 전파시키고 싶은 일도 포함시키고, 때로는 남의 잘못된 행동을 보고 내가 타산지석(他山之石)의 교훈을 얻었다면 그런 사례도 포함시켰다. 일일일사(一日一思)라는 말은 내가 지은 말인데, 하루에 좋은 생각 하나씩 하자는 뜻이다. 일일일선(一日

一善)이 안 되면 일일일사(一日一思)라도 하자는 취지다. 꼭 행동이 아니더라도 생각만으로도 착한 일이면 그런 것도 포함시켰다. 시작한 날부터 시간이 지날수록 마음은 뿌듯해진다. 모든 사람에게 일일일선과 일일일사를 권하고 싶다. 정으로 가득 찬 우리 사회를 보고 싶다.

매사에 느긋하고 신중하게 할 것을 다짐했다.

문산천 물놀이장 옆 주차장의 화장실 변기 중 하나가 막힌 것을 파주시청에 신고했다.

며칠간 손주들 돌보느라 지친 아내와 함께 파크 골프를 치면서 스트레스를 해소했다.

파크 골프를 치는 중에 옆 홀에서 잘못 쳐 내 쪽 홀로 넘어온 공을 주워서 넘겨주었다.

백석 새마을교에서 자전거길로 걸어 내려가는 경사길에 풀을 제거했다.

너무 더워서 야외활동을 할 수가 없다. 건강을 지키는 게 가족을 위하는 길이다.

손녀가 폐렴으로 병원에 입원했다. 나와 아내는 하루 종일 손자를 돌보았다.

인터넷 바둑을 두면서 아무 생각도 없이 상대방이 단수를 쳤는데도 보지 않고, 내가 생각한 대로만 두다가 어처구니없이 대마를 죽여버리는 일이 한두 번이 아니었다. 이래서는 안 되겠다는 생각으로 '모든 일에 말이나 행동을 하기 전에 3초간 생각해 보기'로 했다.

파크 골프장 필드에서 손수건을 하나 주워 주인을 찾아주게 했다.

파크 골프장 필드에서 연필을 두 개 주워 사무실에 돌려주었다.

식구들과 식당에 있는데, 노인회장이 전화를 걸어와, '오늘 노인회 모임이 있는데, 안 오느냐'고 했다. 나는 식구들과 식사모임을 중단하고, 노인회의 약속을 지키기 위해 택시를 타고 모임장소로 갔다.

유모차를 끄는 아줌마가 계단을 오르는 것을 도와주었다.

자전거를 타고 가다 좁은 농로에서 트럭과 마주쳤다. 내가 길 옆으로 비키려고 하는데 그 트럭이 먼저 한쪽으로 비켜 주었다. 남을 배려하고 양보하는 마음은 항상 아름답다.

파크 골프장 휴게실에 마구 버려진 쓰레기들을 주워 쓰레기통에 버렸다.

며칠 전에 자전거를 타면서 왼쪽으로는 그늘이고 오른쪽은 땡볕이라 왼쪽으로 갔다. 다른 생각에 몰두해 미처 앞을 살피지 않았다가 마주 오는 자전거와 살짝 부딪치고 말았다. 그 사람은 나에게 '우측통행 해야지요'라며 큰소리를 질렀는데, 내 잘못이니 '미안하다'라 했다. 그런데 오늘은 반대적인 상황이 벌어졌다. 나는 오른쪽으로 잘 가고 있었는데, 맞은편에서 오는 사람과 거의 부딪힐 뻔했다. 좌측통행을 한 그 사람이 대뜸 큰소리로 '앞을 잘 보고 다녀야죠'라 했다. 적반하장(賊反荷杖)은 이런 경우를 두고 하는 말인가? 한국사람은 사고가 나면 무조건 큰소리를 질러 자신의 잘못이 아닌 것처럼 행동하는 것 같다. 나는 작은 목소리로 '자전거를 탈 때는 우측통행을 하시오'라 말해 주었다.

하루 종일 비가 와서 외부 활동은 불가했다. 김명호 교수의 중국인 이야기라는 책을 읽었다. 중국 근현대사의 수많은 인물들이 삼국지나 수호지에 나오는 인물들만큼 많다.

태풍으로 경북 군위군 효령면의 한 마을이 물에 잠겼다는 뉴스가 나왔다. 동네 이름이 병수리라고 했다. 아내의 외사촌 동생이 얼른 생각났다. 얼마 전 처남의 집을 찾아가 30년 만에 만났던 기억이 났다. 여러 번의 시도 끝에 통화가 되었다. 물에 잠긴 마을은 병수1리이고, 처남이 사는 병수2리는 괜찮다고 했다. 지인들에게는 자주 안부전화를 하면서 사는 게 좋다.

얼마 전에 문산천에 물놀이장이 생겼다. 혹시 누가 물어보면 대답해 주기 위해 운영정보를 파악해 두었다. '운영기간: 6월 30일부터 8월 31일까지, 운영시간: 오전 10시부터 오후 5시까지.'

문산천 자전거길 주위에 중장비를 동원해 제초작업을 하고 있었다. '어차피 겨울이 되면 다 없어질 풀인데 왜 돈 들여 제거하는지 이해가 안 됐다. 한편으로는 '풀을 잘라 동물 사료를 만들면 일석이조겠다.'라는 생각도 했다. 자전거길 한쪽 입구에는 진입금지선을 쳐 놓았다. 한쪽 입구만 진입 금지시키면 무슨 소용이 있을까? 잡초 제거 작업이면 '잡초 제거 작업 중, 주의 요함' 정도의 표시판으로 충분할 텐데 공무원들은 역시 융통성이 없다. 자전거를 타고 가다가 작업자에게 동물사료를 채취하는 거냐고 물어보았다. 대답은 '돼지풀을 제거하고 있는데, 돼지풀은 외국에서 들어온 종류인데 생태계를 파괴한다'고 했다. 조금은 이해가 됐다.

파크 골프를 치다 보면 모르는 사람과 만나 함께 공을 치는 경우가 종종 있다. 함께 한 사람이 매너 있게 행동하면, 서로 덕담을 건네며 게임이 재미가 있지만 함께 하는 사람이 룰을 무시하고, 비신사적인 언행을 하게 되면 기분도 나빠지고 경기도 잘 안 되는 경우가 많다. 항상 남을 배려하는 자세를 가질 필요가 있다. 그것이 덕을 쌓는 일이다.

망향비빔국수는 연천에 본점이 있는데, 맛집 중의 하나이다. 주인장은 야채 육수가 몸에 좋으니 남기지 말고 육수까지 다 마실 것을 권한다. 그러나 문제는 너무 짜다는 것인다. 그래서 내가 오늘은 일반 비빔국수 하나와 애기국수 하나를 주문하여 둘을 섞어 먹어 보았더니 육수가 짜지 않고 맛있었다. 이 비법을 주인장에게 알려줘야 하나?

얼마 전에는 문산천 물놀이장 화장실 변기가 막힌 것을 파주시청에 신고한 적이 있는데, 오늘은 같은 화장실의 세면기가 물이 잘 안 빠지는 것을 역시 파주시청에 신고했다.

얼마전에 백석 새마을교에서 자전거를 들고 비탈길을 내려오는데 지나가던 다른 라이더(Rider)가 '내려오는 길이 있어요'라 말했다. 나는 자전거길 끝까지 가지 않는 한 내려오는 길이 없는 걸로 알고 있어서 '나는 다리를 건너와서….' 하면서 얼버무린 적이 있었다. 그런데 오늘 보니 내가 내려온 비탈길은 다리 왼쪽인데, 다리 오른쪽 조금 떨어진 곳에 자전거가 내려올 수 있는 길이 있었다. '다른 사람이 호의로 말을 할 때는 주의 깊게 들어야 한다'는 것을 다시 한번 생각했다.

연천 파크 골프장을 자주 이용하다 보니 재인폭포, 경순왕릉, 호로고루 등 연천군 내에 있는 여러 명소들을 둘러볼 수가 있었다. 오늘은 돌아오는 길에 임진각을 들렀다. 평화 누리공원 안으로 들어가지 않고 바깥에 위치한 6.25전쟁 납북자 기념관을 둘러보았다. 전쟁의 참화도 참화지만 북한에 납북되어 현재까지 생사를 알 길 없은 납북자의 실태가 상세히 잘 정리되어 있었다. 젊은 세대들도 반드시 알아야 할 역사의 교훈 현장이다.

나는 유난히 머리에 땀이 많이 난다. '모자 속에 양배추를 넣으면 땀이 덜 난다'는 얘기가 있어 실제로 한번 해 보니 조금 도움이 되었다. 파크 골프를 치러 갈 때마다 양배추를 준비해 주는 아내의 성의가 고맙다. 오늘은 골프를 치고 오면서 아내와 옛날 팥빙수를 함께 사 먹었다.

며칠 후에는 파주에서 철원까지 비무장지대(DMZ) 국제 자전거대회가 열릴 예정이다. 오늘은 평소에 집에서 문산까지 왕복하던 자전거타기를 집에서 DMZ 국제 자전거대회의 출발지인 임진각 평화 누리공원까지 왕복했다. 평화누리 자전거 길은 경치도 좋고 잘 정비되어 있었다. 전국 곳곳의 지리를 익혀 두는 것도 잘 하는 일 중의 하나일 것이다.

나는 어릴 때부터 '유월 유두는 누나 생일이고, 칠월 칠석은 내 생일'로 알고 있었다. 누나의 생일은 음력 6월 6일이고 나는 음력 7월 7일이다. 따라서 당연히 유월 유두는 음력 6월 6일이라 생각했는데 알고 보니 유월 유두는 음력 6월 15일로 우리민족의 명절 중 하나였다. 자신이 알고 있는 것이 항상 옳다고 생각하는 것은 위험하다. 항상 겸손하고 남의 의견도 들을 줄 알아야 한다.

파크 골프장에서 뒤 팀이 바짝 따라오는데도 불구하고 동반 경기자에게 코치하면서 시간을 지체하는 눈꼴 사나운 팀을 만났다. 내 앞에 기다리던 여자는 '앞에 거북이 팀을 만나 도저히 못 참겠다'면서 게임을 포기하고 다른 곳으로 가 버렸다. 나도 그 거북이팀을 따라 갈 수가 없어서 두 홀을 건너뛰고 게임을 이어갔다. 그런데 이번에 내 앞에 있는 부부는 내가 따라와 있는데도 한 사람이 볼 두 개씩을 치면서 연습을 하듯 히히덕거렸다. 매너는 사람의 품성을 나타내 준다. 늘 매너 있게 행동하자.

'정승의 집에 개가 죽으면 문상을 가도 정승이 죽으면 문상을 가지 않는다'는 옛말이 있다. 이는 권력에 빌붙어 아부하고 자신의 이득을 취하려는 극단적인 이기주의의 발로다. 나는 그렇게 살고 싶지는 않다. 포스코 선배 한 분이 돌아가셨다는 부고를 받았다. 현직에 있을 때에도 직접적인 상하관계도 아니었지만, 더구나 지금의 나와는 아무 관계도 없고, 심지어 그의 부인이나 자녀들을 만난 적도 없지만 그 선배의 명복을 비는 의미에서 저승 가는 부의금을 조금 보내 드렸다.

나의 시골 중학교 동기생은 남자 80명, 여자 40면 정도였는데, 벌써

20명 이상이 저 세상으로 가 버렸다. 오늘은 중학교 여자 동기생 한 명의 남편이 돌아가셨다는 부고를 접했다. 부의금을 조금 보내고, 동기생에게 메시지를 남겼다. 'ㅇㅇ야, 하늘이 무너질 것 같은 슬픔을 어떻게 감당하리. 남편은 아픔 없는 곳에서 영면하실 거다. 빨리 기운 차리고, 새로운 삶의 의미를 찾기 바란다.'

아들이 담낭제거 수술을 받고 1주일만에 퇴원해서 집으로 왔다. '아버지가 되어서 병원에 한 번 안 들르냐?'는 아내의 푸념도 있었지만, 나는 속으로는 안 그런데 겉으로는 참 무심하고 냉정하다. 정을 표현하는 것도 선행 중의 하나일 텐데.

집 앞의 도로는 동네 주민들의 공용면적이라 공동소유로 등기가 되어 있다. 그런데 이 도로가 경매에 부쳐졌다는 공지서를 받았다. 무슨 일인지 알아보니, 이웃주민 중 한 사람의 집이 경매에 넘어가게 되었는데, 그 사람도 도로의 일정지분을 갖고 있기 때문에 함께 경매에 포함된다는 것이었다. 그 이웃은 이사 올 때부터 2개의 부지를 구입한 가장 넓은 집이었는데, 하던 사업이 잘 안 된 모양이다. 평생 봉급생활자로 살아온 나는 큰 돈을 벌 수는 없었지만 마음은 편하게 살아왔다. 나의 가난함에 오히려 감사해야 할 것 같다.

파크 골프장에서 조인(Join)하여 함께 플레이를 한 아줌마의 선행이 본

받을 만했다. 함께 경기를 하는 동안 홀 곳곳에 떨어진 아주 조그마한 오물이라도 다 주웠다. 마치 내 집처럼 골프장을 아끼는 그 정성은 뭇사람들의 본보기가 될 것이다.

아들이 사는 집에 태양광 판넬도 설치할 필요가 있고, 이층 넓은 베란다에는 썬룸을 설치했으면 좋겠는데, 맞벌이를 하면서 빠듯하게 사는 형편이라 그런 여유는 없는 것 같다. 고심 끝에 내가 지원해 주기로 마음먹었다. 정말 자수성가한 내 입장에서는 '내가 일찍 부모님으로부터 조금만 도움받았더라면 훨씬 생활이 쉬웠을 텐데….'라는 아쉬움이 있어, 내 아들에게는 조금이라도 도와주고 싶다.

중학교 동기생의 딸 결혼식에서, 중학교를 졸업한 지 52년만에 몇 명의 동기생들을 만났다. 특히 여자 동기생 두 명이 나오기로 되어 있었는데, 만난 한 명은 동기임에도 불구하고 50대 초반으로 밖에 보이지 않을 만큼 젊음을 유지하고 있어 놀랐다, 반면에 다른 한 명은 나오지를 못했는데 이유를 물어보니 '다리가 아파 걸음을 잘 못 걷는다'고 했다. 10살이상 젊어 보이는 동기생, 몸이 불편해 걸음조차 힘든 동기생. 건강관리가 얼마나 중요한지 느끼는 순간이다. 자기 몸을 잘 관리하여 다른 사람에게 즐거움을 주는 것도 참 잘 하는 일일 것이다.

우리 주택단지로 올라오는 도로 양쪽의 잡초를 제거했다. 혼자 시작하여 얼마동안 땀을 흘리고 있으니 주민 몇 명이 합류했다. 깨끗이 정리된 도로를 보니 마음이 흐뭇하다.

우리 동네 앞에는 자그마한 산이 하나 있는데, 왕복 1시간 반 정도 걸리는 운동하기 좋은 산이다. 얼마 전 비바람이 치더니, 한 장소에 큰 나무 세 그루가 넘어져서 등산로를 완전히 막고 있었다. 나는 동네 이장 댁에서 톱을 하나 빌려 나무를 치우기로 했다. 어릴 적 땔나무하느라 톱질 좀 해 본 이력이 있었으나, 물기 머금은 굵은 나무를 잘라내는 일은 무척 힘들었다. 땀을 한 바가지쯤 흘리고 나서 겨우 등산로를 가로 막았던 나무들을 깨끗이 치울 수가 있었다. 오늘 다시 이 길을 오르니 기분이 평소보다 더 상쾌하다.

6개월만에 신경외과 의사를 만났다. 수술 부위는 잘 아물었고, 뇌전증 예방 약은 1일 1회로 줄이고 술도 1~2잔은 괜찮다고 했다. 건강은 항상 관리하는 게 모두를 위해 좋은 일이다.

친구의 카톡 프로필에 "하늘에게 행복을 달라 했더니 감사를 배우라 했다"라는 글이 적혀 있다. 참 좋은 말이다. 누구나 모든 일에 감사하며 살면 행복할 것이다.

서울지역에 살고 있는 고등학교 동기생 모임에 처음 참석했다. 젊어 보이는 동기, 늙어 보이는 동기, 나처럼 수술을 경험한 동기, 어쨌든 모두가 반갑다. 처음 만나는 동기생들에게 내가 쓴 책을 한 권씩 선물했다.

친구 몇 명과 서울 둘레길 일부 구간을 걸었다. 너무 높은 산도 아니고 적당히 땀을 흘릴 정도로 운동이 되었다. 또한 처음으로 서울 둘레길 인증 도장도 받았다. 사람들에게 운동을 꾸준히 하게 하는 좋은 제도인 것 같다. 모두가 건강을 잘 유지하는 것이 국가적으로 좋은 일이다.

포스코 입사 동기모임이 있었다. 43년 전 대학을 졸업하고 첫 직장에서 만난 친구들이 70살이 다 되어도 친목을 유지하는 것은 바람직한 일이다. 정치인들처럼 싸우지 말고, 서로 건강을 염려해 주고 좋은 얘기를 하는 것이 좋은 일이다.

처남 내외와 함께 뉴질랜드와 호주여행을 계획하고 있다. 모든 일정을 여행사에 위임했지만 호주와 뉴질랜드의 비자(VISA)는 본인이 직접 신청하고 발급받아야 했다. 인터넷으로 우리 부부와 처남 내외의 비자를 신청하고 발급받는 게 생각보다 쉽지 않았다. 우여곡절 끝에 겨우 성공하고 나니 뿌듯하다. 고진감래(苦盡甘來)라고나 할까?

노숙인과 독거노인 및 어려운 사람들에게 무료 식사를 제공하는 자선단체에서 추석을 맞아 노숙노인 섬김 행사를 한다고 후원을 요청해 왔다. 모두가 좋은 명절을 보내기를 바라는 마음에서 작은 정성을 보탰다.

유니세프를 통해 매달 조금씩 후원금을 내고 있는데, 이번에는 유니세프에서 모로코 강진과 리비아 홍수로 인한 피해자를 돕기 위한 특별 후원을 요청해 왔다. '매달 정기 후원금 외에 또 후원한다'는 데 대해 잠시 망설임이 있었으나 나와 같은 작은 정성이 모이면 큰 힘을 발휘할 수 있을 것 같아 특별 후원금을 조금 보냈다. 십시일반(十匙一飯) 아니겠는가?

나는 예전에 치루 수술을 받은 적이 있었는데 그 이후 대변을 잘 참지 못한다. 미국에 있을 때 의사의 말이 '치루 수술 시 항문을 조여주는 근육을 잘라버려서 그렇다'고 했다. 또 평소에 장이 좋지 않아 자주 배가 사르르 아프곤 한다. 연천으로 파크 골프를 치러 가는 도중에 차 안에서 우유를 조금 마셨는데 금방 신호가 와서 당황스러웠다. 어느 마을로 차를 몰고 들어가니 마을 회관이 보였다. 무조건 마을 회관으로 들어가 화장실을 찾아 급히 해결을 했다. 손을 씻으려고 하는데, 세면대의 수도가 틀어져 있어 물이 많이 흘러내리고 있었다. 회관에는 할머니 몇 분만 계셨는데, 남자 화장실 세면대이기 때문에 몇 시간째 틀어져 있었는지는 알 수가 없는 상황이었다. 급한 볼일 해결한 보답으로 수도꼭지를 잠글 수 있었던 것 같아 다행이었다.

뉴질랜드의 오클랜드 공항에서 비행기를 기다리고 있을 때였다. 대기실 의자 옆에는 누군가가 버려 놓은 휴지, 음료수 병, 음식 찌꺼기가 담긴 봉지 등이 어질러져 있었다. 보기에 좋지 않아 모두 분리 수거해서 주위에 있는 수거함에 넣었다. 기분이 상쾌하다.

약간 높은 곳에 위치한 아파트로 올라오는 길에 차 한 대가 길옆에 주차해 놓은 차를 거의 부딪힐 뻔한 상태로 정차되어 있고, 남자 한 사람이 차를 밀려고 하고 있었다. 어떤 연유인지 알아보니, 여자 운전자가 후진 기어가 들어가지 않는다고 했다. 나는 지나가는 사람들 몇 명과 힘을 합쳐 그 차를 힘껏 밀어서 후진을 시켰다. 다행히 여자는 안전한 곳으로 차를 이동시킬 수 있었다.

전철역에서 무거운 짐을 들고 계단을 내려가는 한 할머니의 짐을 계단 아래까지 들어주었다. 연신 '고맙다'고 하시니, 내가 오히려 쑥스러웠다.

친구의 승마장에서 말 타기를 끝내고 집으로 돌아오려고 하는데, 친구가 '흑인가족이 말을 타러 온다'고 했다. 잠시 후 흑인 가족 5명이 찾아왔다. 남자는 나이지리아 사람, 여자는 카메룬 사람, 애들은 근처의 초등학교에 다닌다고 했다. 미국에 살다 온 내가 통역을 해 주는 것은 자연스러웠지만, 외국인 가족에게 무료로 승마 체험을 하게 해 주는 친구의 배려에 감명받았다.

일일일사(一日一思)

지금 사는 집을 사서 이사를 올 때, 거실이 너무 좁아서 바깥으로 썬룸을 설치했다. 건설회사와 부동산 중개인은 '가설 건물이므로 3년마다 한 번씩 연장신고를 해야 한다'고 말했다. 3년이 거의 다 되어 면사무소에 연장신청을 하러 갔더니, '이 가설 건물이 컨테이너로 되어 있는데 불법 아니냐?'고 물었다. '불법이면 승인이 나왔겠느냐?'라 내가 반문하니, '가설건물의 소유주가 내가 아니고 유한회사 운청으로 되어 있다'는 것이다. 이런 상태로 나에게 집을 판 부동산 중개인이나, 건설회사, 또 그렇게 허가해 준 면사무소 모두가 엉터리다. 이 나라가 이렇게 얼렁뚱땅 넘어가고 있으니, 나라의 앞날이 캄캄하다. 언제, 어디서나, 누구에게나, 무슨 일에나 항상 정직하게 살아야 할 것이다.

우리마을의 대부분의 집에서는 썬룸을 짓고 신고를 하지 않고 그대로 사용하고 있다. 나는 법에 근거하여 신고도 했었고, 얼마전에는 건물의 소유주를 유한회사 운청에서 나로 바꾸는 서류를 준비해서 연장 신청을 하였다. 오늘은 면 사무소 직원이 실사를 나와서는 '가설 건축물은 컨테이너고 임시창고로 허가가 나 있는데 썬룸으로 사용하는 것은 위법'이라고 했다. '그러면 어떻게 해야 하느냐?'고 물으니, '법을 지키려면 정식으로 허가를 받아야 하고, 쉽게 해결하려면 연장신청을 하지 말고 불법으로 그대로 사는 수밖에 없다. 누가 신고를 하거나 하면 그때는 어쩔 수 없다'라고 했다. 이 동네의 대부분 집에 썬룸을 설치하는 업체가 '굳이 신고할 필요가 없다'라 하는 이유를 알겠다. 우리 나라는 법과 실제 생활에 많은 괴리가 있다. 이런 것을 다른 사람에게 말 하는 게 옳은가? 말 안 하는 것이 옳은가?

엘리베이터 수리 자격증이 있는 처남이 몇 달 전 회사를 퇴직했다. 백수가 된 그를 위해 그의 아내가 정부에 노령연금을 신청하려고 하니, '퇴직 처리가 안되었다'고 했다. 또, 회사에 가서 확인해 보니, 그 회사에서는 처남의 자격증을 계속해서 회사에 이용하기 위해 퇴직처리를 하지 않고 있었다. 만일 엘리베이터 관련 사고가 나면 그 책임은 퇴직한 처남이 몽땅 덮어쓰게 되는 것이다. 또 퇴직처리가 안 된 상태이기 때문에 실업급여도 받을 수 없고, 74세가 되었는데도 노령연금도 받을 수 없다. 45년간 합당한 급여도 주지 않고 이용만 해 먹고, 마지막에 퇴직금도 없이 내보내 놓고는 자격증 가진 사람을 구하지 못해 처남의 퇴직을 처리하지 않은 그 회사 사장의 심보는 최악질 도둑이다. 어떻게 고발해야 할지 절차를 잘 몰라 안타깝다. 사회가 정의로웠으면 얼마나 좋을까?

가족묘에 벌초를 하고 사촌들 포함하여 20명 정도 팬션을 빌려 1박하기로 했다. 형, 여동생, 남동생, 모두가 밥, 반찬, 고기, 술 등 잔뜩 준비해 온다고 했다. 나는 '멀리서 간다는 것이 핑계'가 될지는 몰라도 아무것도 준비하지 못해 미안했다. 누구에게 '미안함'을 느끼기보다는 누구로부터 '감사함'을 받는 삶을 살아야 하는데 늘 그렇지 못해 부끄럽다.

벌초를 마친 온 가족이 저녁 늦게까지 파티를 했다. 아침에 일어나서 6명이 잔 이부자리를 내가 다 정리를 했다. 누군가의 뒷정리를 하는 것은 내 마음이 더 개운하다.

'퇴직 후에 운동도 제대로 않고 계속 누워 있기만 한다'는 처남에게 내가 타던 자전거를 갖다 주었다. 다음 달에는 일정 기간 처남집에 머물면서 함께 자전거도 타고 함께 파크 골프도 치면서 퇴직 후 건강한 삶을 어떻게 유지할 수 있는지 알려줄 계획이다.

텔레마케팅만큼 사람을 짜증나게 하는 것도 드물다. 특히 같은 내용으로 계속 전화가 오면 짜증을 넘어 화가 난다. 미국에서 한국으로 들어와 처음부터 전화를 KT와 계약을 했다. 'KT 개통시켜 드렸던 담당자입니다. 3년동안 KT를 이용해 주셔서 감사합니다. 장기 고객님께 더 나은 서비스를 제공하고자 합니다. 50만원의 현금도 드립니다.' 이런 식으로 사람을 현혹시키는데 가만히 들어보면 결국은 'KT 대신 다른 통신사를 이용해 보라'는 텔레마케팅이다. '하지 않겠다'고 얘기했는데, 며칠간 똑같은 전화가 또 온다. '하지 않겠다고 얘기했는데 왜 또 전화하느냐? 다시는 이 번호로 전화하지 말라.' 반복한다. 심지어는 그 번호를 차단시켜 놓았는데 다른 번호로 또 온다. 고함을 질러도 소용없고 사정을 해도 소용없다. 사람을 피곤하게 하는 이런 상술은 결국 소비자가 그 제품을 싫어하게 만든다. 장사도 사람의 마음을 헤아려야 할 것이다.

인터넷 약정계약과 관련된 문자 메시지가 하나 왔다. '한 통신사를 오래 사용하다 보면, 선로의 노후로 끊김 현상이 나타날 수 있습니다. 최신 장비로 교체해서 인터넷 끊김 현상을 방지하고 현금혜택도 받을 수 있으니, 상담 한번 받아 보세요.'라는 문자였다. 전화를 걸어와 다짜고짜로 '바꾸면 현금 얼마 주겠다'는 것보다 훨씬 좋은 마케팅 방법이다. KT 인터넷이 자주 끊겨 서비스를 여러 번 받았고, 아직도 수시로 인터넷이 끊겨 짜증을 내던 나는 제공된 번호로 전화를 했다. '인터넷 끊김 현상 때문에 불편한데, 다른 통신사로 바꾸면 그 문제를 해결할 수 있는가? 물어보니 정확한 주소를 확인했다. 얼마 후 그쪽에서 전화가 와서 '내가 살고 있는 주소는 SK나 LG의 회선이 적어 불가능하니, KT를 그대로 사용해야 할 것 같다'고 말해 주었다. 이 얼마나 친절하고 합리적인 마케팅인가? '다짜고짜 전화해서 현금 얼마 혜택 주겠다'는 얼빠진 마케팅보다 소비자에게 감동을 주는 마케팅이다. 장사도 소비자를 짜증나게 하지 않고, 소비자가 고마워하도록 해야 하는 법이다.

옆집에는 3, 40대 부부가 산다. 스스로 딩크(DINK: Double Income

No Kids)족이라고 했다. 자식 없이 둘이서 즐겁게 살겠다는 생각이지만, 그게 과연 행복할까 의문이 든다. 세상에 왔으면 후손을 남기는 게 맞지 않을까? 내가 조금 힘들더라도 부모가 되어보는 것이 더 의미 있을 거라고 생각해 본다.

어릴 적 우리 동네 친척 할아버지 한 분은 숙자, 꼭지, 필도 라는 딸을 세 명 낳았으나, 결국 아들을 얻지 못하고 양자를 들였다. 그 양자도 딸 두 명뿐이라 제사는 한 대만 얻어먹는 것으로 끝났다. 나의 숙모는 딸 셋을 연달아 낳았는데, 이름이 **놈**이, **분**이, **모도**였다. 드디어 아들을 낳자 이름을 **왕**이라 지었다. 또 아들을 낳자 이번에는 이름을 **동**이라 지었다. 그 **동**의 아들이 결혼한 지 1년여가 되었는데, 애기를 가졌다는 소식을 전해왔다. 젊은 사람이 결혼하면 애기를 가지는 것이 당연한데, 요즘은 그 당연한 것이 뉴스가 되는 세상이다. 건강한 애기의 출산을 빌면서, 계속 남에게 좋은 소식 전해주는 사람이 되거라.

임진각 평화 누리공원에서 평화 누리자전거길을 따라 집으로 돌아오는 중이었다. 중간에서 승용차 한 대가 자전거 길로 들어왔다. 좁은 자전거길이라 승용차는 속도를 내지 못했고, '큰 다리까지만 가면 차도가 나올 테니 조금만 가면 되겠지'라는 생각을 하면서 나는 그 승용차를 계속 따라갔다. 다리를 얼마 앞둔 시점에서 그 승용차가 갑자기 후진을 해 오더니, 나에게 '이 길로 갈 수 없어요?'라고 물었다. '저기 보이는 다리까지

가면 큰 길이 나옵니다'라고 답해주고 승용차를 추월해서 내가 먼저 갔다. 다리 앞으로 와 보니 길이 좁아져서 자전거만 지나갈 수 있지 승용차는 올 수 없는 길이었다. 애초부처 자전거 전용도로에 들어온 그 사람이 좁은 길로 계속 후진해서 돌아갈 거라 생각하니 안됐다. 법은 지키라고 있는 것이다.

미국생활 20년을 마감하고 한국으로 이사 온 지 3년이 되었다. 오늘은 미국영주권 반납 신청서와 함께 영주권(Green Card)를 반납하였다. 우체국에서 미국으로 우편을 보내는 순간 만감이 교차했다. 미국에서의 20년 생활은 이제 과거로만 남았다. 그래도 미국연금을 받아서 한국에서 생활하고 있으니 어떤 의미에서는 애국자인지도 모르겠다.

치과에 스케일링을 하러 갔다. 미국에서는 1년에 두 번씩 꼭 스케일링을 했는데, 한국 와서는 보험상 연 2회가 쉽지 않다. 그리고 스케일링에 걸리는 시간도 미국보다 짧고, 스케일링 품질도 미국보다 못하다. 그렇다고 미국 가서 스케일링을 받을 수도 없는 상황이니 현실을 받아들이자. 현실에 만족하는 것이 행복의 지름길이다.

일소일소 일노일노(一笑一少 一怒一老)라는 말이 참 마음에 든다. 가수 신유의 노래가사도 성질 급하고 짜증 잘 내는 내 마음에 꼭 와 닿는다. '웃다 가도 한 세상이고 울다 가도 한 세상인데 욕심 내 봐야 소용없

잖아, 마음 내려놓고 살아가자'는 가사는 나이 든 사람일수록 되새겨야 할 교훈이다.

일신우일신(日新又日新)이라는 말도 참 좋다. 젊은이에게만 해당되는 얘기가 아니다. 나이가 들어도 죽을 때까지 배우고, 봉사하고, 베풀고, 아끼는 언행을 계속하여 자신의 혼(魂)을 완성시켜 나가야 한다.

가수 김용임의 '오늘이 가장 젊은 날'이라는 노래가 들려온다. 인생사를 뒤돌아보지 말라는 얘기도 일리는 있지만 내게는 '늦었다 생각하지 말고 뭔가를 계속 도전하라'는 의미로 해석된다. 나는 도전을 참 좋아한다. '안되는 것은 되게 하라'는 구호도 '최선을 다 해 보라'는 뜻이다. 할 일, 해야 될 일을 두고 주저할 필요는 없다. 인생사에 쉬운 일만 있는 것은 아니다. 매사에 적극적으로 생각하고 최선을 다 해 노력하는 자세가 중요하다.

내가 어릴 때는 '푸른 하늘, 파란 새싹'이듯이 초목은 파란색으로 알고 있었다. 녹색이라는 것은 학교에 가서 배웠다. 색깔 표현은 우리말이 좋다. 빨간, 파란, 푸른, 노란 그런데 녹색은 왜 한자일까? 그래서 어릴 때는 녹색을 몰랐나 보다.

해외여행을 가고자 오랜만에 인천공항 제1터미널에 갔다. 비행기를 타기 전에 식사를 하려고 식당을 찾았다. 식당은 딱 한 군데뿐이라 멀리 있는 게이트에서는 찾기도 힘들었다. 또한 저녁 8시가 넘은 시간이라 그런지 남아 있는 메뉴는 몇 종류밖에 없었고, 손님은 너무 많아 앉을 좌석도 없었다. 아주 오랫동안 기다려서 겨우 육개장 한 그릇을 먹을 수 있었다. 언젠가 인천공항이 세계에서 가장 좋은 공항으로 평가받았다는 기사를 본 적이 있는데, 그건 가짜뉴스인 것 같다. 손님이 불편한 것을 먼저 해결해 주는 서비스가 필요한 것 같다.

호주와 뉴질랜드를 여행하고자 호주 국적기인 콴타스(Qantas) 항공을 이용하게 되었다. 그런데 이 항공사는 어디를 가든 무조건 1시간 이상씩 스케줄보다 지연되었다. 또한 아무리 지연되어도 '지연사유에 대한 설명이나 미안하다'는 안내방송은 전혀 없었다. 참 신기한 항공사다.

뉴질랜드 여행을 마치고 호주로 갔다. 시드니 공항에서 제일 먼저 간 곳은 근처 해변가에 있는 어떤 공원이었다. 나는 장이 안 좋은 관계로 어딜 가나 자주 화장실을 가는데, 호주에서 처음 가 본 화장실에서 경악을 금치 못했다. 세 곳의 변기가 있었는데, 한 곳은 변기가 막혀 누군가가 본 대변이 흘러넘칠 정도였다. 다른 한 곳은 바닥에 찢긴 휴지가 수북한데, 정작 휴지 걸이에는 휴지가 없었다. 마지막 한 곳에서 해결은 했지만 냄새가 좋지 못했다. 공원에서는 많은 가족과 이웃이 무슨 파티를 하고 있었다. 호주의 첫인상은 고약했다.

'해외전화입니다.'라는 음성과 함께 전화가 걸려왔다. 마침 해외에서 배송될 물건을 기다리고 있던 참이라 전화를 받았다. 상대방은 중국어로 마구 떠들어 댔다. 잠깐의 틈을 이용해 'Can you speak in English?'라고 했더니 전화를 끊어버렸다. 신종 보이스 피싱인가?

길을 가다가 '예서두레리움'이라는 아파트를 보았다. '예서두레리움'의 뜻은 아무리 유추해도 짐작이 가지 않는다. 누군가가 '요즘 아파트는 시어머니가 찾아오지 못하게 일부러 이름을 어렵게 짓는다.'는 우스갯소리를 들은 적은 있지만 '예서두레리움'은 너무했다.

부산 연산동에는 4~5세기 경의 고분군이 있다. 고분군으로 오르다 보면 몇몇 시인들의 아름다운 시를 적어 놓은 것을 볼 수 있다. 도종환 시인의 「흔들리며 피는 꽃」, 조동화 시인의 「나 하나 꽃 피어」, 고은 시인의 「그 꽃」이라는 시들인데, 사랑, 삶, 인생을 꽃에 비유한 시가 참 마음에 와닿아서 좋았다.

평소 허리가 좋지 않아 방바닥에서 양반자세로 앉아 있지 못하는 나는 친구가 운영하는 승마장에서 한 달간 승마를 배우기로 했다. '재활승마'라 해서 말을 타면 허리, 전립선에 좋고 고혈압, 당뇨, 고지혈증 등 성인병 예방에도 도움이 된다고 했다. 전립선암 수술을 두 번이나 하고도 아직 잦은 배뇨와 배뇨감을 참지 못하는 처남도 함께 시작했다. 짧은 시간

내에 완치되는 걸 기대하지는 않지만, 조금이라도 좋아지면 장기적으로 승마를 하는 것도 괜찮을 거라는 생각이 든다. 승마가 도움은 되겠지만 평소에 바른 자세를 유지하는 것도 중요할 것이다.

나에게 승마를 가르치는 친구는 '승마가 성인병 예방에 도움이 되고, 특히 전립선비대증 같은 경우는 승마로 치유가 가능하다'고 하였다. 그는 '재활 승마' 자격증을 가진 친구인데, '말을 타면서 뛰는 것이 아니고, '평보'로 걷는 말 위에 앉아만 있으면, 말이 나를 운동시켜 주기 때문에 사람이 직접 걷는 것과 똑같은 효과가 있다'고 하였다. 또 '말의 안장은 자전거와는 달리 넓고 푹신하기 때문에 전립선에 도움이 된다'고 하였다. 전립선암을 수술한 적이 있는 처남은 소변이 자주 마렵고, 마려우면 잘 참지도 못하면서도 약은 복용하고 있지 않았다. 나와 함께 승마를 하다가 증상이 심해져서 수술받았던 병원 의사에게 갔다. 의사는 '승마는 전립선비대증에는 도움되겠지만, 처남처럼 전립선을 잘라 낸 사람에게는 승마가 방광에 직접적인 압박을 가하기 때문에 좋지 않으니 승마를 하지 말라'고 했다. 처방해 준 약을 하루만 복용해도 소변 횟수는 현저히 줄었다. 처음부터 의사가 복용약을 줬더라면 아무 일 없이, 장기적인 승마로 완전 치유가 가능했을 것이라는 생각이 들었다. 사람은 누구나 자기 직업에 대한 고집이 있어서 남의 의견은 무조건 무시하는 경향이 있는 것 같다. 남의 말에도 귀 기울이는 것이 필요하지 않을까?

처남은 월남전 참전 용사다. 발에 무좀이 심하길래 부산 보훈병원으로 모셔 갔다. 엉덩이도 검게 변색이 되고 더우면 가렵다고 했다. '베트남에서 돌아온 후부터 그랬는데, 더우면 심하고, 날씨 추워지면 괜찮은 것 같아 심할 때면 약국에서 연고를 사 발랐다'고 했다. 보훈병원 피부과 의사는 엉덩이 변색도 발의 무좀과 같은 종류라 하면서 먹는 약과 바르는 약 처방을 해 주었다. 보훈병원에 가면 국가가 무료로 다 치료해 주는데 50년 가까이 보훈병원 피부과를 가지 않고 버틴 처남의 고집도 참 대단하다.

파크 골프는 골프에 비해 점수를 잘 낼 수 있기 때문에 재미있다. 미국에서 들어온 후 한국에서 골프를 치는 것은 거의 불가능했다. 비싸고, 예약하기 힘들고, 함께 칠 친구도 없기 때문이다. 친구의 권유로 파크 골프를 시작하게 됐는데, 생각보다 재미있다. 골프를 친 지 25년이나 됐지만, 홀인원과 알바트로스는 한 번도 한 적이 없었는데, 파크 골프를 친 지 3개월만에 홀인원 5번, 알바트로스 3번을 했다. 물론 파크 골프에서는 알바트로스라는 용어를 쓰지 않고, 파 5홀에서 두 번 만에 홀아웃을 하면 그냥 2타라 하지만, 골프로 치면 알바트로스인 셈이다. 어느 날 부산 대저 파크 골프장 C코스 5번 홀(파 4, 80m)에서 티샷이 그대로 홀에 들어가 버렸다. 골프에서는 이것도 알바트로스이지만, 파크 골프에서는 그냥 홀인원이다. 파4에서 홀인원을 하다니 참 재미있는 운동이다. 다음날은 더 재미있는 일이 일어났다. 같은 골프장 D코스 8번 홀은 파 5(100m)인데 여기서도 홀인원을 해 버렸는데, 몇 홀 후 이번에는 아내가 파 4홀에서 홀인원을 했다. 파 5 홀인원은 골프에서는 일어날 수 없는 일이라 뭐라고 부르는지 알지 못했다. 인터넷을 찾아서 규정 타수보다 4타 적은 것은 콘도르(Condor: 대형 독수리), 5타 적은 것은 오스트리취(Ostrich: 타조), 6타 적은 것은 피닉스(Phoenix: 불사조)라 한다는 걸 알게 되었다. 며칠 후 이번에는 D코스 5번 홀(파 4, 80m)에서 또 홀인원을 해 버렸다. 이쯤 되면 'Easy Golf'라 하지 않을 수 없다.

부산에 있는 파크 골프장은 오전과 오후로 나누어 운영한다. 오후 12시가 되면 경기를 중단해야 하고, 점심 후 오후 1시에 다시 개장한다. 12시가 되어 철수하면 대개 공원의자에 앉아 가져온 도시락을 먹는 경우가 많은데, 우리 팀은 3명이었다. 걸어 나오는데 3인용 의자가 하나 보였다. 우리 일행 중 두 사람이 먼저 앉았고, 내가 의자로 막 걸어가는데, 옆에 서 있던 아줌마 한 명이 엉덩이를 쏙 내밀어 내가 앉으려고 하는 의자에 앉아버렸다. 그 아줌마의 일행은 다른 의자에 앉아 있었는데, 왜 내가 앉으려고 하는 의자에 엉덩이를 쏙 내밀었는지 이해가 되지 않았다. 내가 '아줌마, 우리 세 명이 안 보여요?'라고 했더니 '우리도 여기서 밥 먹으려고 해요'라 대답했다. 나는 일행 두 명과 함께 그 자리를 떴다. 속으로는 '많이 처먹어라.' 했다. 어디 가나 매너를 먼저 배워야 한다.

미국에 살 때에는 샌프란시스코 인근에 있는 약 200군데 정도의 하이킹 코스를 다녔다. 하이킹을 하다 보면 많은 사람들과 마주치게 되는데 항상 'Good Morning 또는 Good Afternoon', 'Hi', 'Hello' 등의 인사를 한다. 처음 보는 사람이지만 한마디 인사를 나눔으로써 기분이 좋아진다. 그런데, 이상하게도 우리나라 사람들은 인사하는 것을 참 어색해한다. 부산 연산동 고분군의 뒷산(배산: 256m)은 하이킹하기에 참 좋은 코스이다. 아침에 일어나 산을 오르면 상쾌한 공기가 몸을 정화시켜준다. 나는 걷는 중 사람을 만나면 '안녕하세요'라 인사를 하는데, 대부분은 '예', 또는 '반갑습니다'라 받아주지만, 아무런 대꾸도 하지 않고 그냥 지나쳐 가는 사람들도 많다. 왜 그럴까?

머리카락을 빡빡 밀고 다니는 나는 웃으면 스님 같지만, 인상을 쓰면 조폭 같아 보인다. 파크 골프를 치다 보면 매너가 나쁜 사람들이 참 많다. 안전을 생각하지 않고 공을 치는 사람, 사소한 일로 시비를 걸어 싸우는 사람, 끊임없이 떠들어대는 사람, 새치기하는 사람, 골프장에서 정한 로컬 룰에 따르지 않는 사람, 지나치게 지연 플레이를 하는 사람, 공을 두 개씩 치며 연습하는 사람 등은 매너부터 배운 후 골프장에 나와야 할 사람들이다. 한 번은 우리 팀이 공을 치고 있는 중간에, 뒤에서 공이 날아왔다. 아내가 뒤 팀에게 '치지 말라'고 손짓을 했는데, 또 다른 공이 나를 지나쳐 굴러갔다. 아내가 '위험하니까 치지 말라고 했는데 왜 또 공을 치느냐?'라고 하니까 그 사람이 '그린이 비어 있어서 공을 쳤다'라 말했다. 우리 팀이 아직 치고 있는 상황이니 그린이 비어 있는 것은 당연한데, '그린이 비어 있으니 공을 쳤다'는 말은 무슨 뚱딴지인가? 내가 모자를 벗고 험악한 인상으로 그 놈을 쳐다봤더니, 그 놈은 슬금슬금 도망갔다. 조폭 같은 인상이 도움될 때가 많다.

파크 골프장에서 앞 팀에 키가 늘씬하고, 얼굴도 아름다운 멋져 보이는 아주머니 한 분이 샷을 했다. 폼도 좋았는데, 공은 엉뚱한 곳으로 가고 말았다. 그 아주머니는 '대가리 때리뿟다'라 말했다. 내가 사투리를 수집하고 있었지만, 그 아주머니의 몸매와 사투리는 참 안 어울렸다. 'Topping'이라 말했으면 얼마나 고상했을까?

'Topping' 외에도 골프 칠 때 자주 사용하는 표현을 몇 가지 소개한다. '뒷 땅 쳤다'는 'I hit the ground first'라 하고, 볼이 사람들 있는 곳으로 날아갈 때는 흔히 'Ball'이라고 외치는데, 'Fore'가 바른 표현이다. 심한 훅(Hook)인 경우는 'Fore Left', 심한 슬라이스(Slice)인 경우는 'Fore Right'라 한다. 함께 골프를 칠 때 상대방에게 '굿 샷(Good Shot)', '나이스 샷(Nice Shot)'은 기본이고, '굿 볼(Good Ball)', '굿 퍼팅(Good Putting)', '굿 투 퍼트(Good Two Putts)' 같은 용어도 자주 사용하는 표현이다. 또 상대방이 잘 쳤을 경우 '나이**서**'라 하는 사람이 많은데, '**나**이스(Nice)'가 맞다. 액센트가 앞 음절에 있다. 너무 잘 쳐서 Nice 정도로 부족할 것 같으면, 한국 사람들은 '나이**써**'라고 뒤 음절에 힘을 주는데, 이럴 때는 'Very Nice' 또는 'Beautiful' 정도가 어울린다. Tee-shot이 똑바로 멀리 잘 날아가면 'Perfect', 'Great Shot', 또는 'Wow, Far and Straight'라 해 주면 된다.

파크 골프장에서는 차례를 기다리는 시간이 대체로 참 길다. 의자에 앉아서 기다리다 보면 단체로 온 아줌마들이 너무 시끄럽게 대화를 나누기 때문에 참 불편하다. 바로 앞에서 티샷(Tee-shot)을 하는 골퍼에게 방해가 되는 것은 물론이고, 옆에 앉아 있는 사람들도 짜증난다. 골프장처럼 진행요원이 'Quiet'라는 팻말을 들고 있을 수도 없으니, '아줌마들, 제발 매너부터 배우고 운동하러 오세요.'

친구라 하면 어릴 때 함께 자란 고향친구를 비롯하여, 중, 고, 대학 친구 그리고 사회에서 만난 친구가 있지만, 승마장을 하는 친구는 나의 군대시절 친구다. 양산 승마장에서 서울 사는 군대 동료에게 안부 전화를 했더니, 며칠 후 그 군대 동료가 서울에서 양산까지 우리를 만나러 내려왔다. 저녁을 먹으면서 참 많은 추억에 잠겼다. 세상에 이런 전우가 있을까? 나는 참 복 받은 사람이다.

내가 사는 시골 동네에는 노인회가 있다. 나도 노인회 회원인데, 순박한 사람들의 인정이 느껴져서 매달 만나는 모임이 늘 기대된다. 이 모임에는 4명의 내노라 하는 술꾼이 있었다. 한 사람은 소 목장을 운영하는 농부인데, 가족과 떨어져 혼자 목장에서 생활하다 보니 식사가 좀 불규칙한 것 같았다. 그는 아침에 일어나자마자 소주 한 병을 먹고 하루일과를 시작한다고 했다. 얼마 전 그는 의사로부터 간경화 판정을 받아 술을 끊었다. 또 한 사람은 옆집에 사는 형님인데 작은 제조업을 경영하는 회사 사장님이다. 내가 이 동네로 이사 올 시기에는 거의 매일 동네 사람들을 집으로 초대하여 술 파티를 벌였다. 부인이 한식 요리사 자격증을 소지하여 안주를 잘 만들다 보니, 집으로 초대하는 것이 부담이 없었는지도 모르겠지만 파티는 끊임이 없었다. 얼마 전 그 형님은 간경화 판정을 받아 간의 1/3을 절제하는 수술을 받고 술을 끊었다. 세번째는 나다. 나는 어디에서 누구와 술을 마셔도 끝까지 정신을 잃지 않는 독종 술꾼이었다. 그러나 뇌수막종 수술 후 1년간 술을 끊었고, 지금은 의사가 한두 잔은 먹어도 괜찮다고 했는데, 실제로 먹어 보니 정말 한두 잔 이상은 먹을 수 없을 만큼 주량이 줄었다. 마지막 남은 한 명은 농사를 지으면서 레미콘 차를 운전하는 사람인데, 여전히 말술이다. 월 1회 모이는 노인회에 이번엔 이 사람이 초대장을 보내왔다. 술꾼 4인방 중 3명이 술을 못먹게 되었으니 분위가 예전만 못하다. 술은 적당히 마셔야지 약이지, 건강을 해칠 정도면 독이다.

내가 졸업한 고등학교는 학교시설과 선생님 수준으로는 어느 학교에도 뒤지지 않는 훌륭한 학교였지만, 학생수준이 공부와는 먼 학생들이어서 좋은 대학 진학률 측면에서는 누가 봐도 삼류학교였다. 그러나 내가 졸업한 후에, 고교평준화 정책의 시행으로 공부 열심히 하는 학생이 늘어나면서 세칭 일류 고등학교가 되었다. 얼마 전 재경 배정고 동문 산행이 있었는데, 여기에 참여하는 동문 중에는 면면이 화려할 뿐만 아니라, 정계, 재계, 법조계, 연구소, 의학계 등 사회 각계 각층에 쟁쟁한 후배들이 너무 많아져서, 모교에 대한 자부심이 굉장히 커졌다. 학연이라는 게 옛날만큼 중요시되는 사회는 아니지만, 어쨌든 훌륭한 후배들이 많으니 가슴 뿌듯하다. 이런 후배들을 키워낸 모교 선생님들이 보고파진다.

내가 졸업한 시골 중학교에는 교문이 2개가 있는데, 제1교문과 제2교문은 약 200m 정도 떨어져 있다. 제1교문에는 '부지런한 자 아니면 발을 멈추어라'라는 말이 크게 아치형으로 걸려 있다. 교훈의 첫번째도 '근면'이고, 학급의 이름도 '근반, 면반'이었다. 여기서 3년간 '부지런함'에 대해 배운 덕에 시간을 허투루 낭비하지 않는 버릇이 생겼다. 사람은 누구나 어릴 때 좋은 가르침을 받아야 한다.

현재는 모든 사람이 평등하지만 우리나라에도 예전에는 반상의 구별이 있었다. 아직도 미국, 인도, 호주, 남아공 등 인종차별 잔재하는 나라가 많다. 우리나라도 현재 조상 얘기가 나오면 모두가 서로 양반출신이라고 하지만 다 부질없는 얘기다. 참고로 우리나라의 왕족 후손을 보자. 김해 김씨는 가야 김수로 왕의 후손, 김해 허씨는 가야 허왕후의 후손, 밀성 박씨는 신라 시조 박혁거세의 후손, 경주 김씨는 신라 김알지의 후손, 월성 석씨는 신라 석탈해의 후손, 제주 고씨는 고구려 시조 고주몽의 후손, 제주 부씨는 탐라국 시조 부을나의 후손, 부여씨는 백제의 시조 온조왕의 후손, 밀양 대씨와 남원 태씨는 발해 태조 대조영의 후손, 순천 김씨는 태봉의 시조 궁예의 후손, 개성 왕씨는 고려 태조 왕건의 후손,

전주 이씨는 조선 태조 이성계의 후손이다.

나는 수년 전부터 양쪽 어깨에 통증이 심했다. 미국에 있을 때는 코리졸(Cortisol) 주사를 1년에 한 번씩 맞았다. 한 번만 맞으면 1년 동안은 통증을 못 느꼈기에 아주 편했다. 한국으로 돌아온 후 다시 어깨 통증이 생겼을 때, 정형외과에 갔더니 '마취통증의학과에 가 보라'고 했다. 파주, 고양 지역의 거의 모든 마취통증의학과에 전화를 했으나 '코리졸 주사는 없다'고 했다. 일산에 코리졸과 유사한 주사를 놓아주는 데가 있어서 거기에서 주사를 두 번 맞았으나, 효과는 몇 달을 지속하지 못했다. 부산에 한 달 정도 머물 기회가 있어 부산의 마취통증의학과를 찾았다. 역시 대부분 코리졸 주사는 없었고, 유사한 주사가 있다는 의원에게 갔다. 의사는 어깨와 목 부위 엑스레이(X-ray) 촬영과 양쪽 어깨 초음파 검사를 한 후 한 쪽 어깨에 두 번씩 주사를 놓아주었다. 그리고 미국과 한국의 의료 시스템의 차이를 설명해 주었는데 동의할 부분도 있고, 동의 못할 부분도 있었다. 2주 후, 다시 한번 더 의사를 만났더니 '염증이 좀 줄었다'라 했다. 주사를 한 번 더 맞았다. 모쪼록 더 이상 통증이 없기를 바랄 뿐이다.

파크 골프장에서 두 아주머니의 대화에서 뭔가를 느끼게 되었다.

A: 나는 남자는 되기 싫다.

B: 왜?

A: 일해야 하거든.

B: 여자는 일 안 하나?

A: 우리 남편은 80살까지 돈 벌겠다고 하는데, 나는 남편이 참 불쌍하다.

나의 아들은 아들 하나, 딸 하나를 두었는데, 애들이 태어나면서부터 매일 수많은 사진과 동영상을 찍었다. 이들 중 하루에 1초짜리 동영상을 한 컷씩 모아 매월 나에게 보내준다. 애들이 태어나면서부터 하루도 빠지지 않고 커 가는 모습이 동영상에 담겨 있는 것이다. 손주들이 성인이 되었을 때 그 기록들은 큰 선물이 될 것이다. 나는 첫째를 키울 때는 사진을 많이 찍었지만 둘째를 키울 때는 사진을 너무 안 찍어서 후회가 되는데, 요즘 부모들은 자식을 위해 참 잘 하는 것 같다.

우리 나라는 길, 흉사 시에 부조하는 풍습이 대단히 강한 나라다. 그런데, '자녀를 몇 명 두느냐'에 따라 조금 불공평한 경우도 있는 것 같다. 예를 들면 나의 형님은 집안의 5대 종손인데, 문중의 수많은 경조사에 한 번도 빠짐없이 부조를 한다. 하지만 형님은 아들 하나만 있기 때문에, 결혼식 부조를 50번 하고 한 번 받는 꼴이 되는 것이다. 내가 미국에 살 때는 경조사 비용에서 비교적 자유로웠는데, 한국에 돌아온 후 경조사 비용이 좀 부담이 되긴 한다. 더군다나 나는 부모, 처부모 다 돌아가셨고, 자녀는 이미 다 출가해 버렸기 때문에, 내가 주기만 할 뿐 받을 일은 없다. 그래도 지인에게 경조사가 생기면 부조를 하지 않을 수는 없지 않은가?

내가 직장관계로 미국으로 갈 때 중학교 3학년인 딸을 데리고 갔는데, 미국서 고교, 대학을 졸업하고, 미국 교포와 결혼하여 현재는 미국에 살고 있다. 간혹 내가 미국에 가기도 하고, 딸이 한국에 오기도 하지만, 딸은 그냥 미국 사람이 되어 버린 것이다. 처남의 딸은 호주에 유학을 갔다가 호주 교포를 만나 결혼하고 호주에서 산다. 처조카도 그냥 호주 사람이 되어 버린 것이다. 옛날 생각이면 딸 하나씩 잃어버린 것이겠지만, 요즘은 흔한 일이 거니 생각한다. 내가 몇백 년을 살 것도 아니고, 걔들의 자손을 볼 것도 아니니, 섭섭해도 할 수 없는 일이다.

'사람이 죽으면 혼(魂: Soul)은 원래 있던 자리로 돌아가고, 영(靈: Spirit)은 흩어져 버리고, 육(肉: body)은 흙으로 돌아간다'는 것이 나의 믿음이다. 그런데, 요즘 장례문화를 보면, 사람이 죽으면 화장(火葬)을 한 후, 남은 뼛가루를 유골함에 담아 납골당에 안치하는 경우가 많다. 유골함은 영원히 썩지 않는 사기 그릇이다. 이것은 자식이 부모에게 절대로 하지 말아야 할 불효다. 살아 생전에 대부분 불효 자식이었을 텐데, 부모님이 돌아가시고 난 후에도, 그 육신을 자연으로 돌아가지 못하게 썩지 않는 단지에 가두어 두는 것이다. 제발 살아 계실 때 효도하고, 돌아가시면 말 그대로 원래 자리로 돌아갈 수 있도록 해 드리는 것이 인간의 도리이다.

제사에는 조상이 돌아가시기 하루 전날 지내는 기제와 설, 추석에 지내는 명절차례, 그리고 년 1회 묘지에서 지내는 묘제가 있다. 오랫동안 전해 내려온 이런 제사 풍속은 아마 우리 대를 끝으로 없어질 것이라는 게 내 생각이다. 요즘 젊은이들 중에 '제사를 잘 모셔야 조상이 우리를 잘 돌보아 주실 것'이라는 생각을 가진 사람은 극히 드물다. 나는 어머니가 돌아가시고 3년간만 제사를 지내고 끝냈다. 집안의 종손인 형님은 우리 집안 15대조까지 매년 묘제를 주관하고, 심지어는 고려 개국공신 중 한 분인 '광리군'이라는 우리 선조의 묘제에 매년 참석한다. 형님이 돌아가시고 나면 장조카가 그 일을 이어 나갈 것으로 생각되지 않는다. 형님과 제사 문제로 다투기 싫기 때문에 나는 아버지 제사 때만 참석한다. 형님이 가시면 모든 것이 없어질 거라 생각한다. 죽으면 끝이지 무슨 미련이 있을까?

요즘은 누구나 카카오 톡으로 부담 없이 안부를 주고받는다. 1:1대화뿐만 아니라 친구간, 가족간 또는 각종 모임 구성원 간 단톡방을 만들어 함께 대화를 하니 여간 편리한 게 아니다. 오늘은 형님의 생신이다. 우리집 6형제 자매, 작은 집 5형제자매 간 단톡방에서 형님이 제일 연장자이시다. 모두 형님의 생신을 축하하는 메시지를 올리니, 형제간 더욱 우애가 깊어지는 것 같다.

미국의 로또는 좀처럼 당첨자가 나오지 않는다. 매주 당첨자가 안 나오니, 상금은 계속 이월되어 쌓이게 된다. 어쩌다 당첨자가 나오면 수 천억 원의 거금을 받게 된다. 우리나라의 복권은 참 이상하다. 6개의 숫자를 맞추는 것은 벼락 맞을 확률보다 낮다고 하는데, 우리나라에서는 어째서 매주 10명 이상 1등 당첨자가 나오는지 의문이 많다. 특히 자동으로 번호를 뽑는 경우보다 수동으로 기입한 번호로 당첨되는 경우가 더 많다고 하니 뭔가 이상한 느낌이 든다. 나도 화가 나서 당첨 예상 번호를 알려주는 사이트에 가입했다. 연회비는 154,000원이었다. 향후 1년간 내게 매주 20개의 예상번호를 미리 준다고 한다. 나도 1년 내에 복권 1등 한 번 당첨돼 보자. 옛말에 '자중할 줄 아는 자는 요행을 바라지 않는다'고 했는데, 양심에 좀 찔리는 구석이 있다.

오랜만에 어릴 적 고향에서 함께 자란 친구들을 만났다. 사과 농사를 짓는 친구, 도시로 나와 장사를 하는 친구, 은퇴할 나이가 지났음에도 아직 뭔가를 하면서 돈을 벌려고 하는 친구, 공무원으로 정년 퇴직을 한 친구 등이다. 자식 농사를 잘 지어 아들, 딸, 사위, 며느리, 손주 모두 합해 19명을 거느린 친구도 있고, 자녀를 아직 하나도 결혼시키지 못한 친구도 있다. 현실은 모두가 다르지만 추억은 똑같다. 그래서 함께 모이면 가장 부담감이 없고 편하다. 모두 죽는 날까지 건강했으면 좋겠다.

세계2차대전 때 일본은 진주만을 기습하여, 하와이를 침공하였다. 치열했던 태평양 전쟁의 발발이었고, 결국은 일본이 패망하였지만, 하와이는 지금 누구 땅인가? 미국에 마지막으로 편입된 50번째 주인 것은 분명하지만, 하와이의 120만명 거주민 중 약 20%는 일본계이고, 하와이의 금융과 상권도 일본계가 거의 장악하고 있다. 하와이의 일본계는 3명의 연방 상원의원과 2명의 주지사를 배출했다. 일본은 전쟁에서는 졌지만 하와이는 일본 땅이 되어가고 있다.

일본은 독도가 자기네 땅이라고 우기고 있다. '독도가 일본 땅이면, 일본은 우리 땅이다.' 나는 수많은 역사자료로 이것을 증명할 수 있다. 우리나라의 정치인들은 왜 일본이 우리 땅이라고 말하지 못하는지 이해할 수가 없다. 기회가 닿는 대로 일본이 왜 우리 땅인지를 상세히 설명하겠다.

호주 여행 중에 몇몇 선물가게에 들렸다가, 알파카 매트리스와 알파카 이불을 하나씩 사게 되었다. 알파카 털은 부드럽고 따뜻하며 고가이다. 나는 알파카 침대에 누워 알파카 이불을 덮고 약 20분 정도 체험을 해 봤는데, 등이 시원해지는 경험을 한 후 구입을 결정했다. 허리가 좋지 못하여, 방바닥에 밥상을 차리고 양반자세로 앉아서는 식사를 하지도 못하고, 방바닥에서는 잠을 잘 수 없는 상황이라 알파카 메트리스와 알파카 이불이 조금 도움될 것이라는 기대를 해 본다.

티베트에 대한 중국의 인권탄압은 전 세계인의 공분을 사고 있다. 티베트는 지정학적으로 중국, 인도, 러시아와 교차하는 지점에 있어 어느 나라든 이 지역을 지배하면 큰 이점을 누릴 수 있다. 중국은 1950년에 티베트를 점령하고, 만일의 사태에 군사를 신속히 이동시키기 위해 티베트 수도 라싸까지 철도를 깔았다. 최근에는 티베트 개발 붐을 타고 한족이 몰려 들어와 한족과 티베트인과의 빈부격차가 커지고 있다. 영적 지도자인 달라이 라마는 인도로 망명하여 망명 정부를 이끌고 있다. 'Free Tibet'은 '공짜 티벳'이 아니라 '티벳을 해방시켜라'는 뜻이다.

인도는 빈부격차가 정말 심한 나라다. 인공위성을 쏘고, 핵무기를 가지고 있으며, 인구는 중국을 넘어섰다. 카스트제도(브라만, 크샤트리아, 바이샤, 슈드라)라는 계급이 여전히 존재하고, 도심의 걸거리에는 구걸하는 사람이 넘쳐난다. 나는 뭄바이(Mumbai)에서 구걸하는 사람에게 약간의 돈을 준 적이 있었는데, 그 걸인은 '고맙다'는 표시도 하지 않았다. 돈 있는 사람이 돈 없는 사람에게 조금 나눠 주는 것은 당연시하는 것 같았다. 나중에 안 일이었지만, 아무리 빈부격차가 심해도 폭동이나 강도 사건이 일어나지 않는 것은 모두 '힌두교'라는 종교가 딱 버티고 있기 때문이었다. 힌두교도는 환생을 믿지만, '힌두교의 최종적인 종교적 목적은 환생이 아니라, 윤회의 쳇바퀴에서 벗어나 완전한 해방의 상태에 도달하는 것'이다. 이런 종교가 바탕에 깔린 사람들에게 지금 가난한 게 무슨 문제며, 동전 한 푼이 무슨 의미가 있겠는가?

나의 아버지는 돌아가시기 전, 자신이 해야 할 모든 일들을 완벽히 마무리 지으셨다. 할아버지가 모든 재산을 남에게 다 빼앗겼다고 생각했으나, 어떤 이유인지 몰라도 여전히 할아버지 소유로 되어 있는 산소와 밭의 소유권을 되찾았고, 10리나 떨어진 먼 산 꼭대기에 있는 조상묘까지의 접근성을 좋게 하려고, 산 정상까지 포크레인을 동원해 길을 닦으셨다. 또 나의 조부모 묘 아래에 자신이 묻힐 가묘를 만들고, 후손들이 묻힐 자리까지 마련하셨다. 우리 삼형제에게 자신의 사후 재산 분배에 대해서도 철저하게 말씀하셨다. 몸은 여러 군데 불편한 곳이 있었지만, 정신은 자식들과 언쟁에서 한 마디도 지지 않으실 만큼 완벽히 또렷하셨다. 어느 날 갑자기 '아버지가 돌아가셨다'는 연락을 받고, 고향 집으로 달려간 나는 아버지가 평소 사용하시던 서랍 위에 아버지의 자필 메모를 발견하였다. 'X월 X일 밤 10시 卒'. 아버지께서는 자신의 주위를 모두 정리하시고 난 후, '더 이상의 삶은 의미가 없다'고 판단하시고는 그라목손 (제초제의 일종)을 마시고 스스로 생을 마감하셨던 것이다. 반면 누구보다도 생활력이 강하셨던 어머니는 70대 중반에 치매에 걸려, 조금씩 기억력을 잃어 가시더니, 십수 년을 치매병원과 요양원을 왕복하시다가, 결국에는 아무도 알아보지 못한 채 가셨다. 코로나 시기여서 미국에 거주하던 나는 장례식에 참석도 못 했다. 죽음은 누구도 피할 수 없지만 '어떻게 죽을 것인가'는 선택할 수 있었으면 좋겠다. 나는 '우리나라에도 존엄사가 도입되어야 한다'고 주장하며, 어머니의 죽음보다는 아버지 같은 죽음을 맞고 싶다.

고향 친구 몇 명과 언양에 있는 '파래소'라는 폭포에 갔다. 주차장 입구에서 안내하는 여자가 운전하는 친구에게 나이를 물었다. 좀 젊어 보여서 경로 우대 대상이 되는지 확인하는 것 같았다. 69세라 하니 '어디까지 가느냐?'고 또 물었다. '파래소'까지 갈 것이라고 하니, 조수석에 앉은 다른 친구를 보며, '어르신이 거기까지 가실 수 있겠습니까?' 했다. 조수석의 친구는 70세인데, 90세 정도로 보이는 모양이었다. 70세 친구가 들려주는 얘기는 더 재미있었다. '35세 때 형과 함께 친척 집에 갔는데, 친척이 형에게 하는 말이 '삼촌 모시고 오느라 수고했다'라고 하더란다. 나이에 비해 너무 어려 보이는 것도, 너무 늙어 보이는 것도 안 좋은 것 같다. 피부관리도 필요하다.

무협소설 작가의 원조는 대만의 와룡생이다. 와룡생의 작품은 판타지로서, 정파와 사파의 싸움이 주된 내용이며, '구파일방'이라는 개념을 만든 사람이다. 나는 어릴 때부터 와룡생의 군협지, 무유지, 비룡 등을 읽으면서 무협 세계에 푹 빠졌다. 와룡생을 뒤이은 중국 무협소설의 양대 산맥은 김용과 양우생이다. 김용의 작품은 대부분 실제 역사와 연관 지어 대체역사물 성격이다. 내가 읽은 김용의 대표작은 사도영웅전, 신조협려, 의천도룡기, 연성결, 천룡팔부, 소오강호, 녹정기 등이 있다. 모두가 한 번 읽기 시작하면 잠자는 것도 아까울 만큼 재미있다. 양우생의 대표작은 칠검하천산, 백발마녀전, 설해옥궁연, 평종협영록 등이 있다. 한국의 무협작가는 1980년대에 사마달, 서효원, 금강, 야설록, 검궁인, 와룡강 등이 있으며, 그 후에는 많은 젊은 무협작가들이 나왔으나 책의 재미는 예전만 못 하다는 게 내 생각이다.

　나는 잠잘 때 꿈을 잘 꾸지 않는다. 꾸긴 하는데 기억을 못 하는지도 모르지만, 아침에 일어나면 꿈을 꾸었다는 기억이 없다. 온갖 꿈을 꾸고 어떨 때는 신기하게도 꿈이 현실과 연결이 잘 되는 아내가 부럽기도 하다. 나도 조상 꿈이나, 돼지꿈을 꾸어 횡재를 할 기회도 얻고 싶지만, 보고싶어도 아무도 꿈에 나타나지 않는다. 좋은 일이라 생각하는 것이 마음 편하겠지?

　노안(老眼)이란 먼 곳은 잘 보이지만, 가까운 것이 잘 안 보이는 현상인데, 나는 돋보기가 없으면 글씨를 쓰거나, 책을 읽을 수가 없다. 그래서 돋보기는 집안 곳곳에 비치되어 있고, 휴대용 돋보기도 몇 개나 된다. 그런데도 어딜 가다 보면 돋보기를 깜박 잊는 경우가 많다. 내가 잘못한 것이고 내가 불편한 것인데 주위 사람에게 짜증내는 나도 참 문제가 많다.

　아내는 내게 늘 '거북목을 하지 말라'고 한다. 소파에 앉아 있을 때나, 책상에 앉아 컴퓨터 게임을 할 때나, 글을 쓸 때나, 심지어 걸음을 걸을 때도 목이 꾸부정하다. 병원 가서 X-ray를 찍어보니 목 디스크가 있다고 한다. 목 디스크는 어깨가 아픈 원인이 될 수도 있다고 한다. 내 몸의 여러 군데가 아픈 것은 모두가 내 관리 잘못인 것이다. 지금부터 반듯한 자세를 유지하도록 노력해야 하겠다. 죽을 때까지 건강하게 살려면.

무슨 일이나 물건을 개선하고자 할 때는, ECRS라는 법칙이 있는데, 이것은 IE(Industrial Engineering)에서 나온 용어이다. E(Eliminate: 제거하라), C(Combine: 합하라), R(Rearrange: 재배치하라), S(Simplify: 단순화하라). E: 하지 않아도 되는 것이 가장 좋은 개선 방법이고, C: 다른 것과 함께 하는 것이 그 다음 좋은 방법이고, R: 순서를 바꿔서 해 보는 것도 좋은 방법이며, S: 단순화시키는 것도 한 방법이다. 이 원리를 잘 활용하면, 쉽게 문제를 해결할 수 있는 경우가 많다.

나는 TV 프로그램 중, 뉴스 외에는 스포츠와 세계테마기행 같은 교양 프로그램만 본다. 연예인들이 자신들의 사생활 얘기를 하는 것을 우리가 왜 듣고 있어야 하는지, 또 연예인들이 자기네들끼리 밥 먹는 프로그램을 우리가 왜 보고 있어야 하는지 도저히 이해가 안 된다. 가장 자주 보는 프로그램은 골프중계 프로그램이다. 타이거 우즈가 나오거나, 한국 선수가 잘 하고 있으면 더 좋다.

나의 고종사촌 형님 두 분의 어릴 적 이름은 '개'와 '구(狗)'였다. 친형님의 아명은 '돈(豚)'이었고 친척 형님의 이름은 '똥태'였다. 어른들은 '이름을 험하게 지으면 오래 산다'는 생각을 하던 시기였다. 형님 친구들의 이름은 참 재미있었다. 남자는 '깨방우, 돌방우, 수방우, 판방우'가 있었고, 여자는 '깅년, 붙들이, 깨순, 꼭지'가 있었다. '영징(永澄)'이라는 내 이름은 발음하기도 어렵고, 알아듣기도 힘들어 사회생활을 하는 데 많은 해

프닝이 있었다. 그러나 '자손 대대로(孫), 영원히(永), 맑고 깨끗하게 살아라(澄)'라 이름을 지어 주신 할아버지의 바람대로 살고 있으니, 이름값은 하고 있는 셈이다.

양산 시내의 양산대로는 공사 중이었다. 1차선으로 주행하다가 차선이 없어져서 2차선으로 합류하기 위해 깜박이를 넣고 있었는데, 내 차가 2차선을 약간 물고 있었던 것 같다. 내 뒤에서 2차선으로 주행해 오던 화물차가 깜박이를 켜고 있는 내 차를 전혀 무시하고, 달려오는 그 속도 그대로 질주했고, 내 차의 옆을 스치면서 앞 범퍼가 완전히 뜯겨져 나가버렸다. 누구의 잘잘못은 차치하고, 우선 경찰과 보험회사에 신고를 했다. 차는 정비공장에 맡기고 렌터카를 빌렸다. 차는 자차 보험으로 수리를 한다 해도 자부담, 렌터카 비용, 보험료 인상 등 손해가 클 것 같다. 목도 좀 뻐근한 것 같은데 내일은 병원에 가 봐야겠다. 운전은 무조건 양보하고 무조건 조심할 일이다.

고교 졸업 후 약 50년만에 만난 친구 한 명은 서예를 취미로 하고 있었다. 산행 후 식당에서 밥을 먹는 중에 손수 쓴 글씨를 여러 장 가지고 와서 친구들에게 한 장씩 나눠주었다. 나는 그로부터 '물처럼 바람처럼'이라는 글씨를 하나 받았다. 처음 보는 내가 그 친구 눈에는 어떻게 보였길래 이런 명언을 나에게 주는지 몰랐지만, 성질 급한 내게 새로운 뭔가를 가르쳐 주는 것 같다. 그렇다. 너무 급하게 행동하지 말고 자연의 순리에 따라 물처럼 나를 낮추고 바람처럼 자연스럽게 살아가야겠다. 친구야, 고맙다.

　젊었을 때부터 나는 성명학(姓名學)에 일가견이 있었다. 고종 형의 장남이 태어 났을 때에 항렬이 쇠북 종(鍾)이라 해서 빛날 형(炯)자를 붙여 '종형(鍾炯)'이라 했고, 친 조카가 태어났을 때는 '홍익인간을 기른다'는 뜻으로 '홍배(弘培)'라 이름지었으며, 내 아들, 딸에게는 순한글 이름으로 '자랑스러운 아들인'을 소리나는 대로 읽어 **자**랑스러운 **아드린** 즉 '자아린'과 '세상에 빛나는'을 소리나는 대로 읽어 **세**상에 **빈**나는' 즉 '세빈'이 되었다. 누나가 원룸 건물을 지었을 때는 큰 방을 강조하기 위해 '그랜드 원룸'이라고 지어 주었다. 미국에 있을 때는 교회에 다니는 선배 한 분에게 수경(水敬)이라는 호(號)를 지어 준 적이 있다. 아래 내용은 수경이라는 호를 지어 줄 때 함께 보낸 글이다.

　"단학인(丹學人)은 물이어야 합니다. 언제 어디서나 단학인은 물같은 존재여야 합니다. 물은 딱딱하지 않으며, 고여 있지 않으며, 항상 자기를 굽힙니다. 물은 무엇보다도 자기의 존재를 주장하지 않습니다. 물은 알콜과 섞여서는 술이 되고, 설탕을 타면 설탕물이 되고, 소금을 타면 소금물이 됩니다. 그리고 물은 우리 몸속에 들어가서는 피가 되고, 침이 되고, 호르몬이 됩니다. 물이 자기 존재를 주장할 때, 물은 물의 역할을 하지 못합니다. 이것이 바로 물이 우리에게 주는 가장 큰 교훈입니다. 물은 그 속에 모든 것을 다 담고 있으면서도 무색 투명합니다. 깨달은 사람은 물과 같은 사람입니다. 모든 이치를 다 꿰뚫고 있으면서도 깨달은 사람은 색깔이 없고, 형태가 없습니다. 그러므로 자유자재합니다. 색깔이 있고 형태가 있다면, 그 사람은 깨달은 사람이 아닙니다. 깨달은 사람은 색깔이 없고, 형태가 없기 때문에 어디서나 걸림 없이 흘러가며, 잔잔한 물처럼 바깥세상을 고요히 비춥니다. 단학인은 물이어야 합니다. 물은 쉽게 자기의 존재를 버리면서도 그 역할을 다 합니다. 건물을 지을 때도 모래와 자갈을 뭉쳐 단단한 벽돌로 만드는 것이 바로 물입니다. 물이 마냥 자기의 존재를 고집한다면, 모래를 뭉쳐 건물을 세울 수가 없습니다. 지금 세상에는 모래는 많아도 물은 부족한 상태입니다. 그렇기 때문에 모래끼리 뭉치지 못하고, 화합하지 못하고, 분열만을 거듭하고 있습니다. 단학인은 이 모래들을 뭉쳐 단단한 건물을 짓는 물이어야 합니다. 그러기 위해서 단학인은 먼저 자기의 색깔, 자기의 존재를 버릴 줄 알아야 합니다."

위에 인용한 글은 제가 단학에 심취해 있을 때, 감명을 받고 늘 가슴속에 간직해 온 구절로, 단학 창시자인 一指 이승헌 대선사의 가르침 중 일부입니다. 이것은 단학인 뿐만 아니라 모든 현대인에게 유익한 권면이 될 거라 생각합니다. 특히 자신을 낮추고 모든 것을 포용하고 모든 사람과 융화하는 Christian에게는 더욱 어울릴 것 같습니다. 제가 봐 온 김 선배님은 때로는 물과 같고, 항상 물과 같은 존재가 되기 위해 노력하시며,

물과 같은 분(like Christ)을 경외(畏敬)하시는 분이라, 김 선배께 물 수 (水), 공경할 경(敬)을 조합하여 '水敬'이라는 아호를 드립니다.

종교에 관한 단상

우리민족은 예로부터 신앙심이 대단히 강한 민족이었다. 그 신앙심은 모두가 구복(求福)이었다. 신령님에게도 빌고, 나무에게도 빌고, 돌에게도 빌고, 정한수에게도 빌며, 하늘과 땅 모든 만물에 복을 구하는 것이 생활 자체였다. 이것을 구복신앙이라고 하는데, 불교가 들어오면서 비는 대상은 부처로, 카톨릭이 들어오면서 성모 마리아로, 기독교가 들어오면서 예수로, 그 비는 대상만 바뀌었을 뿐 구복신앙 자체는 예나 지금이나 똑같다. 현재는 불교든, 천주교든, 기독교든 어디를 가도 '~~을 해 주시옵소서'는 공통된 기도이다. 나는 '모든 종교인이 구복을 하는 것은 당연하다'고 생각하지만, 특정 종교인이 남에게 강요하는 것을 정말 싫어 한다.

친구들 중에는 기독교인이 많다. 종교를 가지는 것은 자유이고, 신앙 생활이 자신의 삶을 더욱 풍요롭게 할 수 있겠지만, 친구들이 모여 함께 등산을 가면 대부분의 산에는 사찰이 있기 마련이다. 종교를 떠나서 사찰은 우리나라의 문화재의 일부이고 역사의 일부이기도 하다. 그런데, 기독교인 친구들은 대부분 사찰(寺: Temple)에 가려고 하지 않는다. 참 편협된 생각을 가진 사람들이란 생각이 든다. 모든 것을 포용할 줄 아는 사람이 진정한 종교인의 자세일 텐데.

방송에 스님들이 출연하는 경우를 자주 본다. 나는 스님의 얼굴을 보고 도(道)를 구하는 스님인지, 돈을 구하는 스님인지를 단번에 파악한다. 구도하여 성불하고자 하는 스님은 육식을 하지 않기 때문에 깡마른 얼굴에 인자한 미소를 띄고 있으나, 재물을 탐하는 스님은 곡주와 돼지나물로 배를 채우기 때문에 살이 뒤룩뒤룩 쪄 있고, 얼굴에는 탐욕이 넘쳐 보인다. TV에 출연하는 스님이나 사찰 주도권을 다투는 거의 모든 스님들은 얼굴에 기름기가 줄줄 흐른다. 이런 스님들을 나는 '땡중'이라 부른다.

교회에 예배를 보러 가면 반드시 헌금을 한다. 십일조를 비롯하여 감사헌금, 주일헌금, 절기헌금, 구제헌금, 건축헌금 등 종류도 다양하다. 예전에는 목사가 헌금한 사람들을 공개적으로 호명하면서 '주님, 이분들에게 복을 내려 주시옵소서'라 기도했는데, 요즘은 공개적으로 호명하지는 않고 주보 등에 이름을 올리는 정도이다. 교회는 신도들의 헌금으로 목사가 돈을 벌고, 더 큰 교회를 짓고, 또 더 많은 신도를 확보하여 점점 대형화되어 간다. 신학대학을 다니는 사람들의 꿈이 자기 교회를 개척하여 신도를 확보하고 더 많은 돈을 버는 것이 목적이다. 사랑, 희생, 봉사, 용서, 베풂은 뒷전이고, 신도 확보, 헌금 증가, 교세 확장이 교회의 목적이 된 지 오래다. 예수님이 보고 기절할 상황이 된 것이다.

자신을 '재림 예수'라 하는 사이비 종교는 세계 어느 나라이든 다 있다. 특히 신앙심이 깊은 우리나라에는 더 많다. 조희성의 영생교, 신옥주 목

사의 은혜로교회, 이장림 목사의 다미선교회, 최태민의 영세교, 자칭 재
림 예수 구인회의 천국복음 전도회, 임 모 씨의 거룩한 무리, 김성복의
일월산 기도원, 김계화의 할렐루야기도원, 박태선의 천부교, 노광공의
동방교, 이만희의 신천지예수교, 정명석의 JMS, 박명호의 십계석국총
회, 전광훈의 사랑제일교회, 이재록의 만민중앙교회 등 사이비 종교는
살인, 아동 유기, 사기, 성폭행, 선거법 위반, 상해, 폭행 등 수많은 범법
행위를 저질렀다. 우리나라 사람들은 유난히 잘 속는다.

　무슬림과 몰몬교는 일부다처제를 허용한다. 그 외에도 일부다처제를
허용하는 나라가 많지만 실제로 한 남성이 여러 명의 아내를 거느리는
것은 쉽지 않다. 우선 정력의 문제가 있을 것이고, 경제적으로도 자녀 양
육비, 결혼 지참금의 문제가 있을 것이고, 재산/유산의 배분 문제, 세금
문제, 아내들 간의 평등 문제도 있을 것이다. 우리나라도 예전에는 왕이
나 세도가가 많은 처첩을 거느렸지만, 지금은 돈 많은 바람둥이나 가능
한 일이다. 우리나라는 이혼 사유 중 가장 큰 비중을 차지하는 것이 '바람
피우는 것'이다.

　유대인과 아랍인은 돼지고기를 먹지 않는다. 구약 레위기 11장에 보면
하나님이 먹을 수 있는 것과 먹을 수 없는 것을 엄격히 구분해 놓았는데,
어류는 비늘과 지느러미가 있는 물고기만 먹도록 되어 있고, 육류는 발
가락이 갈라지고 되새김질을 하는 고기만 먹도록 규정하고 있다. 돼지는

되새김질을 하지 않는 짐승이므로 먹을 수 없는 육류에 속한다. 현대의 과학적으로 봐도 '여름에 돼지고기는 잘 먹어도 본전'이라는 말이 있다. 구약 시대 아랍 같은 더운 나라에서 '상하기 쉬운 돼지고기를 먹지 말라'고 한 것은 그 당시 '참 현명한 방법이었다' 생각된다.

성경 창세기에는 모세의 십계명 얘기가 나온다. 십계명 중에 제4계명이 '안식일을 기억하여 거룩히 지켜라'이다. 하나님은 여섯째 날에 인간을 만들었고, 일곱째 날에는 안식을 했다. 일곱째 날이란 금요일 해 질 때부터 토요일 해 질 때까지를 말한다. 유대인은 모세 이후 현재까지 꾸준히 안식일을 지키고 있다. 예수 그리스도(Jesus Christ)는 십자가에 못 박히고 '3일 만에 부활했다'고 하는데, 금요일 해 질 무렵에 십자가에 못 박히고, 일요일 새벽에 부활했으니, 날자로는 3일이지만 정확한 시간으로는 38시간 정도이다. 안식일을 지키고 다음날 아침에 부활하신 것이다.

초기 로마교는 태양신을 숭배하는 종교였는데, 일요일(Sunday)은 초기 로마교의 성일(聖日)이었다. 콘스탄티누스 황제가 안식일을 지키는 유대인들을 박해하다가, 321년에는 일요일 휴업령을 선포하자, 로마교회(Roman Catholic: 천주교)는 로마 태양신교의 성일인 일요일을 예배일로 받아들였다. 이것이 지금 기독교가 일요일에 예배를 드리는 유래가 된 것이다. 반면, 사도 바울(Paul)도 안식일을 지켰다. 현재 안식일에 예배를 드리는 기독교 종파는 SDA(Seventh Day Adventist)뿐이다.

성경에서는 지구와 인류의 역사를 6천 년으로 본다. 아담부터 아브라함까지 2천 년, 아브라함부터 예수까지 2천 년, 예수부터 현재까지 2천 년이다. 반면 과학에서는 지구의 나이를 45억 년 정도로 보고 있고, 인류는 300만~350만 년 전에 처음으로 출현한 아프리카의 오스트랄로피테쿠스, 현대인류와 비슷한 사람속은 240만 년 전에 오스트랄로피테쿠스에서 분류되어 나왔고, 현대인류의 조상으로 알려진 호모 사피엔스는 35만 년 전에 출현한 것으로 보고 있다. 우리가 학교에서 배운 네안데르탈인, 크로마뇽인은 45,000년 전부터 1만 년 전의 구석기 시대에 생존했다고 추정한다. 기독교인들은 과학과 성경 사이에서 고민이 많을 것이라 생각된다. 나는 구약성경을 '이스라엘의 역사책'이라 생각하기 때문에 전혀 고민이 없다. 모든 나라의 역사책은 '홍수신화'와 같은 거의 비슷한 신화가 있다.

성경에는 요한이 예수를 요단강에서 침례(沈禮)를 행하고, 죄의 몸을 물속에 장사 지내고 새 육신으로 물 속에서 나올 때 '성령이 비둘기 같이 내리고, 하늘엔 영광, 땅에는 평화'라 했다. 영어 Baptize는 원래 '물 속에 잠그다'라는 뜻이다. 요즘 대부분의 기독교에서는 몸을 물 속에 잠기게 하는 대신, 머리에 물을 뿌리는 세례(洗禮)를 행하는 데, 이것은 성경과 배치된다. 예수는 '천지가 없어지기 전에는 내 말의 일 점, 일 획이라도 변개치 말라'고 하셨는데, 예수가 재림하면, 침례를 행할까? 세례를 행할까? 로마의 콘스탄티누스 황제는 313년에 밀라노 칙령으로 기독교를 용인했고, 325년 니케아 종교회의를 통해 스스로 기독교인이 되었으며, 392년에는 테오도시우스 황제가 기독교를 로마의 국교로 채택했다. 세례는 기독교가 로마의 국교로 되면서, 수많은 로마 시민을 일일이 침례를 행할 수가 없었기 때문에, 편의상 로마 시민을 일렬로 세워 놓고 머리에 물을 뿌리는 것으로 침례를 대신한 데서 기인한다. 예수가 '법을 바꾸지 말라'고 했음에도 불구하고, 현재 대부분의 기독교는 예수의 가르침 대신 로마 황제의 방법을 택하고 있다. 세례에 반대하는 세력이 분리해 나간 교파가 침례교이다.

이스라엘과 하마스의 전쟁이 연일 톱뉴스가 되고 있다. 성경 창세기에는 아브라함의 아내 사라가 애기를 낳지 못하자, 아브라함이 86세에 이집트인 여종 하갈을 취하여 '이스마엘'을 낳았는데, 현재 아랍인은 모두 그의 후손이다. 아브라함이 90세에 사라가 '이삭'을 낳았고, 그는 현재의 이스라엘인 조상이 되었다. 이스라엘과 아랍은 배다른 형제의 자손들인데, 서로 최악의 원수가 되었다. 현대에서도 이복형제는 물론 친형제 간에도 재산 등으로 인한 분쟁이 끊이지 않는다. 동서고금을 막론하고, 모든 종교는 사랑을 가르치지만, 모든 종교인은 싸움만 한다. 아이러니다.

로마제국이 동로마와 서로마로 분리된 후, 카톨릭은 동로마를 중심으로 한 현재의 교황체제와 서로마의 그리스정교와 러시아 정교로 갈라져 갔다. 개신교는 영국의 성공회, 독일의 루터교, 침례를 고수하겠다는 침레교, 성경중심으로 살겠다고 분리해 나간 감리교, 감리교에서 분리해 나간 성결교, 미국에서 자생한 몰몬교와 SDA, 심지어는 문선명의 통일교 등 많은 교파가 있다. 처음 분리해 나갈 때는 나름대로의 목적이 있었으나 세월이 지나면서 모든 종파가 오십보백보가 되었다. 현재 이단으로 취급받는 교파도 백 년쯤 지나면 똑같은 부류가 될 것이고, 또 다른 종파가 생겨나면 그들을 또 이단으로 취급할 것이 불 보듯이 뻔하다.

신약성경에서 예수(Jesus Christ)의 성품을 보면, 사랑, 희생, 평화, 봉사, 화목, 화합, 용서, 믿음, 온유, 포용 등의 단어가 생각난다. "원수를 사랑하라", "네 이웃을 네 몸과 같이 사랑하라", "누가 네 왼쪽 뺨을 치거든 네 오른쪽 뺨도 대주라" 등의 가르침을 현세에 응용하면, '흑인, 백인, 동양인 구별 말고, 기독교도, 불교도, 무슬림, 힌두인 구별 말고, 전 세계인을 모두 내 몸같이 사랑하라'는 의미일 것이다. 반면에, 구약성경에 묘사된 여호와(Jehovah: 야훼)는 전쟁, 파괴, 살상, 원수, 복수, 저주, 파괴를 행하는 신으로 묘사되어 있다. 그 이유는 구약의 여호와는 '이스라엘 민족의 신'이기 때문이다. 따라서 이스라엘이 아닌 모든 민족은 이스라엘의 적이기 때문에 섬멸해야 할 대상이었다. 심지어 동족이라 하여도, 소돔과 고모라, 바벨탑, 욥기 등에서 보듯 여호와의 명령을 거역하면, 잔인하게 없애 버렸다. 구약만을 믿는 이스라엘과 신약을 믿는 오늘날의 기독교인이 달라야 하는 이유다.

2003년 석유에 욕심을 낸 부시 대통령은 이라크를 침공했다. 부시 대통령뿐만 아니라, 체니 부통령, 럼스펠드 국방장관도 모두 석유로 돈 번 사람들이었다. 파병에 앞서 부시 대통령은 교회에 가서 '적들을 섬멸하게 해 주소서'라고 기도를 했다. 이라크에 엄청난 폭격을 퍼붓고 있을 때, 조지아주 어느 초등학교에서는 총기난사로 열몇 명의 어린이가 숨진 사고가 발생했다. 이때, 내가 사는 지역 어느 한인교회에서는 부흥회가 열렸는데, 부흥회를 위해 모셔온 한 목사는 총기사고를 언급하면서 '이라크 전쟁에서는 한 명도 죽지 않았는데, 조용한 시골 마을에서 열몇 명이 죽었다'라 했다. 미국의 폭격으로 수많은 이라크인들이 죽었지만, 이런 엉터리 기독교인에게는 이라크인은 사람이 아닌 것이다. 부시 대통령이나, 이런 목사나, '일요일에 교회에 나오지 않으면 하루 일당을 제하겠다'는 철공소를 운영하는 교회 장로나, 세모에 서울역 지하도에서 목탁을 두드리는 스님에게 '하나님 안 믿으면 지옥 간다'라 말하는 광신도나, 이런 사람들이 예수의 얼굴에 먹칠을 하는 사람들이다.

세계의 여행지

미국과 유럽은 둘 다 관광수입이 많은 나라지만, 미국은 자연관광, 유럽은 역사관광이다. 미국, 캐나다의 자연을 관광해 본 사람은 다른 어느 나라에 가도 자연은 시시하게 느껴진다. 나이아가라(Naiyagara)와 이과수(Iguazu) 폭포를 본 사람들이 다른 나라의 조그만 폭포를 보고 경탄할 수는 없는 것이다. 캐나다 로키산맥(Rocky Mountains)을 본 사람에게 어느 나라에 가든 놀랄 만한 절경이 있겠는가?

그랜드 서클(The Grand Circle)은 미국의 애리조나(Arizona)주와 유타(Utah)주를 중심으로 와이오밍(Wyoming)주, 네바다(Nevada)주, 콜로라도(Colorado)주 일부가 연결되어, 지도를 보면 커다란 원형 관광벨트처럼 보여서 붙여진 이름이다. 누군가 나에게 '미국관광지를 추천해 달라'고 한다면, 나는 제일 먼저 그랜드 서클을 추천해 주고 싶다. 애리조나주의 그랜드 캐년(Grand Canyon N.P), 글렌 캐년(Glen Canyon), 파월 호수(Lake Powell), 안텔롭 캐년(Antelope Canyon), 호스슈 벤드(Horse Shoe Bend), 세도나(Sedona), 모뉴먼트 밸리(Monument Valley N.P), 유타주의 브라이스 캐년(Bryce Canyon N.P), 자이언 캐년(Zion Canyon N.P), 레드 캐년(Red Canyon), 캐피톨 리프(Capitol Reef N.P), 솔트 레이크(Great Salt Lake), 솔트 플랫(Salt Flat), 캐년랜드(Canyonlands' N.P), 아취(Arches N.P), 내셔널 브릿지(National Bridge), 콜로라도주의 메사 버드(Mesa Verde), 와이오밍주의 그랜드 테튼(Grand Tetons N.P), 옐로우 스톤(Yellow Stone N.P). 이곳 모두가 자연경관으로서 절경이 아닌 곳이 없는데, 1주일 정도의 일정을 잡아 자동차를 직접 운전하여 돌아다니면 그런대로 볼 수가 있다. 그랜드 서클을 보면 미국관광의 1/3 정도는 봤다고 할 수 있지 않을까 생각한다.

캐나다 로키산맥(Rocky Mountains)를 구경하려면, 와이오밍 주의 옐로우 스톤(Yellow Stone N.P)과 그랜드 테튼(Grand Tetons N.P)을 거쳐, 몬테나(Montana) 주의 글레이셔 국립공원(Glacier National Park)을 먼저 가서, 빙하가 깎은 신록의 계곡과 깎아지른 듯한 봉우리를 먼저 감상하는 게 좋다. 옛날 시골 이발소를 가면, 벽에 산, 호수, 강이 그려진 풍경화를 걸어 놓은 것을 볼 수 있었는데, 이곳이야 말로 그런 풍경화와 같다. 캐나다 국경을 넘어 가면, 워터튼 국립공원(Waterton Lakes N.P)이 나오고, 여기서 캘거리(Calgary)를 거쳐 로키산맥으로 들어가게 된다. 캐나다 로키는 밴프 국립공원(Banff N.P), 요호 국립공원(Yoho N.P), 쿠트니 국립공원(Kootenay N.P), 재스퍼 국립공원(Jasper N.P)으로 이루어져 있는데, 쿠트니는 남쪽에 있고, 밴프에서 요호를 거쳐 재스퍼로 넘어가는 도로는 양쪽 모두 빙하와 호수로 이루어진 절경 중의 절경이다. 특히 루이스 호수(Lake Louise)와 에메랄드 호수(Emerald

Lake)는 세계에서 가장 경치 좋은 곳이라 할 만하다.

오대호(Great Lakes)는 미국과 캐나다에 걸쳐 있는 다섯 개의 큰 호수를 말하는데 이름을 외울 때는 'HOMES'(H: Huran, O: Ontario, M: Michigan, E: Erie, S: Superior)라 기억하면 쉽다. 나는 미국에 있을 때, 1박 2일 동안 자동차로 미시간 호수를 일주한 적이 있는데, 도로 양 옆으로 우거진 침엽수림은 과히 절경이었다. 미시간 호, 슈피어리어 호, 휴런 호가 만나는 중간에 멕키노(Mackinaw)라는 작은 도시가 있는데, 여기에 숙소를 정하면 하루에 3개의 호수를 볼 수 있다. 이리 호와 온타리오 호를 함께 보려면 나이아가라 폭포에 가면 된다.

캘리포니아(California)는 미국 50개 주 중에서 인구가 가장 많은 주이며, 주도는 새크라멘토(Sacramento)이고, 로스엔젤레스(Los Angeles), 샌프란시스코(San Fransisco), 샌디애고(San Diego), 산호세(San Jose) 같은 큰 도시가 있다. 캘리포니아를 하나의 국가로 치면, 세계 6대 경제대국이 된다. 주 산업은 농업이며 농업의 경쟁력은 세계 최고다. 농업 다음으로는 할리우드(Holly Wood)의 영화산업, 실리콘 밸리(Silicon Valley)의 첨단산업, 그리고 관광산업이다. 캘리포니아에는 미국의 주 중에는 가장 많은 9개의 국립공원(National Park)이 있다. 나는 20년 동안 캘리포니아에 거주하면서 국립공원은 모두 가 봤다. 요세미티(Yosemitte N.P), 세쿼이아(Sequoia N.P), 죠슈아(Joshua N.P), 레드우드(Redwood N.P), 킹스 캐년(Kings Canyon N.P), 라센 화산(Lassen Volcanic N.P), 피너클(Pinnacles N.P), 뮤어우즈(Muir Woods N.M), 샤넬 아일랜드(Channel Islands N.P)가 있으며, 주립공원(State Park)은 200개 이상이 있다.

요세미티(Yosemitte) 국립공원은 미국 캘리포니아 시에라 네바다(Siera Nevada) 산맥에 위치하고 있는데, 하프돔(Half Dome), 글레이셔 포인트(Glacier Point), 요세미티 폭포(Yosemite Falls)가 관광 포인트이다. 요세미티에 가면 세 가지를 보라고 하는데 바위, 나무, 짐승이 그것이다. 바위는 큰 산을 반으로 쪼게 놓은 것 같은 모양의 하프 돔(Half Dome)과 암벽등반의 성지인 엘캐피탄(El Capitan) 바위를 보라는 것이고, 나무는 요세미티 계곡 전체를 뒤덮은 레드우드(Red Wood)를 보라는 것이며, 짐승은 자주 나타나는 곰을 보라는 것이다. 곰까지 다 보는 것은 운이 좋아야 하고, 경치가 가장 좋은 곳은 글레이셔 포인트(Glacier Point)에서 요세미티 전경을 한 눈에 보는 것이다. 나는 한국에서 손님이 오면 제일 먼저 요세미티를 구경시켜 주었다.

타호 호수(Lake Tahoe)는 캘리포니아와 네바다주의 경계에 있는 시에라 네바다(Sierra Nevada) 산맥의 해발 약 1,900m에 있는 산정 호수로 정말 아름다운 호수이다. 타호로 가는 길은 정말 신기해서 차가 분명 내리막길을 내려가는데, 물은 아래에서 위로 흘러가는 것처럼 보인다. 타호에서 가장 즐길 거리는 단연 모터 보트이다. 미국 운전면허증만 있으면 누구나 보트를 운전할 수 있으며, 타호를 전속력으로 가로지르는 쾌감은 무엇과도 비교할 수가 없다. 도박이 허용되는 네바다주와 붙어 있어서, 길 건너 네바다주에 가서 슬롯머신을 당겨보는 것도 색다른 재미다. 혹시 여행 경비보다 더 많은 돈을 딸 수도 있다.

크레이터 호수(Crator Lake N.P)는 미국 오리건(Oregon)주에 있으며, 화산 분화로 인해 생긴 호수인데, 물이 너무나 맑고, 수심 592m로 미국에서 가장 깊은 호수이다. 주위의 숲, 언덕, 호수 등이 절경이다. 나는 이곳에 6월, 7월, 8월 세 번을 가 봤는데, 눈이 아직 덜 녹은 6월에 가 보기를 권한다.

나이아가라 폭포(Naiyagara Falls N.P)는 이리 호수(Lake Erie)에서 온타리오 호수(Lake Ontario)로 흐르는 나이아가라 강에 있는 폭포로, 미국과 캐나다의 접경에 걸쳐 있다. 미국 쪽에서 보는 경치보다 캐나다 쪽에서 보는 경치가 훨씬 좋다. 이과수 폭포, 빅토리아 폭포와 함께 세계 3대 폭포로 불리며, 폭포의 높이는 54m. 배를 타고 폭포 아래로 가서 폭포 물을 뒤집어써 봐야, 나이아가라의 재미를 제대로 즐길 수 있다.

세노테(Cenote)는 멕시코 유카탄 반도에 있는 수직동굴 또는 싱크홀 같은 자연 우물이다. 물이 아주 차고 깨끗하며 우물 안에서 수영을 한번 하는 것은 정말 색다른 경험이 된다. 나는 멕시코 여행의 백미로 마야 유적 보는 것과 세노테에서 수영하는 것 두 가지를 꼽겠다.

이과수 폭포(Iguazu Falls)는 아르헨티나와 브라질의 경계에 걸쳐 있는 세계에서 가장 큰 폭포이다. 27개의 폭포가 모였는데, 그 중 '악마의 목구멍'이라 불리는 폭포가 높이 80m로 가장 유명하다. 미국의 루즈벨트 대통령 부부가 방문했을 때, 영부인 에리너 루즈벨트 여사가 '불쌍하다. 나의 나이아가라야'라 한 일화가 있다.

마추픽추는 페루에 있는 잉카문명의 고대 도시다. 잉카제국은 남아메리카대륙을 통치했으며, 황금과 보물이 넘쳐났던 대제국이었으나, 스페인군이 옮겨온 천연두 같은 전염균에 의해 잉카인들은 거의 전멸했고 일부 남은 잉카인들은 스페인 군대에 의해 몰살당했다. 나는 마추픽추를 본 후, '그 높은 산꼭대기에 어떻게 그런 거대한 석조 건물을 지었는지 어떻게 수로를 만들고 계단식 논밭을 일구었는지' 이해가 되지 않았다. 세계에는 불가사의가 참 많다. 유럽의 정복자들이 원주민을 학살하지 않고, 서로 협조하면서 함께 살았다면, 지금 불가사의로 알려진 많은 유적들의 비밀을 알 수 있었을 거란 생각이 든다.

나스카 문양(Nazca Lines)은 페루 남쪽 나스카 지역의 땅에 그려진 다양한 그림들과 기하학 무늬들인데, 기원전 300년에 그려진 것으로 밝혀졌다. 너무나 거대하여 오직 하늘에서만 완전한 그림을 볼 수 있다. 경비행기를 타고 문양이 그려진 상공을 비행하면서 감상할 수 있었는데, 아내는 멀미로 인해 나스카 문양 감상은 별로 못 하고 생고생만 했었다.

내가 미국의 10대 절경을 추천한다면, 그랜드 서클(Grand Circle)에 있는 그랜드 캐년(Grand Canyon N.P), 안텔롭 캐년(Antelope Canyon), 모뉴먼트 밸리(Monument Valley N.P), 브라이스 캐년(Bryce Canyon N.P), 아취(Arches), 내셔널 브릿지(National Bridge)와 산위에서 바라본 글레이셔 국립공원(Glacier National Park), 글레이셔 포인트(Glacier Point)에서 바라본 요세미티(Yosemitte) 국립공원, 그리고 크레이터 레이크(Crator Lake)와 나이아가라 폭포(Naiyagara Falls)를 꼽겠다.

유럽은 어느 나라를 가도 비슷비슷하다. 중세식 성당이 있고, 궁전이 있으며, 넓은 광장에는 역사적 유명인물의 동상이 있다. 또한 박물관에는 세계 곳곳에서 약탈해 온 유물들을 전시해 두고 관광객으로부터 비싼 입장료를 받는 것도 똑같다. 그나마 자연 경관으로 알프스 산맥(Alps)을 볼 만하지만 알프스도 캐나다의 로키산맥을 본 사람들에게는 그저 그런 눈 쌓인 봉우리일 뿐이다.

잊을 수 없는 미국 미국생활

미국에서 가장 싸게 운동할 수 있는 종목은 단연 골프다. 내가 살던 미국 샌프란시스코 베이지역(San Fransisco Bay Area)에는 그린 피(Green Fee)가 $30~$50 정도였다. 우리 돈으로 5만 원 정도로 5시간을 운동할 수 있으니, 이보다 싼 운동이 어디 있는가? 캐디(Caddy)는 아예 없고, 카트(Cart)도 탈 사람은 타고 타지 않을 사람은 골프 백을 메고 걷거나, 끄는 카트(Pull Cart)에 골프 백을 싣고 걸으면 된다. 라커 룸(Locker Room)이나 목욕탕이 따로 없다. 그냥 편하게 입은 대로 와서 즐기고, 입은 대로 집으로 돌아가면 되는 것이다. 내가 한국으로 돌아오기 직전에는 우리집이 골프장 안에 위치하고 있어서, 낮에는 공을 치고, 밤에는 골프장을 산책했다. 그 시절이 좋았다.

미국 샌프란시스코 베이 지역(San Fransisco Bay Area)에 살 때는 인근의 주립공원(State Park)이나 지역공원(Regional Park)의 나지막한 산과 들에 하이킹을 참 많이 다녔다. 한국에서는 등산을 주로 하지만, 등산(Mount Climbing)과 하이킹(Hiking)은 많이 다르다. 등산은 산의 정상까지 올랐다가 다시 내려오는 것이지만, 하이킹은 한국의 둘레길처럼 높지 않은 길을 빙 둘러서 제자리로 돌아오는 코스가 대부분이다. 나는 베이 지역에만 200곳 이상의 하이킹 코스를 가 봤는데, 나중에는 더 이상 가 볼 곳이 없어서 다른 취미 활동으로 바꾸었다. 아내와 함께 가면 시속 3마일(약 5km) 정도로 천천히 걷지만, 나 혼자 가면 시속 5마일(약 8km) 정도로 빨리 걷는다. 나무가 우거진 길도 있고, 땡볕만 내리쬐는 길도 있지만, 어떤 길이든 정해진 코스를 다 걷고 나면 그 뿌듯함은 어디 비할 데가 없다. 엑셀 파일(Excell file)에 하이킹기록을 정리해 두었으나, 한국으로 오고 나니 쓸모가 없어졌다.

나는 극한 스포츠(Extreme Sports)를 좋아한다. 20년간의 미국 생활 중 가장 커다란 추억을 꼽으라면 이러한 도전이 아닐까 생각된다. 제일 먼저 시도한 것은 번지 점프(Bungee Jump)였다. 뉴질랜드 남섬에 있는 세계에서 가장 오래된 번지점프대보다 좀 더 높은 다리에서 뛰었는데 짜릿했던 그 순간이 최고였다. 두번째는 샌프란시스코 해안가에서 도전한 패러글라이딩(Paragliding)이었다. 바위섬에 앉아 있는 펠리칸 무리를 보며 갈매기와 함께 하늘을 나는 기분은 나도 한 마리의 새가 된 기분이었다. 마지막은 스카이 다이빙(Sky Diving) 도전이었다. 고도 약 4,000m 상공의 비행기에서 바로 뛰어내리는 짜릿한 기분은 무엇과도 비교할 수 없는 쾌감이었다. 한국에서도 기회가 되면 이러한 경험을 꼭 다시 하고 싶다.

미국에는 도로에는 CCTV가 거의 없다. 그 넓은 땅에 CCTV를 다 설치할 수가 없기 때문일 것이다. 따라서 교통단속은 경찰이 직접 한다. 한국의 교통경찰이 교통사고 예방을 위한 계도 역할을 한다면, 미국의 교통경찰은 교통위반자를 잡기 위해 함정 단속을 주로 한다. 후진할 때 몸을 완전히 뒤로 돌려 후방을 확인하지 않으면 벌금이 크다. 신호등에서 꼬리 물기는 있을 수 없는 일이다. 음주운전은 중범죄이다. 과속으로 걸리면 벌금이 장난 아니다. 미국에서 운전하려면 어떠한 경우에도 교통법규를 지켜야 하는 이유다.

미국사람들은 낯선 사람에게도 반갑게 인사를 잘 한다. 'Good Morning', 'Hi', 'Hello' 그리고 'Thank you'는 그들의 습관이다. 누가 'Good Morning', 'Hi', 또는 'Hello'라 인사를 하면, 반드시 같은 말로 응대를 한다. 또 누가 'Thank you'라 하면 반드시 'You're welcome' 또는 'My Pleasure' 등으로 답한다. 인사를 받았는데도 답을 하지 않거나, 'Thank you'라는 말을 들었는데도 응답하지 않는 것은 대단히 무례한 것이다. 이러한 풍습은 미국의 역사에서 유래했을 수도 있다. 무례한 행동은 서부개척 시대라면 총 맞을 수도 있다.

미국에는 법적으로 인종, 성(性), 종교, 나이에 대해 차별(Discrimi-nation)을 하면 큰일난다. 때문에 피부색이 어떻든, 동성애자이든, 남자든 여자든, 나이가 많든 적든 모두가 평등하다. 나이를 물어보는 것 자체가 실례다. 직장에도 정년이 없다. 그러나, 미국사회를 자세히 보면 분명

인종차별이 존재한다. 다만 겉으로 드러나지 않을 뿐이다. 앵글로 색슨계 백인(WASP: White Anglo-Saxons Protestant), 로만 카톨릭(Roman Catholic)계, 유대인(Jews), 멕시칸(Mexican) 등 히스패닉(Hispanic)계, 동양인(Orientals), 아프리카계 흑인(Negro) 순서다. 한국 사람들이 이런 인종 차별 국가에서 정치적으로나 경제적으로 인정받는 것은 정말 대단한 노력의 산물이다.

미국에는 천사 같은 사람들이 정말 많다. 우리나라는 입양문화가 일반화되어 있지 않지만, 미국의 가정들을 보면, 해외에서 입양하여 자녀를 훌륭히 키워내는 가족이 참 많다. 특히 고아나 장애인을 입양하는 경우가 많은데, 피 한 방울 섞이지 않고, 피부색이 다른 장애인을 입양하여, 사회에 잘 적응하게 키워내는 이런 사람들이 바로 천사가 아니겠는가?

미국의 철강노조는 부두노조와 함께 강성노조로 알려져 있다. 그런데, 내가 미국 철강회사에서 20년을 근무했지만, 철강 노조가 강성이라는 생각은 전혀 들지 않았다. 우선 노조전임자라는 게 없다. 노조위원장도 회사에서 자기가 수행해야 할 직무가 있다. 자신의 직무를 수행하지 않으면 바로 해고사유가 됨은 물론이다. 미국의 노조원(Union)들이 보면 '한국의 모든 회사에 노조 일만 하는 전임자가 있다.'는 게 얼마나 부러울까? 한 번은 포스코 노조대표단이 선진국 노조현황을 파악한다는 명분으로 내가 근무하는 철강회사에 온 적이 있었다. 그들은 우선 '현장 작업

자들의 유니폼이 없다.'는 사실에 놀라고, '밥(Lunch) 먹는 시간이 30분'
이라는 데 놀라고, 지저분한 화장실에서 또 놀랐다. '샤워는 어디서 합니
까?' 라고 내게 물었을 때, '샤워는 집에 가서 하죠'라 대답했더니 더 이상
묻는 말이 없었다. 포스코의 호텔 같은 화장실과 휴게실, 목욕탕, 라커
룸, 회의실 등과 비교했을 때 선진국 노조는 너무나 후져 있었기 때문이
리라. 포스코가 4조 3교대 근무를 하는 반면, 미국은 3조 3교대를 하고,
'경기가 안 좋아 주문물량이 적으면, 회사가 다시 부를 때까지 Layoff(일
시 해고)를 한다'는 걸 알면 기절할 것이다.

  뉴욕의 지하철은 지저분하고, 범죄가 많기로 악명 높은 곳이다. 샌프
란시스코 베이 지역(Bay Area)에도 BART(Bay Area Rapid Transit)라
는 전철이 있다. 나는 BART를 탈 때마다 반드시 귀마개(Ear Plug)를 착
용한다. 워낙 소음이 심하기 때문이다. 한국에서는 '약속시간을 지키려
면 전철을 이용하라'고 하지만, 미국 전철은 운행 중 수시로 정차하고, 왜
정차해 있는지 설명도 잘 해 주지 않는다. 나는 전철을 탔다가 비행기를
놓친 적도 있었다. 깨끗하고, 조용하고, 안전하고, 안내가 친절한 한국의
전철은 세계의 모범이다.

  미국 역사의 초기를 보면, 백인들은 소고기(Beef) 스테이크를 포크와
나이프로 우아하게 썰어 먹고, 흑인 노예들은 소고기 대신 닭고기를 주
로 먹었다. 세월이 지나고 보니 소고기보다 닭고기가 훨씬 맛있다는 걸

알게 되었고, KFC는 대성공을 거두었다. 우리나라도 옛날에는 쌀밥은 부자들이 먹었고, 가난한 사람들은 보리밥을 먹었는데, 알고 보면 보리밥이 훨씬 건강식이었지 않은가?

미국의 경찰관들은 대부분 덩치가 크고 힘이 세 보인다. 법을 어기는 사람에 대해서는 무자비할 정도로 대처한다. 한국의 불법 집회나 도로점거 같은 일이 미국에서는 절대로 일어날 수 없다. 경찰 저지선(Police Lin)을 한 발자국만 침범해도 바로 연행된다. 우리나라에서는 경찰관을 폭행하는 일도 자주 있지만, 미국에서 그런 일을 저지르면 죽을 수도 있다. 실제로 백인 경찰이 흑인을 죽여버린 경우가 몇 번 일어났지만 경찰관이 처벌받은 적은 없다. 미국사회에서 공권력에 대한 도전은 죽음 아니면 불구가 된다고 봐야 한다. 우리나라도 공권력이 제대로 발휘되어야 나라가 조용해질 것이다.

미국에는 체리, 자두, 오렌지, 레몬, 라임 같은 과일이 유명하다. 사과는 있으나 별 맛이 없고, 배는 완전히 한국의 돌배 같은 것이라 맛이 없다. 미국 사람들은 감이나 대추 같은 것도 잘 먹지 않기 때문에 한국인이나 중국인을 상대로 하는 마켓에 가야 원하는 과일을 살 수 있다. 체리, 딸기, 복숭아 같은 과일은 철이 되면 U-Pick이라는 것이 있다. 인건비가 비싸다 보니 과일을 수확하는 일도 쉽지 않아, 아무나 과일 밭에 가서 먹는 것은 공짜이고, 따서 가지고 나오는 것만 돈을 지불하면 된다. 철이 되면 가족 단위로 과수원에 하루 놀러 오는 사람들이 참 많다. 우리나라도 감, 밤, 사과, 대추, 복숭아 같은 과일과 감자, 고구마 같은 작물 수확에 You-Pick제도를 도입하면 좋을 것 같다.

내가 20년간 근무한 미국의 철강회사는 캘리포니아 주 피츠버그(Pittsburg)시에 위치한 UPI(USS-POSCO Industries)라는 회사다. 처음에는 포스코의 파견직원으로 부임했지만 몇 년 후부터는 미국직원으로 근무했다. 포스코에서 파견 나온 직원도 몇 명 있었지만 서로 근무하는 부서가 달라서 점심시간 외에는 만날 수 없고, 매일의 근무시간은 미국인들과 부대껴야 했다. 미국 회사는 한국과 달라서 정년이라는 개념이 없다. 나이, 성별, 피부 색, 종교 등으로 차별대우를 하는 것은 법으로 엄격하게 금지되어 있다. 정년이 없는 대신 보스(Boss)가 보기에 부하직원이 업무능력이 없다고 판단되면 가차없이 해고시킬 수 있고, 일감이 없을 때는 신참 순으로 일시 해고(Layoff)를 시킬 수도 있다. 나는 부족한 영어 실력이었지만 '내가 이 회사에서 꼭 필요한 사람'이라는 것을 인정받기 위해 참 열심히 노력했다. 포스코 파견 직원일 때는 미국인이 감히 나에게 뭐라고 할 수 없었지만, 포스코를 사직하고 미국직원이 됐을 때는 내 능력으로 성과를 보이지 않으면 안 되었다. 다행히 전문 지식과 경험이 뒷받침되었고, 미국인과의 인간관계를 잘 맺어서 큰 탈 없이 20년을 근무할 수 있었다. 20년을 채운 뒤에도 얼마든지 더 근무할 수도 있었지만, 40년 이상의 직장생활에 지쳐서 그만 쉬고 싶었다. 20년 만에 한국으로 돌아온 건 잘한 결정 같다. 건강하고 멋진 노후를 보내야지.
"Happy Retirement."

미국 캘리포니아의 베이지역(San Fransisco Bay Area)은 사계절에 기온변화가 크게 나지 않는다. 여름은 건조하고, 겨울은 비가 많이 내리는 것이 우리나라와 다르지만, 겨울에 얼음이 얼지 않으며, 1년 내내 골프를 즐길 수 있는 날씨다. 한국으로 온 후, 우리나라의 날씨 변화는 참 당황스럽다. 장마, 홍수, 폭염, 열대야가 지속되다가, 어느새 한파, 폭설로 바뀐다. 봄과 가을은 짧고 기억 속에는 여름과 겨울만 남는다. '사계절이 뚜렷한 지역의 사람들은 부지런하다.'는 말이 생각난다. 그래서 우리 나라가 급속히 발전할 수 있었는 지도 모르겠다.

나는 미국생활을 할 때, 생활이 어려워 국내에 가지고 있던 아파트와 조금의 주식을 처분하고, 국민연금과 개인연금도 모두 해지하여 생활비에 보탰다. 20년간의 미국생활을 청산하고 한국에 돌아오니 소득이 없는 사람이 되었다. 다행히 미국서 든 연금이 생활비 정도는 되니 사는 데 큰 어려움은 없다. 미국달러로 연금을 받아 한국에서 미국 신용카드로 지출하니, 요즘처럼 환율이 높을 때는 조금 도움이 되는 것 같다.

미국인들은 해초류를 먹지 않는다. 김, 미역, 다시마, 톳, 모자반, 곰피, 함초 등 이름도 다양하지만, 미국에서는 모든 해초류가 다 'Sea Weeds'로 불린다. 요즘 우리나라의 김이 미국에 수출되어 '김을 좋아하는 미국인이 많다'는 뉴스를 접하니, 새삼 한류의 힘이 느껴져서 뿌듯하다.

코로나(COVID) 19가 전 세계로 확산되기 전 나는 남미를 여행 중이었다. 페루, 아르헨티나, 브라질 등에서는 하루 확진자가 1~2명 정도였다. 마지막 일정으로 브라질의 한 인디오(원주민)마을을 관광하고 있었는데, 여행사에서 전화가 와서 '오늘부터 미국으로 입국하는 모든 비행기가 입국 금지되었다'고 했다. 즉시 관광을 중단하고 거의 하루 종일 미국으로 돌아올 수 있는 방법을 찾기 위해 동분서주했다. 도저히 뾰족한 방법을 찾지 못하여, '일단 공항 가서 해결해 보자'는 생각으로 약 8시간 전에 공항으로 나갔다. UA(United Air)항공 체크인 데스크(Check In Desk)에 가서 자초지종을 얘기하니, 직원이 빙그레 웃었다. 알고 보니 밤 11시 30분 발 내 비행기는 미국으로 들어가는 마지막 비행기였다. 자정이 지나면 다음날이 되고, 다음날부터 모든 미국 행 비행기는 입국 금지 조치가 내려진 상태였다.

역시 코로나(COVID 19) 시기에 LA(Los Angeles)공항에서 있었던 일이다. 비행기를 기다리는 중 껌을 씹고 있었는데, 아내가 '이제 그만 껌을 버리세요'라 하길래, 가까이 있는 쓰레기통에 껌을 뱉었다. 샌프란시스코(San Fransisco)에 무사히 도착한 후, 짐을 찾으러 가는데, 웬 백인 여자 한 명이 나에게 다가오더니 '경찰에 신고하겠다'라 했다. 사유를 물어

보니, 'LA공항에서 침을 뱉는 것을 봤다'고 했다. '침이 아니라 껌이었다'고 설명했더니 이해했다. 미국은 참 무서운 나라다.

내가 2000년도에 미국으로 갔을 때, 미국에는 빅 쓰리(Big 3)라 불리는 제너럴 모터스(General Motors: GM), 포드(Ford), 크라이슬러(Crysler) 3개의 자동차 회사가 있었다. 미국은 모든 교통이 자동차 중심으로 되어 있고, 자동차 업계의 정치권에 대한 로비의 힘이 워낙 커서, 고속철도 같은 교통수단이 쉽게 건설되지 못하였다. 우리나라를 비롯하여 많은 나라들이 미국시장에 자동차를 수출하여, 성능 인증을 받아야만 자동차산업의 경쟁력을 갖추게 되는 시기였다. 나는 미국에서 처음에, 중고차로 포드 토러스(Ford Taurus)와 혼다 시빅(Honda Civic)을 사서, 포드는 아내가 사용하고, 혼다는 나의 출/퇴근 용이었다. 큰 애가 대학에 진학하면서, 역시 중고차로 미쯔비시 미라쥬(Mitsubishi Mirage)를 사주었다. 포드 차는 워낙 고장이 잘 나서 토요타 캠리(Toyota Camry)로 바꾸었고, 혼다 차는 어느 날 밤에 도둑이 차량의 대시보드(Dash Board)를 뜯어가 버리는 사고를 당하여, 토요타 매트릭스(Matrix)로 바꾸었다. 딸이 타던 미라쥬는 사고를 당하여 폐차하고, BMW의 미니 쿠퍼(Mini Cooper)로 바꾸었고, 내가 타던 매트릭스도 사고가 나서 폐차하고, '국산 차를 살까' 고민도 많았는데, 그 당시에는 한국으로 돌아올 생각이 없어서, 결국 닛산 로그(Nissan Rogue)로 바꾸었다. 일본 차는 미국 차에 비해서 고장이 잘 안 나고, 연비도 좋으며, 중고차 가격도 좋은 편이다. 현대 차는 미국 자동차 시장에서 토요타에 버금가는 인기 있는 차량이다. 한국으로 돌아올 때는 토요타와 닛산 자동차를 처분하고, 현대의 산타페(Santa Fe)를 구입해서 타고 다니는데, 지금까지 내가 타 본 차 중에서 가장 만족스럽다. 국내에서 굳이 외제 승용차를 타면서 목에 힘주는 사람들, 모두 허영에 들뜬 자들이다.

미국의 의료 시스템은 상상을 불허할 정도로 복잡하고, 비싸고, 시간 오래 걸리고, 불친절하다. 조금 과장해서 얘기하면 '기다리다 죽든지, 치료하다 살림 거덜 나든지' 둘 중 하나다. 우선 가정 주치의(Family Doctor) 외의 전문의를 만나기가 어렵다. 보통 1달 정도 전에 예약을 해야 한다. 한 달 후 전문의를 만나면, 병에 따라 다르겠지만, 만일 X-ray 촬영이 필요한 경우라면, X-ray 예약하는 데 1~2주가 걸린다. X-ray 결과를 보고 다시 전문의를 만나서 '이번에는 MRI촬영이 필요하다'고 하면, 또 1~2주 후에 MRI 촬영이 가능하다. 이런 식이다. 병원비가 비싼 이유는 종사하는 인원이 많기 때문이다. 한국의 병원에서 간호사 한, 두 명이 하는 일에 미국에서는 최소 5~6명은 필요하다. 하는 일이 너무나 세분되어 있기 때문이다. 좋은 보험을 가지고 있지 않으면, 치료하다 전 재산을 날려야 할 경우가 많다. 남은 가족을 위해서라면 치료하는 것보다 죽는 게 나을 것이다.

다시 보는 한국

미국에 살다가 한국으로 돌아온 후, 한국에서 운전할 때에 가장 불편한 점은 '직진 차선이 갑자기 좌회전 차선으로 바뀌어 버린다'는 점이다. 미국에서는 직진 차선은 끝까지 직진이다. 좌회전 차선은 따로 만들어져 있다. 한국의 땅이 좁아서 그럴 것이라는 생각은 들지만, 직진으로 가던 차가 갑자기 오른쪽으로 차선 변경을 하는 것이 굉장히 위험하다. 양보를 잘 안 하는 운전자들이 빵빵거리기도 하고, 접촉사고를 일으켜 싸우는 경우도 많이 봤다. 1차선이 얼마 후에 좌회전으로 바뀌는 차로이면, 미리 알 수 있도록 도로바닥에 표시해 두는 개선이 절실하다.

우리나라에서 운전할 때 두 번째 불편한 것은 '주차공간이 좁다'는 것이다. 나는 좁은 주차공간에 주차하려다 기둥에 사이드 미러(Side Mirror)를 받히거나, 뒷 범퍼(Bumper)를 받힌 적이 여러 번이었다. 또 길가에 있는 가게는 전용 주차장이 없는 경우가 많다. 그렇기 때문에 길가에 불법 주차를 하게 되고 교통사고의 원인이 된다. 나는 어느 상점에 가기 전에 '주차장이 있느냐?'를 물어보고 주차장이 없는 경우는 아예 거길 가지 않는다. 아마 많은 사람이 나와 비슷할 것이다. 도심의 도로 가에 일정한 간격으로 주차빌딩을 세우고, 비용은 근처 상가와 지자체에서 공동으로 부담하는 것이 어떨까?

아라뱃길은 한강과 인천 앞바다를 이어주는 운하이다. 물동량이 적고 환경오염 문제 등이 있어 운하의 기능은 상실했지만, 자전거 도로, 공원, 산책로, 녹지 공급하는 효과가 있어 주민들에게 인기가 높다. 특히 행주대교에서 정서진까지 이어지는 자전거도로는 환상의 코스다. 친구 몇 명과 함께 이 코스를 몇 번 자전거 주행을 해 보았다. 아라뱃길의 종점인 정서진은 부산 낙동강 하구둑까지 633km 자전거 국토 종주길의 시작점이다.

경기도 연천군에는 신라의 마지막 왕인 경순왕이 묻힌 왕릉이 있다. 고려에 나라를 바친 경순왕은 개경에 살다가, '죽으면 경주에 묻히길 원했다'고 한다. 경주로 내려오는 도중, 고려의 왕이 '경순왕이 경주로 가게 되면, 혹시 신라 유민들을 자극해 민심이 동요될 수 있다'고 판단하여, 개경에서 얼마 이상의 거리를 벗어나지 못하게 했다고 한다. 그래서 '개경에서 가까운 연천에 묻히게 되었다'고 하는데, 나라를 지키지 못하면 죽어서도 한이 되는 것이다. 대한민국을 전복시키려는 종북좌파를 경계해야 하는 이유이다.

경기도 파주에는 '자운서원'이 있는데, 여기에는 이율곡과 그의 부친 이원수, 그의 모친 신사임당의 묘가 있다. '신사임당과 이율곡' 하면 강릉을 생각하는 사람들이 많은데, 강릉은 율곡의 외가가 있던 곳이며, 율곡은 파주 사람이다. 흔히들 조선시대 동인, 서인이 당파싸움을 할 때에, 동인의 수장은 퇴계 이황, 서인의 수장은 율곡 이이라고 알고 있다. 하지만, 퇴계는 동인의 우두머리가 맞았지만, 율곡은 우두머리 역할을 한 적이 없다. 서인들이 퇴계에 버금가는 사람을 내세우다 보니 율곡이 거명되었을 뿐, 율곡은 당파에 휩쓸리지 않은 인물이었다.

미국생활을 접고 한국으로 돌아온 후 가장 아쉬웠던 것은 골프를 칠 수 없는 것이었다. 골프를 못 치는 이유는 '첫째 너무 비싸고, 둘째 예약(Tee Time)하기가 어렵고, 셋째 함께 칠 친구가 없다'는 것이었다. 미국에서는 혼자 가든 둘이 가든 아무 때나 나가면 칠 수 있었지만, 한국은 네 사람(Foursome)이 조를 맞추어 예약을 하지 않으면 나갈 수가 없으니, 나로서는 골프 치기 불가능한 시스템이었다. 더군다나 코로나로 인해 골프장마다 가격을 엄청나게 올려 버려서 아예 엄두를 내지 못했다. 우리나라의 골프장은 문제가 많다.

미국의 불편한 의료시스템과 비교했을 때, 한국은 의사가 너무 많아서 문제다. 모든 전문의가 내 주위에 널렸고, 한의원도 너무 많다. 내가 골라서 갈 수 있다. 그런데 정치권은 '의사 수가 부족하니 의대정원을 늘려야 한다'고 야단이다. 출산율이 저조하여 한 학급당 학생수가 20명이 고작인데, 정치권의 주장대로라면 20명 중에 5명 정도는 의대를 간다고 봐야 한다. 미국과는 너무 다른 의료시스템이다.

한국으로 돌아온 후 제일 먼저 여행 간 곳은 제주도였다. 난생 처음 가
본 제주도였지만, 사람 사는 곳은 어디나 '거기가 거기'였다. 7박 8일간
제주도를 한 바퀴 돌았는데, 물론 처음 가 보는 곳이니 색다르기는 했지
만, 입을 다물지 못할 정도의 절경은 없었고, 소문났다는 음식점도 그저
그랬다. 미국과 캐나다를 먼저 봐 버린 것이 다른 곳의 흥미를 떨어뜨린
지도 모르겠다. 어디를 가든 그곳의 특징과 아기자기함을 즐겨야 하는데
내 성격상 그러지 못하니, 앞으로는 '보는 관광을 지양하고 체험하는 관
광'으로 바꿔야겠다.

난생 처음으로 뮤지컬을 관람했다. 안중근 의사의 얘기인 〈영웅〉이었
다. 내가 문제인지도 모르겠지만, 뮤지컬이라는 것이 나에게는 잘 이해
가 안 되는 장르다. 죽음을 맞이하는 심각한 장면에서도 노래를 부르고,
가장 슬퍼해야 할 상황에서도 노래를 부르니 내게는 현실감이 매우 떨어
진다. 영화도 다 연출인 것은 마찬가지지만 그래도 영화는 현실감이 느
껴지는데 뮤지컬은 영 아닌 것 같다.

내가 정착한 파주는, 알고 보니 역사적으로 상당히 유서 깊은 고을이
다. '술이홀'이라는 지명은 고구려시대, '파평'이라는 지명은 신라시대 때
부터 있었다. 한양과 평양의 중간에 위치하고 있어 예부터 요충지였고,

율곡 이이, 황희 정승, 윤관 장군, 『동의보감』의 허준 선생 등이 모두 파주 출신이다. 북한과 인접해 있다 보니, 판문점, 임진각, 도라산 역, 오두산 통일전망대, 제3땅굴 등이 자연적으로 관광지가 되었고, 서울에서 그리 멀지도 않으니, 감악산 출렁다리, 마장호수, 헤이리 예술마을, 파주출판도시 등은 새로운 관광 명소가 되었다. LG 디스플레이 단지가 들어서고 운정 신도시가 개발되면서 인구가 크게 늘었고, 따라서 주위에 맛집도 많이 생겼다. 수도권 제2순환도로가 개통되면 훨씬 교통도 좋아질 것이다. 통일되면 대박 날 지역이다.

미국에 있을 때에는 '임진강'은 나에게 생소한 강이었다. 언젠가 북한 주민이 '임진강을 헤엄쳐 귀순했다'는 뉴스를 접한 적이 있을 뿐이었다. 그런데 내가 임진강 옆에 정착할 줄이야! 나는 임진각과 임진강 평화누리 공원에 자주 간다. 연천군 군남면에 있는 파크 골프장에도 자주 가는데, 연천으로 흐르는 임진강에는 군남댐이 있다. 군남댐 상류로 계속 올라가면 북한이고 거기에는 황강댐이 있다. 한탄강은 북한에서 발원하여 철원군을 거쳐 연천군에서 임짐강과 합류한다. 한탄강의 주상절리는 그 주변경치가 정말 멋지다. 임진강과 한탄강은 최전방이라는 생각이 먼저 들고, 사실상 군사분계선의 강이다. 이곳이 나의 주생활권이다.

부산 해운대의 해운(海雲)은 원래 신라시대의 문인 최치원의 호(號)이다. 최치원이 현재의 해운대해수욕장 근처에 왔다가, 소나무와 백사장이

어우러진 이곳의 경치에 감탄하여 '해운대'라 이름 지었다고 한다. 부산에 살고 있는 동생은 서울 신촌 세브란스병원에 올 때마다 '서울이 뭐 이래? 부산에 비하면 완전 시골이다'라 했다. 내가 '여기는 강북이라 그렇지 강남에 가면 다르다'라 하면, '강남은 잘 모르지만 해운대 만한 데가 어딨노? 해운대, 광안대교 바라보고 있으면 가슴이 뻥 뚫린다'라고 말한다. 맞는 말이다. 해운대의 경관은 세계 어느 해변에 견주어도 손색이 없다.

미스 트롯(Miss Trot)과 미스터 트롯(Mr. Trot)으로 인하여 시작된 트롯 열풍은, 여러 방송에서 유사 프로그램을 양산하면서, 남녀노소 누구나 트롯을 좋아하게 되었다. 나는 원래부터 옛날 노래를 좋아했고, 80년대 이후의 노래는 전혀 모른다. 특히 락(Rock) 음악도 내 취향이 아니고, 랩(Rap) 음악은 아예 가사 자체를 알아듣지 못한다. 남인수/현인에서 시작해 이미자/남진/나훈아와 송창식/양희은/박인희를 거쳐 조용필까지는 좋아했고 노래도 잘 아는데, 서태지 이후의 노래는 완전 젬병이다. 트롯이 새삼 유행하면서 그 곡조가 내가 좋아하는 풍이다 보니, 새로이 등장하는 트롯가수들도 좋아하게 되었다. 산업전선에서 밤낮없이 일할 때는 노래에 아무 관심이 없었고, 직원들과 어쩌다 노래방에 가면, '나그네 설움'과 '울고 넘는 박달재'만 부르던 내가 신유, 설운도, 조항조, 진성, 김연자, 김용임, 장윤정의 노래를 흥얼거리니 세상 참 많이 변했다.

세월호 침몰 사고는 우리 역사에 지우기 힘든 아픈 상처이다. 선사의 부실한 선박관리와 안전교육, 이를 방치한 승무원들, 선장과 항해사의 판단착오와 늦장대응, 그로 인한 시간지체, '가만히 있으라'는 비상식적인 안내 방송, 그리고 정부와 관료의 대처 미흡 등 총체적 난국이 만든 최악의 해난 사고였다. 다만, 이 사고를 정치적으로 이용한 집단은, 위에 열거한 총체적 난국을 일으킨 사람보다 더 많이 대한민국의 갈등과 분열을 일으켰다. 모든 사고는 희생자를 위로하고 보상하는 것과 다시는 재발되지 않도록 대책을 수립하는 것이 중요한 것이지, 그 사건을 이용해 자신의 이득을 취하려는 행위를 해서는 안 된다.

이태원 압사사고는 할로윈 축제 인원 과밀 및 경찰, 행정당국의 안전관리와 통제 부족 및 국민들의 안전불감증과 무질서로 발생한 사고이다. 나는 '할로윈은 미국의 축제인데, 한국의 젊은이들이 왜 난리인지' 이해가 안 된다. 가장 큰 책임은 거기에 몰려 간 사람에게 있으며, 두 번째 책임은 자녀들이 거기에 몰려가도록 방치한 부모들에게 있으며, 마지막으로는 통제를 제대로 못한 당국에게 있다. 유명을 달리한 분들의 명복은 빌지만, 오로지 정부에게만 책임을 묻는 짓은 삼가야 하겠다. 특히 이 비극적인 사고를 정치적으로 이용하는 집단, 여론을 호도하는 방송과 단체는 냉정하게 중립적인 자세로 돌아와서 재발방지대책을 마련하는 데에 집중해야 할 것이다.

요즘은 어느 지방을 가든 둘레길이 잘 되어 있다. 지자체가 경쟁적으로 관광객을 유치하기 위해 투자한 것이겠지만, 타지에서 오는 여행객뿐만 아니라, 주민들의 건강을 위해서 대단히 잘한 일이라 생각된다. 서울 둘레길에는 구간마다 완주 인증 스탬프를 찍을 수 있는데, 이것도 참 재미있는 아이디어다. 국민 건강에 도움도 되고, 아울러 국민이 건강해짐으로써 건강보험공단의 경영에도 보탬이 될 것이다.

　나의 처 고모는 올해 연세가 84세이다. 그분의 휴대폰을 보면 카톡 배경화면에 가수 장민호의 사진이 있다. 하루에 10시간 이상 유튜브로 장민호만 본다고 한다. 장민호의 모든 것을 파악하고 있고, 장민호가 콘서트를 하면 반드시 참가한다. 사는 이유가 장민호라 해도 과언이 아니다. 나는 평소 연예인에게 별 관심이 없는 사람이지만, '연예인이 나이 많은 사람에게 삶의 활력이 된다'는 것을 처음 알았다. 장민호에게 고맙다.

　전철에는 '장애인, 임산부, 노약자를 위한 좌석입니다'라는 표시가 있는 좌석이 있다. 어느 젊은 아줌마 한 명이 유모차를 끌고 이 좌석으로 와서 당당히 앉았다. 그런데 유모차를 보니 애기는 없고 옷가지와 장난감, 그리고 인형이 하나 있었다. 그 여자는 왜 이 좌석에 그리도 당당히 앉았는지 알 수가 없었다.

　전철에는 또 '임산부 배려석'이라는 핑크빛 좌석이 있는데, 거기는 비워 두게 되어 있다. 겉으로 보기에는 표시가 나지 않는 초기 임산부도 앉을 수 있는 좌석이다. 그런데, 그 좌석이 비어 있는 경우는 본 적이 없다. 남자나 늙은 할머니가 태연히 앉아 있는 모습을 너무나 쉽게 볼 수 있다. '배려'라는 단어를 모르는 사람들이다.

연말이 가까워 오니, 길거리에 가수들의 콘서트를 알리는 현수막들이 많이 눈에 띈다. 장윤정, 린, 부활, 장사익, 장민호, 거미, 노을, 엄정화, 자우림, 이무진, 변진섭, VOS, 팬텀싱어, 악뮤, 전인권, 조용필과 위대한 탄생, 백지영, 불타는 트롯 맨, 김완선, 허용별(허각, 임용재, 임한별), 폴 킴, GOD 등 부산지역에서 공연하려는 연예인들이 많다. 나는 그런 콘서트에 한 번도 가 본 적이 없지만, 팬들에게는 자신이 좋아하는 가수를 직접 볼 수 있는 좋은 기회가 될 것이다. 그런데, 나는 '가수 한 사람이 단독 공연하는 것보다 여러 가수가 합동 공연을 하면 훨씬 많은 사람들이 찾아오지 않을까?'라는 생각이 든다. 어느 가수의 골수 팬 입장에서는 다른 가수의 노래를 듣는 게 싫을지도 모르겠지만.

TV를 켜면 뉴스시간에는 온통 정치얘기다. 정치얘기는 듣기 좋은 것은 하나도 없고 전부 짜증나는 내용뿐이다. TV프로그램을 제작하는 분들과 방송국에 건의를 하고 싶다. 뉴스시간대는 좋은 얘기, 감명을 주는 얘기, 아름다운 얘기, 봉사하는 얘기, 희생하는 얘기, 진솔한 양심을 가진 사람 얘기만을 편집해 주기를 바란다. 나쁜 얘기를 꼭 넣겠다면, '누구 누구가 이러이러한 잘못을 저질러 사형당했다'는 소식만 전해주었으면 좋겠다. 또 법은 죄를 지었으면 사형을 포함해서 그 죄에 상응하는 벌을 신속히 내려줄 필요가 있다. 법 만드는 사람, 법 집행하는 사람, 법 판결하는 사람 제발 내 말을 좀 새겨 들어주시오.

우리나라에는 인구에 비해 대학이 너무 많다. 현재의 인구감소 추세라면 한 세대가 가기 전에 전국 대학의 반 이상은 정원 미달일 것이고, 또 반 이상의 대학은 폐쇄될지도 모른다. 대학을 세워 돈 버는 시대는 지났다. 국가에서 경쟁력 없는 대학에 국민세금으로 지원해 줄 수도 없는 것이다. 하루 빨리 경쟁력 없는 대학은 스스로 문을 닫고, 그 건물을 다른 용도로 전환하는 방안을 마련해야 할 것이다.

우리나라의 출산율이 0.7이라 한다. 2명이 결혼하여 0.7명만 낳는다는 얘기이니, 곧 우리나라의 인구감소에 의한 생산력 저하와 병력 감소로 국가경쟁력에 큰 문제가 생길 수 있다. 정부는 하루 빨리 이민청 같은 부서를 만들어 장기적인 대책을 수립하여야 한다. 결혼하지 않는 사람, 아기를 낳으려고 하지 않는 사람에게 결혼해라, 애 낳아라 아무리 떠들어도 될 일이 아니다. 나의 다른 책(『일범의 평범한 사람 이야기』)에는 근본적인 대책을 제시한 적이 있으나 아무도 눈 여겨 보지 않으니 안타까울 뿐이다.

'한글은 세계에서 가장 우수하고 과학적인 문자'라는 건 전 세계의 모든 언어학자가 인정하고 있다. 특히 디지털 시대에 최적화된 문자라는 점에서 한글의 탁월성이 널리 증명되었다. 인도네시아의 소수민족의 하나인 찌아찌아족은 한글을 그들은 문자로 채용해 성공적으로 사용하고 있다. 한글은 이 세상의 모든 소리를 거의 완벽하게 표기할 수 있다. McDonald를 한글로는 '맥도날드'라 영어 발음대로 표기하지만, 일본어는 '마그도나르도'라 할 수밖에 없고, Reagan은 한글로 '레이건'이라 영어 발음대로 표기하지만, 중국어로는 '雷根'이라 할 수밖에 없다. UN은 세계적으로 문맹퇴치에 기여한 인물이나 단체에게 해마다 상을 주고 있는데, 그 상을 '세종대왕상(King Sejong Prize)'이라 명명했다. 미국의 소설가 펄 벅(Pearl Buck)은 '한글은 전 세계에서 가장 단순하면서도 가장 훌륭한 글자이다. 세종대왕은 한국의 레오나르도 다빈치다'라는 말을 남겼다. 우리는 자부심을 가져도 된다.

사대강(한강, 낙동강, 금강, 영산강) 정비사업은 이명박 정부가 추진했던 주요 국정사업으로, 물 부족 해결과 수해예방, 공공투자 확대를 통한 경제위기 극복과 지역경제 활성화, 문화─생활공간 창조 등의 목적이 있었다. 4대강에 여러 개의 보와 댐을 설치하게 되는데, 야당과 환경단체에서는 보 설치로 인해 환경 및 생태가 파괴되고, 녹조가 심화되며, 습지가 파괴되고, 수질은 악화된다고 주장했으나, 몇 년이 지난 후 환경영향을 감사한 결과, 환경은 오히려 개선되었으며, 홍수 예방과 가뭄 방지의 효과가 크다는 결과가 나왔다. 다만, 졸속 추진과 건설사 선정과정에서 발생한 담합, 부실설계 및 시공 등 추진과정에서 문제가 많았다.

파주에 사는 나는 부산에 와서 전철을 이용하려면 1회용 우대권을 끊어야 한다. 동래역 4호선에서 우대권을 끊으려고 신분증을 올려 놓으니, '기계를 점검 중'이라는 메시지가 떠서 승차권을 발급받을 수 없었다. 옆에 있는 다른 기계에 신분증을 올려 놓았으나, '우대권 발급 대상자가 아닙니다'라는 메시지가 떴다. 또 다른 기계에 시도해 봤으나, '신분증을 인식할 수 없습니다'라 했다. 할 수 없이 동래역 1호선 타는 곳으로 이동하여 거기서 승차권을 끊었다. 지하철 공사는 시민의 불편함이 없도록 기기관리를 좀 철저히 해 주었으면 좋겠다.

길을 걷다가 도롯가에 불법주차를 하고 무슨 짐을 내리고 있는 젊은이와 나이 든 할머니가 말다툼하고 있는 광경을 보았다. 젊은이는 자신의 엄마뻘쯤 되어 보이는 할머니에게 '신발끈', '사발면'과 같은 쌍소리를 하면서, 손찌검까지 할 태세였다. '간섭을 좀 할까?' 하는 생각이 들었지만, 일행이 있어 그냥 지나칠 수밖에 없었다. 동방예의지국? 웃기는 얘기다. 왜 세태가 이렇게 변해 버렸을까? 대한민국의 교육이 잘못된 것이라 생각된다.

부산대학교 뒷산에는 금정산성이 있다. 학교 다닐 때는 산성에 올라가 본 적이 있었지만, 그 후에는 산성까지 갈 기회는 없었고, 친구들과 모임이 있을 때는 산성 막걸리를 먹으러 가거나, 산성 주위에 있는 염소고기 집으로만 간혹 갔었다. 오랜만에 산성에 한 번 가 보고 싶어 북문 쪽으로 갔는데, 아쉽게도 폐쇄되어 있었다. 정말 아쉬웠지만 근처에서 도토리묵과 국수 한 그릇을 먹고 내려왔다. 음식은 맛있었다.

내가 어릴 때는 '배내골 70리'라 했다. 배내골은 양산 배내와 언양 배내가 있는데, 나는 대학을 다닐 때, 오지 중의 오지인 언양 배내 마을에 하계봉사활동을 나간 적이 있었다. 그때 손을 다쳐 치료를 하기 위해 언양까지 매일 2시간여를 걸어 다녔다. '상전벽해(桑田碧海)'라 했던가? 다시 찾은 배내골은 양산 배내와 언양 배내가 포장도로로 뻥 뚫려 있고, 배내골 전체가 펜션, 식당, 카페로 뒤덮여 있었다. 산과 계곡을 찾아오는 사람들로 도로 한 쪽은 주차된 차량으로 꽉 차 있었다. 변화와 발전도 좋긴 하지만 옛 모습이 그립기도 하다.

부산 낙동강변에 삼락동이라는 곳이 있다. 강변을 끼고 삼락 생태공원이 있는데 여기에는 파크 골프장, 축구장, 오토 캠핑장, 산책로, 자전거 대여소, 럭비구장, 연꽃단지 등 도시근린공원에 다양한 시설이 갖추어져 있다. '삼락(三樂)이란 질서: 질서는 편하고 자유롭고 돈독한 우의를 다지며, 양심: 양심은 선악을 구별하는 예의와 도덕이요, 배려: 배려는 측은 지심을 아는 세상에서 가장 아름다운 것'이라 되어 있다. 시민을 위한 이런 좋은 공간을 마련해 놓는 것은 지자체가 잘하는 일이다.

'한국은 재미있는 지옥이고, 미국은 재미없는 천국이다'라는 말이 있다. 그럴듯한 표현이다. 그러나, 한국이 지옥이라는 것은 대도시에서 운전을 해 보면 실감난다. 밀리는 차, 긴 신호등, 대가리 처박고 막무가내로 끼어드는 차, 빵빵 거리는 클랙슨 소리, 직진 차로가 갑자기 좌회전 차로로 바뀌어 버리는 차선, 얌체족, 도로에 버젓이 주차해 놓는 차, 교통을 방해하기 위한 공사 중, 주차공간이 없는 상가 등 하나하나가 다 지옥이다.

며칠 간 부산에 있으면서 평소에 못 먹어 본 음식들을 먹을 기회가 있었는데 생각보다 괜찮았다. '부산의 돼지국밥이 유명하다'는 얘기는 많이 들었으나, 먹어 보긴 처음이었다. 왜냐하면 어릴 때 동네에서 돼지를 잡는 날이면, 집집마다 돼지고기를 조금씩 가져 갔는데, 그때 먹어본 돼지고깃국은 냄새가 너무 싫었고, 그 기억은 오래 남아 있었다. 어릴 때는 간혹 먹어본 소고깃국이 훨씬 맛있었다. 양산에서는 샤브샤브와 청국장을 먹었는데, 둘 다 맛집이라 할 만했다. 내가 한국에 와서 가장 하고 싶었던 것이 곳곳의 맛집 탐방이었는데, 몇 군데를 가 본 것 같아 좋다. 허영만 씨처럼 백반기행을 다녀야겠다.

경주시 산내면에 있는 어느 파크 골프장은 산 위에 만들어져 있는데, 마치 골프를 치는 것 같아 매우 멋졌다. 언양 방향으로 내려오니 코다리정식과 추어탕정식을 파는 식당이 있었다. 추어탕정식에는 코다리 반 마리가 포함되어 있었는데 그 맛이 정말 일품이었다. 내가 원하는 여생이 바로 이런 것이다. 건강하게 전국을 돌아다니며 즐기고 맛있는 음식을 먹는 것 말이다.

나라와 국민을 생각하는 정치인이 몇 명이나 될까? 모든 정치인이 말로는 '국민을 위한다'고 하는데, 믿음을 주는 사람은 거의 없다. 역사적으로 보면 진정 국민을 위한 정치를 한 사람은 미국에는 링컨, 우리나라에는 세종대왕이 계셨다. 현대에 와서는 박정희와 노무현을 꼽겠다. 현실에서는 진정으로 국가와 국민을 생각하는 정치인은 한 명도 없는 것 같다. 모든 정치인은 자기가 속한 집단의 이익과 자기 자신의 이익을 위해 싸움만 하는 깡패 같다. 나에게 유/불리를 떠나서 바른 말 잘 하는 정치인을 손꼽으라면 윤희숙, 진중권, 홍준표, 조응천, 이상민, 한동훈, 장예찬 정도이다.

죄를 지으면 거기에 준하는 벌을 받는 것은 당연하다. 그런데 우리나라에서는 죄를 짓고도 오히려 큰 소리 치는 경우가 많고, 죄에 비해서 벌이 너무 가벼워, 죄 짓는 것을 무서워하지 않는 것 같다. 수백억 원을 사기 쳐도, 몇 년만 감옥 갔다 나오면 수백억 원의 자산가가 될 수 있으니, 사기나 횡령, 배임의 죄를 겁내지 않고 저지르는 것이다. 싱가포르의 이광요(李光耀: 리콴유)는 30년 이상 장기집권을 하면서, 죄를 지으면 엄청난 벌금과 처벌을 차별없이 밀어 부쳐, 싱가포르의 국민의 정신을 완전히 개조한 결과, 현재 싱가포르는 세계에서 가장 준법정신이 강한 나라가 되었다. 우리 나라도 적어도 한 세대(30년) 정도는, 범죄에 대해 상상을 초월하는 처벌을 함으로써 '죄를 지으면 안 된다.'는 것을 머리 속에 꽉 박히도록 해야 한다. 탈무드에는 '눈에는 눈, 이에는 이(Eye for eye, tooth for tooth)라는 말이 있다. 우리나라도 이런 법이 필요하다. 아니, 더 강력한 법이 필요하다. 중범죄를 저지른 사람은 무조건 사형을 시키고, 매일 아침 신문 1면에 어제 사형당한 범죄인의 명단과 죄의 내용을 공개해야 한다. 30년 동안 이렇게 하면 아무도 중범죄를 저지를 생각조차 못 할 것이다. 경범죄를 저지른 사람들에 대해서는 무거운 벌금으로 다스리는 게 최고다. 작은 범죄라도 저지르면 재산이 거덜나도록 하면, 범죄 자체가 사라질 것이다. 아이가 태어나서 30년 동안 이런 것을 보고 들으면, 그 세대부터는 단 한 건의 범죄도 없어질 것이다. 30년 만에 대한민국은 세계 최고의 나라가 될 것이다.

　전철이나 버스를 타게 되면 나에게 자리를 양보해 주는 내 또래로 보이는 사람들이 많다. 내가 워낙 노안으로 보여서 그렇겠지만 나는 극구 사양한다. 아직은 쓸 만한 몸이고, 보기보다는 젊으니까. 반면에, 내가 경로석에 앉아 있는데 내 또래의 사람이 내 앞으로 오면, 내가 양보하는 경우도 종종 있다. 가야 할 역이 너무 많이 남아 있으면 그냥 앉아 있지만, 남은 정류장이 많지 않은 경우는 대개 내가 일어선다. 아직은 쓸 만한 다리가 있으니까.

우리나라의 공중 화장실은 일류 호텔 화장실만큼이나 깨끗하고 향기롭다. 외국인이 부러워하는 한국 문화 중 하나가 청결한 화장실이다. 나는 공중 화장실을 이용할 때마다 배워가는 것도 많다. 부산의 어느 공중 화장실에서는 우리가 편리하게 쓰는 물티슈에 대한 아래와 같은 경고 글을 보았다.

1) 물티슈, 썩는 기간 100년, 재활용 불가

2) 물티슈, 소각해도 다량의 온실가스 발생

3) 물티슈, 원재료는 폴리에스테르, 폴리프로필렌 등 플라스틱

4) 물티슈, 변기 막힘의 원인이며, 정화조 처리 하수처리 시 설비의 고장 등 사회적 비용 증가

5) 물티슈, 국내 연간 약 130만 톤 이상 생산, 미세 플라스틱 발생으로 인한 토양과 해양생태계 등 환경오염

물티슈! 절대 변기에 버리면 안 됩니다.

파주 지역 시골 노선의 시내버스를 타고 가는데, 중학생 정도의 학생 한 명이 버스에 올랐다. 그는 손에 만 원짜리 하나를 들고 운전사에게 다가가, '제가 지금 만 원짜리 하나밖에 없는데 거슬러 줄 수 있으세요?'라고 했다. 운전사의 말소리는 들리지 않았으나, 상황으로 봐서는 그냥 타고 가라는 의미였다. 학생은 '고맙습니다' 하고는 뒷좌석으로 갔다. 훈훈한 장면이었다. 우리 사회 곳곳에 이런 장면들이 항상 일어났으면 좋겠다.

보고 싶은 얼굴들

나는 고향친구, 중학친구, 고교친구, 대학친구 모두와 함께 잘 지내고 있지만, 유독히 만나지 못하고 있는 친구들이 있다. 그들은 내가 대학에서 서클 활동을 함께 했던 친구들이다. 대학에 들어가서 처음 대학생활의 즐거움을 느끼게 해 준 친구들이었는데, 그들과 함께 정말 많은 추억을 쌓았는데, 아무도 연락이 되지 않으니 정말 안타깝고 보고 싶다. 특히 최순철, 권태일, 이준국 세 친구의 소식이 정말 궁금하다. 졸업 후에 이 세 친구는 울산으로 갔고, 나는 포항으로 갔는데 왜 소식이 끊겼는지 기억이 나지 않는다. 나는 나름대로 새 직장에 적응하기 위해 열심히 일하다가, 2년쯤 지난 후 서울로 발령이 났으며, 다시 2년쯤 지난 후에 포항으로 내려와 정신없이 15년을 일하다가 미국으로 갔다. 문제는 초기 직장 생활할 때부터 연락이 끊긴 것이다. 내 잘못이 큰 것 같다. 바쁘다는 핑계로 그들을 찾으려고 노력하지 않은 것 같다. 친구들도 마찬가지다. 그들도 나름 바빴겠지만 나에게 연락한 친구가 없었다. 나는 그 세 친구가 결혼을 했는지, 했으면 아기는 몇인지, 손주들은 있는지 아무것도 알지 못한다. 다만 그 친구들도 모두 결혼해서 아들, 딸 잘 낳고, 손주들 재롱 보면서 건강하게 노후 생활 보내고 있기를 바랄 뿐이다. 언젠가 만날 수 있기를 기대도 해 본다.

포스코에서 공장을 지을 때 함께 고생했던 사람들이 문득 문득 떠오른다. 공장 건설을 직접 담당했던 제철정비의 이인수, 정태진 부장, 포스콘의 조창흠 부장, 윤춘근 과장, 현대중공업의 김중영 부장, 공사부의 지보림, 윤종황 과장, 공사감독인 정영만, 권우택 계장 등이 생각난다. 모두 이제는 은퇴하여 노후생활을 하고 있겠지. 모쪼록 모두들 건강하기를 바란다.

포스코에서 공장을 지을 때, 설비공급사인 영국의 Davy McKee에서 온 두 사람의 영국인을 만났다. Mr. Green은 Project Manager였는데, 기본배경이 Business Man이었기 때문에 나와 무던히도 싸우면서 친해졌다. Mr. Sands는 Site Manager였는데, 나와 같은 기계 전공자였기 때문에 문제가 생기면 우선 해결하려는 노력이 보여 신뢰가 갔다. 다만 영국인은 이기적이고 손해 보려고 하지 않는 성격이라는 걸 깨달았다.

일본에 연수를 갔을 때는 동남아의 많은 사람들을 만나게 되었다. 인도인 Kumar, 네팔인 Jah, 필리핀인 Alvin과 Linda, 홍콩인 진준명 등과 친하게 지냈다. 인도인은 19단을 외운다고 하더니 역시 수학적인 머리가 잘 돌아갔다. 네팔인은 시멘트 회사 공장장이라는데 국왕과 점심을 같이 먹는 사이라고 하니, 정말이라면 네팔의 산업과 국력을 가늠할 수 있겠다. 홍콩 친구는 대학강사라고 했고, 필리핀 친구는 메추리 농장을 가지고 있다고 했는데, 모두 영어가 유창했다. 필리핀은 미국, 홍콩은 영국의 통치를 받았으니, 영어만큼은 그 나라 국민에게 도움이 된 것이다.

내가 20년간 근무했던 미국의 철강회사가 '공장을 폐쇄하고 문을 닫았다'는 소식을 들었다. 1910년에 콜롬비아 스틸(Colombia Steel)이라는 이름으로 캘리포니아주 피츠버그(Pittsburg)에 처음 문을 연 철강회사는 110년의 역사를 뒤로 하고 수명을 다한 것이다. 철강도시인 펜실베니아주 피츠버그(Pittsburgh)를 본떠, 도시 이름마저 비슷하게 짓고, 철강도시의 영광을 꿈꾸던 회사는 1930년대 유에스스틸(U.S Steel)이 인수하면서 전성기를 맞았다. 샌프란시스코 베이브릿지(Bay Bridge) 건설 시 많은 자재를 공급했으며, 제2차 세계대전 중에도 군수물자 조달에 큰 공을 세웠다. 그러나 1980년대 설비노후화로 경쟁력을 잃고 폐쇄의 위기에 처했을 때, 포스코의 박태준 회장이 결단하여, 1986년 유에스스틸(U.S Steel)과 포스코의 합자회사인 UPI(USS-POSCO Industries)로 새 출발을 하게 되었다. 포스코가 신설비를 투자하여 경쟁력을 확보한 UPI는 미국 서부지역 유일한 철강회사로 30여 년간 승승장구했으나, 2019년 포스코가 UPI에서 철수해 버림으로써 회사의 운명은 예견된 수순으로 흘러갔다. UPI(USS-Pittsburg Industries)라는 이름은 고수했으나, 포스코 없는 UPI는 더 이상 예전의 UPI가 아닌 것이었다. 내가 20년간 몸 담았던 곳이라 보고 싶은 사람들도 많다. 나의 보스였던 살 스브란티(Sal Sbranti)를 비롯해, 동료로서 함께 오랫동안 추억을 공유했던 아이졸라 부부(Greg & Marylin Isola)와 라드 심슨(Rod Simpson), 방글라데시 출신으로 아메리칸 드림을 이룬 아민(MD Amin), 인사부서의 말라(Marla Radosevich), 비서직 린다(Linda Pico), 내가 회사를 떠날 때 멋진 저녁을 함께 했던 톰 부부(Tom & Nan Blasingame)와 영국인 프랭크(Frank Taylor) 등이 특히 보고 싶다.

지기(知己)란 자신을 알아주는 진정한 친구라는 의미이다. 평생에 지기라 불릴만한 친구가 없는 사람은 인생을 잘못 살았다고 할 수 있을 것이다. 모든 인간관계가 다 중요하고, 여러 부류의 친구가 있을 수 있다. 고향, 학교, 직장, 취미모임 등 어떤 연유로 엮였던 모두가 소중한 인연임에는 틀림없다. 그러나 내가 없을 때 내 역할을 해 주고, 나와 또 같은 생각을 하며, 너의 기쁨이 나의 기쁨이고, 너의 슬픔이 곧 나의 슬픔이 되는, 또 다른 나를 하나 가지는 것은 그 자체만으로 행복하다.

제3부

정겨운 밀양 사투리

타지방 사람들이 알아듣기 힘든 표현

가아가가가가?

가아가가아가?

거랑 가서 서답하구로 사분 챙기 온나.

그집 달구새끼가 삐가리를 열 마리나 깠다카네, 완전 복디이다.

글마 거 빼짝 말랑거 치고는 다구지고 빡시다.

디기 세리 훌배뿐다.

마아 직이뿐다 아이가.

머라캐이가.

모튀이에 가서 수굼포하고, 깽이하고 호메이 가아 온나.

문디이 가시나 지랄뻥하고 자빠졌네.

빠사 묵지 말고 녹카 무우라.

보골 시기 무웃다 아이가.

얼라들 데리고 호작질 하나?

자아 무우 뿌야지.

지녁은 잡샀능교?

지를 지라꼬.

질깡에 새비린기이 돌삐이다.

한마당 볼시기 배겨놓으면 암만 뚜디리도 끝이 업데이.

항글래비도 꾸우 우우면 맛싯데이.

'┤'를 'ㅣ'로 발음한다

끼: 게

니: 네

니 마리: 네 마리

니꺼: 네 것

미주: 메주

비개: 베개

비이 무라: 베어 먹어라

비있다: 베였다

삼비: 삼베

시기: 세계

시상: 세상

시월: 세월

시 마리: 세 마리

시발: 세 발

지사: 제사

지수: 제수

고어 ㅇ 발음이 살아 있다

간지깽이 : 개, 닭 등 동물을 쫓을 때 쓰는 긴 대나무 막대기

강생이 : 강아지

개네이 : 고양이

꼬장개이 : 막대기

구디이 : 구덩이

궁디이 : 궁둥이

깜디이, 껌디이 : 검둥이

깽이 : 괭이

껄뱅이 : 거지

넘머이 : 남보다 민저

놀갱이 : 노루

누룽디이 : 누렁이, 늙은 호박

다리이 : 다른 사람

단디이 : 단단히, 잘

돌띠이 : 돌덩어리

돌삐이 : 돌멩이

등시이 : 등신

똥띠이 : 똥 덩어리

만디이 : 정상(頂上)

맨 만디이 : 최정상

머갱이 : 모기

머이 : 먼저

모튀이 : 모퉁이

문디이 : 문둥이

미꾸레이 : 미꾸라지

미친갱이 : 미친 사람

밤씨이 : 밤송이

복띠이 : 복덩이

부짓갱이 : 아궁이에 불 땔 때 쓰는 나무 막대기

빗디이 : 흙덩어리

빠물찌이 : 홍시가 되기 전의 떫은 감

뻬이 : 뻔히

솔삐이 : 솔방울

수껌디이 : 숯검뎅이, 숯검정

순디이 : 순둥이

숫디이 : 숯덩이

쌍디이 : 쌍둥이

엿쟁이 : 엿장수

웅디이 : 웅덩이

원시이 : 원숭이

종오 : 종이

지랄삐이 : 지랄병

초삐이 : 술꾼

칠갱이 : 칡

토까이 : 토끼

파래이 : 파리

팽댕이 : 팽이

헌디이 : 종기

호메이 : 호미

훌찌이 : 쟁기

히이 : 형

고어 ㅂ 의 발음이 살아 있다

가려븐 : 가려운

고마븐 : 고마운

고븐 : 고운

더러븐 : 더러운

더븐 : 더운

뜨거븐 : 뜨거운

매븐 : 매운

무서븐 : 무서운

반가븐 : 반가운

부끄러븐 : 부끄러운

서러븐 : 서러운

쉬븐 : 쉬운

싱거븐 : 싱거운

아름다븐 : 아름다운

정다븐 : 정다운

차가븐 : 차가운

일본식 발음의 잔재가 많다

고빼: 기차

구루무: 크림(Cream)

구찌겐세이: 말로써 방해하다

나까매: 도매

나시: 소매 없는 옷

난닝구: 런닝 셔츠(Running Shirts)

다마: 구슬

다꽝: 단무지

단도리: 마무리

도꾸: 개(Dog)

마도구찌: 총책

보겟또: 포켓(Pocket)

빠꾸: 뒤(Back)

빠다: 버터(Butter)

빠마: 퍼머(Perm)

빤스: 팬티

빳따: 방망이, 배트(Bat)

빳떼리: 배터리(Battery)

빵꾸: 펑크(Puncture)

뺀또: 도시락

뺑끼: 페인트(Paint)

뿜빠이: 갹출, 공동부담

수겟또: 스케이트(Skate)

수도뿌: 스톱(Stop)

쓰레빠: 슬리퍼(Slipper)

시다바리: 졸개

시마이: 끝내다

오라이: All right

오야: 두목

오오다마: 큰 눈깔사탕

입빠이: 가득

자꾸: 지퍼(Zipper)

잠바: 점퍼(Jumper)

즈봉: 바지

찌지미: 부침개

쿠사리: 핀잔

핸드빠꾸: 핸드백

'_'와 'ㅓ'를 잘 구별하지 못한다

검촌: 금촌

성마: 승마

성리: 승리

성성장구: 승승장구

성강장: 승강장

성계: 승계

성진: 승진

성패: 승패

'ㄱ'을 'ㅈ'으로 발음하는 경우가 많다

지름: 기름

질: 길

질다: 길다

질다랗다: 기다랗다

질들다: 길들다

짐: 김

짐새다: 김새다

짐장: 김장

집다: 깁다

찔쭉하다: 길쭉하다

명사, 대명사, 수사

가리: 가루

가부리: 가오리

가분다리: 주로 소의 피를 빨아먹는 진드기

가시개: 가위

가시나: 계집아이

가아: 개

갈밤미: 지명

갈밭: 지명

갓: 산

거어: 거기

거랑: 개울

거무리: 거머리

거십: 채소

고고빼끼: 그것밖에

고 기이: 그것이

고오마: 고구마

고빼: 열차

곱새: 곱사

공알백이: 지명

구구구구: 닭 부를 때

구녕, 구무: 구멍

구둘묵: 아랫목

구무벌: 땅벌

국시: 국수

굼티기: 웅덩이

귀사발이: 귀싸대기

그 기이: 그것이

글마: 그 사람

까시: 가시

까자: 과자

까재: 가재

까치밭: 지명(작평)

깔꾸리: 갈쿠리

깔딱질: 딸꾹질

깔띠기: 몸통 없는 나무 밑둥

깔보: 갈보

깔비: 낙엽

깔치: 여자 애인

깨곰: 괴암

깨곰뛰기: 한 발로 뛰기

껀디기: 건데기

껍띠기: 껍데기

꼬뚱, 꼬바리, 꼬투바리: 꼴찌

꼬라지: 꼬락서니

꼬오장: 고추장

꼬장주우: 고쟁이

꽁: 꿩

꽃데디이: 진달래 나무

꾸룽내: 구린내

꾸중물, 꼬장물: 구정물

꿀밤: 도토리

끄네끼: 끈

끝방지: 지명

나락: 벼

너가부지: 너의 아버지

너거: 너의

너검마: 너의 엄마

너무: 남의

너이: 넷

네네네네: 염소를 부를 때

논뽀: 공격수

누고: 누구야

누우, 누부: 누나

누굴미이: 누런색 나는 뱀

능구리: 능구렁이

니캉내캉: 너랑 나랑

다말기: 달리기

다망구: 달리기

다물캉: 돌담(진다물캉: 긴 돌담)

다비, 다배: 양말

다앙: 성냥

달구새끼: 닭

당끌: 지명

대꼬바리: 담뱃대

덕서리: 땅 고르는 농기구

덕시기: 멍석

덜컹: 돌무더기

도도도도: 돼지를 부를 때

도동넘: 도둑놈

도야지: 돼지

독새: 독사

되배기: 뒷박

두디기: 포대기

둥구리: 나무 몸통 잘라 놓은 것, 도끼로 쪼개면 장작이 됨

등개: 방앗간에서 2차 도정 후 나온 벼의 보드라운 속껍질

등더리: 등허리

디양간: 뒷간

딘장: 된장

따까리: 뚜껑

따뱅이: 머리에 짐을 일 때 받치는 받침대

때기: 딱지

때꼬바리: 변명

땡삐: 땡벌

떡반티이: 피떡

또랑: 도랑

띠기: 댁

마다리: 멍석

마아: 마을(큰마아, 안마아, 중마아, 웃마아, 아랫마아, 서당마아)

매구: 여우

맨날: 매일, 항상

맹키로: 처럼

머구: 머위

머슴아: 사내아이

멀꺼디이: 머리카락

메때기: 메뚜기

메르치: 멸치

모래: 머루

모욕: 목욕

몽매: 덫

몽욜: 목요일

무시: 무우

뭐꼬: 뭐냐?

문장: 문지기, 골키퍼

물구리: 가는 나무

물더무: 물 받아 두는 큰 물통

물자수: 물뱀

미굼: 먼지

미떵: 무덤

민경: 거울

밀가리: 밀가루

바이동: 지명(발례)

박상: 튀밥

방시기: 볏짚으로 만든 소 방한복

배내골: 지명

뱁차: 배추

뱅기: 비행기

보골: 화

보오살: 보리쌀

보태기: 매니아

보통꼴: 지명

볼태기: 뺨

봉다리: 봉지

봉태기: 봉지

부니: 밤의 속껍질

비릉빡: 벽

비얌: 뱀

빙: 병(물삐이: 물병, 골빙: 골병, 빙신: 병신, 빙치레: 병치레)

빠구리: 성교

빨뿌리: 파이프

빼가지, 삐가지: 뼈

빼닫이: 여닫이

빼딱구두: 하이힐

빼때기: 삶아서 말린 후 잘게 썬 고구마

빼마리: 뺨

빼뿌쟁이: 질경이

뻔디기: 번데기

뽈때기: 볼

뿍띠기: 타작 후 남은 찌꺼기

뿔따구: 화

삐가리: 병아리

삐가지: 뼈

삐까리: 무더기

삔대기: 옆

사구: 옹기

사리마다: 속옷

사분: 비누

사실: 얘기

살: 쌀

삽작: 싸립문

새각단: 지명(새 마을)

새끼: 짚으로 꼰 줄

새가리: 이의 알

새까리: 지붕 밑 삼베나무 줄기로 된 이엉

새매: 샘, 우물

새비: 새우

새앙갓: 지명

샛빠알: 혓바늘

서답: 빨래

서이: 셋

선상: 선생

소깝: 소나무 가지

소꼴: 소풀

소시랭이: 쇠스랑

소치거리: 고집 센 사람

속골: 수비수

솔깨비: 소나무 가지

쇳대: 열쇠

수굼포: 삽

수시감: 대봉

시끝 밑: 처마 밑

시례: 지명

실겅: 선반

아아: 애

아리깍단: 지명(아래 마을)

아리껀산: 아래 건지산

아리추랭이: 지명

아시등개: 방앗간에서 1차 도정 후 나온 벼의 겉껍질

아재: 아저씨

아지매: 아주머니

알라, 얼라: 아기

알랑방구: 아첨

알차리: 마른 소나무 가지

앙꼬: 안 고개

애살: 쌤

야로: 수작

야시, 여시: 여우

얌생이, 염생이: 염소

어데고: 어디냐?

어무이: 어머니를 부를 때

엉무리: 큰 개구리

여: 여기

여개: 여유 시간

여불때기: 옆

오매: 어머니를 부르 때

오요: 상대방에게 동의를 구하는 말

올개: 올해

욜: 요일

와 카노: 왜 그래?

와롱다롱: 벼 탈곡기

우깍단: 지명(윗마을)

우럼마: 우리 엄마

우벌: 말벌

우붕: 우엉

우껀산: 위 건지산

우짜노: 어떻게 해?

워리 워리: 개를 부를 때

워어 워어: 소를 멈추게 할 때

워이미 워이미: 소를 부를 때

으으어: 상대방에게 거절하는 말

이: 오이

이 기이: 이것이

이까리: 소를 모는 줄

이바구: 얘기

이이끼: 이녁(그대: 아내가 남편을 지칭할 때)

이시밭새매: 지명

일마: 이 사람

잉구지이: 지명(임고정)

잣뜰: 지명

저거: 저것

저거: 그들

저 기이: 저것이

저어: 저기

절마: 저 사람

정낭: 변소

정지: 부엌

잿간: 헛간

조우 조우: 닭 쫓을 때

조피: 두부

종내기: 총각

종바리: 종지

주묵: 주먹

주점부리: 군것질

줌치: 주머니

쥐틀: 쥐덫

지: 자기

지녁: 저녁밥

지렁: 간장

지슴: 잡초

질깡: 길

짝: 쪽 (그짝: 그쪽, 이짝: 이쪽, 저짝: 저쪽)

짝두삭: 잔대

쩔뚝발이: 절름발이

쭉띠기: 쭉정이

쫄구지: 줄기

쫄룸발이: 절름발이

찌끼미: 막걸리를 걸러내고 남은 찌꺼기

찌렁내: 오줌 냄새

찰깨: 공깃돌

참남백이: 지명(참나무가 있는 곳)

참사등: 지명

철기: 잠자리

칼치: 갈치

코빵미이: 코맹맹이

타작: 두들겨 알곡을 터는 작업

탁배기: 탁주

택: 턱

툭사바리: 뚝배기

티방: 말 구박

판때기: 널빤지

피기: 싹이 어릴 때 뽑아 먹을 수 있는 풀 이름

한데: 바깥에

한구대기: 한통속

~한 기이: ~한 것이

한 빨: 한 방울

할마시: 할머니

할매: 할머니

할무이: 할머니를 부를 때

할배: 할아버지

항글래비: 방아깨비

해때: 버들피리

핵교: 학교

헴요: 형님

호야: 등불

호작질: 장난

화근내: 불 냄새

황칠: 낙서

흘: 흙

히양까시: 꼬시기

동사

가라났노: 가려 놓았나?

가아 가라: 가져 가라

강구다: 깊다

걸거친다: 걸기적거린다

고마 캐라: 그만 해라

공가 바: 괴어 봐

그랄래: 그렇게 할래?

그칼래: 그렇게 말할래?

까딱하면: 여차하면

깔롱지기다: 멋 부리다

깜아라: 감아라

꼬바라지다: 쳐박히다

꼬시다: 꾀다

꼴리다: 성적으로 흥분되다 또는 뒤틀리다(배알이 꼴리다)

꼴시다: 흘기며 쳐다보다

꾸부갖고: 구워서

꿀린다: 처진다

끄시고: 끌고

끄실다: 그을다

끄잡아내다: 끄집어내다

끼리다: 끓이다

낑가: 끼워

나와 뿌우소: 나와 버리세요

날라가다: 날아가다

났습니꺼: 놓았습니까?

내리가다: 내려가다

내빼다: 도망치다

널찐다: 떨어진다

넘가뿟다: 넘겨버렸다

노나: 나눠

노오소: 놓으세요

녹카: 녹여

누구싶다: 마렵다

늘가야: 늘려야

다말아가다: 달려가다

당구다: 담그다

데파가: 데워서

뒤진다: 죽는다

드가라: 들어가라

들라나라: 들여 놓아라

디비다: 뒤집다

디비뿐다: 뒤집어버린다

떼꼬마리대다: 우기다

뚜디리: 두들겨

띠다: 도매로 물건을 사다

띠아가주고: 뛰워서

띠이가라: 뛰어가라

마꾸고: 막고, 메우고

마이 무라 캐라: 많이 먹어라 해라

만다꼬: 왜

말라꼬: 뭐 하려고?

말라지야: 말라야

머라 시부리 싼노: 뭐라고 말하고 있나?

머라 카노, 머라 캐산노: 뭐라고 하나?

머라카다: 꾸짖다

머라캐라: 꾸짖어라

머라캐인다: 꾸지람을 당한다

몬산다: 못 산다

무운나: 먹었나?

묵다: 먹다

물라도오: 물려줘

믹인다: 먹인다

바뿌제: 바쁘지?

배리뿐다: 망친다

벌이다: 벌다

부라나아야: 불려 놓아야

부르키다: 부르트다

비아야: 비워야

비야주야: 비워줘야

비이무라: 베어 먹어라

빠사: 부수어

뽈신다: 눈을 치켜 뜬다

뿌싸뿐다: 부숴버린다

뿔라뿌고: 부러트리고

삐끼다: 토라지다

삐끼다: 벗기다

삐대다: 짓밟다

삭카아: 삭혀

세아리다: 세다

숭구다: 심다

숭카놓다: 숨겨놓다

식거라: 씻어라

식겄다: 씻었다

안 일글라고: 안 잃으려고

알민시로: 알면서

어라났다: 얼려놓았다

욕봤다: 수고했다

우두바넣다: 쑤셔넣다

우리하다: 은근히 아프다

우야꼬, 우야노: 어떻게 하나?

우야든동: 어떻게 하든

우예끼나: 어쨌든

우짜꼬, 우짜노: 어떻게 하나?

우짜면: 어떻하면

와이싼노: 왜 이래?

으으어: 아니야

이래 샀다가: 이렇게 하다가

이자뿟다: 잊어버렸다

일나자: 일어나자

자불다: 졸다

잔주꼬 있다: 가만히 있다

전다: 전부 다

장구다: 잠그다

젓어야: 저어야

주우, 주서: 주워

주웃다: 주웠다

줄을: 줄, 줄어 들

직이뿐다: 죽여 버린다

집어라: 기워라

짜개다: 쪼개다

짜구나다: 밥을 너무 많이 먹어 키가 안 크다

쨀기다: 지리다

찡긴다: 끼인다

치얏뿌라: 그만 둬라, 치워버려라

카지마래이: 말하지 말아달라

클났다: 큰일 났다

토끼다: 도망가다

팅가: 퉁겨

휘중거리다: 휘젓다

부사, 형용사

가리늑까: 너무 늦게

각중에: 갑자기

개안타: 괜찮다

개잡다: 가깝다

거불거불: 눈에 잠 오는 모양

겁나게: 엄청나게

겅거이: 겨우

곱다: 시리다

구물구물: 아주 느리게

그단새: 벌써

글로: 거기로

꺼머무리하다: 약간 검다

껌꺼무리하다: 약간 어둡다

꼬시다: 고소하다

꼰드랍다: 위태롭다

꾼지렁: 궁시렁

끄끄럽다, 끄시럽다: 가렵다

날라리: 나란히

내호문차: 나 혼자

너르다: 넓다

니리끼리하다: 누렇다

다구지다: 악바리다

다문다문: 덤성덤성, 가끔씩

데다, 디다: 힘들다

대낄이다: 아주 좋다

둘벙하다: 둘레가 둥그렇다

돌삐이다: 단단하다

디기: 되게

디립다: 냅다

따문에: 때문에

떨떠무리하다: 약간 떫다

또깝하다: 두껍다

뚜굽다: 뜨겁다

뚜꾸부리하다: 약간 두껍다

뚜꿉다: 두껍다

뜨거라: 뜨거워라

뜨뜨무리하다: 약간 뜨겁다

뜨시다: 뜨겁다

마카: 모두

말캉말캉: 몰랑몰랑

매에매에: 깨끗이

맥지로: 괜히

맵사부리하다: 약간 맵다

맹기다: 싱겁다

머선: 무슨

박다박다: 바글바글

복판으로: 가운데로

볼시기: 가득

부로: 거짓으로

비심이 있다: 안면이 있다

비이 있다: 비워 있다

비잡다: 비좁다

빡시다: 힘이 세다

빨가무리하다: 약간 빨갛다

뽀도시: 힘들게

삐까삐까하다: 비슷하다

삼통: 곧장, 쭉, 계속

삽시부리하다: 약간 쓰다

상그랍다: 쉽지 않다

새빠지게: 아주 힘들게

새애비릿다: 아주 많다

새애삐까리다: 아주 많다

새카무리하다: 새카맣다

소잡다: 비좁다

소태다: 아주 짜다

소앙카다: 구두쇠다

송신타: 시끄럽다

수두룩빡빡하다: 아주 많다

수태기: 상당히

시커무리하다: 약간 시커멓다

시푸지: 싫지

씹다: 쓰다

아이라예: 아니에요

야물다: 야무지다, 헤프지 않다

얍시리하다: 얇다

애법: 제법

앵꼽다: 메스껍다

어데예: 아니에요

억수로: 아주 많이

언지예: 아니에요

얼릉: 빨리

얼매든지: 얼마든지

엄한 데: 다른 곳에

오지기: 아주 잘

온 전시: 전부

요래: 이렇게

욜로: 여기로

우야꼬: 저런

우짜다가: 운 좋으면

이따만하다: 크다

이습다: 우습다

이적지이: 이제까지

~인 것 갑다: ~인 것 같다

일로: 이쪽으로

자테: 곁에

절로: 저쪽으로

조짜: 저기에

졸로: 저기로

지그럽다: 간지럽다

직인다: 좋다

짜리다: 짧다

짤다: 짧다

짭다: 짜다

짤쫌하게: 조그마하고 가늘게

쪼깬한: 작은

쪼매마: 조금만

쪼맨한: 작은

쪽바로: 똑바로

쭈글시럽다: 부끄럽다

찝찌부리하다: 찝찝하다

찹차부리하다: 약간 차갑다

천지다: 많다

추접다: 더럽다

칼클타: 청결하다

캄카무리하다: 캄캄하다

파이다: 안 좋다

패~내끼: 쏜살같이, 빨리

팬팬하다: 편편하다

함마나: 이제나

함마나 함마나: 이제나 저제나

함만에: 한번 만에

항게, 항금: 많이

헐타: 싸다

홀빈하다: 사람이 많이 없다

제4부

자랑스러운
우리 역사

우리민족의 역사는 일곱 분의 한인천제(桓因天帝)가 다스린 3301년의 한국시대(桓國時代), 열여덟 분 한웅천황(桓雄天皇)이 다스린 1,565년의 신시(神市) 개천(開天)시대, 마흔일곱 분의 단군(檀君)시대 2096년을 포함하면, 서기 2024년은 단기(檀紀)로는 4357년, 신시기원으로는 개천 5922년, 한기(桓紀)로는 9223년이 된다. 우리나라는 병자호란과 임진왜란 기간 중 수많은 역사책이 찬탈되었고, 특히 일제 36년간 우리의 역사책들은 거의 모두 없어졌으며, 일제의 식민사관에 기초하여 우리의 역사는 철저히 왜곡되었다. 우선, 책 이름만 전해질 뿐, 실제 책은 어디에 있는지 알 수 없는 역사서를 정리해 보면 아래와 같다.

　조대기(朝代記): 삼국시대 이전 고대 우리민족의 역사를 기록한 책

　밀기(密記)

　삼성밀기(三聖密記)

　삼한비기(三韓秘記)

　주남일사기(周南逸士記)

　신지비사(神誌秘詞)

　고조선비사(古朝鮮秘史)

　대변설(大辯說)

　지공기(誌公記)

　표훈삼성밀기(表訓三聖密記)

　표훈천사(表訓天詞)

진역유기(震域留記)

도증기(道證記)

지이성모하사량훈(智異聖母河沙良訓)

수찬기소(修撰企所) 백여 권

동천록(動天錄)

마슬록(磨蝨錄)

통천록(通天錄)

호중록 (壺中錄)

지화록(地華錄))

도선한도참기(道詵漢都讖記)

대변경(大辯經)

고려팔관기(高麗八觀記)

아래에 기술한 내용들은 나 개인의 의견도 있지만, 대부분 민족사학자들의 저명한 저서를 읽고 감명받은 부분을 발췌한 것이 많다. 주요 참고 서적을 미리 밝혀 둔다.

우리 역사에 관한 서적:

한단고기(桓檀古記)(임승국 역): 삼성기, 단군세기, 북부여기, 태백일사 포함.

조선상고사(朝鮮上古史)(신채호 저)

태백일사(太白逸史): 삼신오제본기, 한국본기, 신시본기, 삼한관경본기, 소도경전본훈, 고구려국본기, 대진국본기, 고려국본기로 이루어져 있다.

삼신오제본기(三神五帝本紀): 표훈천사, 대변경, 오제설(五帝說) 일부 내용 수록

한국본기(桓國本紀): 조대기(朝代記), 밀기(密記), 삼성밀기(三聖密記)의 일부 내용 수록

신시본기(神市本紀): 진역유기, 삼성밀기, 조대기, 대변경, 삼한비기, 고려팔관잡기 일부

삼한관경본기(三韓管境本紀): 마한세가, 번한세가

소도경전본훈(蘇塗經典本訓): 유기, 대변설, 대변경 일부 내용 수록 수록

고구려국본기(高句麗國本紀): 조대기, 대변경, 삼한비기 일부 내용 수록

대진국본기(大震國本紀)

고려국본기(高麗國本紀)

천부경(天符經)과 단군사화(김동춘 저)

천부경(최동환 저)

천지인(天地人: 天符經, 三一神誥, 参佺戒經 해제)(한문화원 편)

맥이(貊耳)(박문기 저)

다물(김태영 저)

다물의 역사와 미래(임승국, 주관중 공저)

부도지(符都誌)(박제상 저, 김은수 역)

격암유록(格菴遺錄)(남사고 저, 박순용 역)

규원사화(揆園史話)(북애 저, 고동영 역)

상고사(上古史)의 대발견(이중재 저)

이야기 한국고대사(최범서, 안호상 공저)

고조선은 대륙의 지배자였다(이덕일, 김병기 공저)

신화(神話)는 끝나지 않았다(유순영 저)

단군의 나라 카자흐스탄(김정민 저)

짐은 이것을 역사라 부르리라(김현기, 유정아 공저)

흠정만주원류고(欽定滿洲源流考)(이병주 감수, 남주성 역)

고구려, 백제, 신라는 한반도에 없었다(정용석 저)

비류백제와 일본의 국가기원(김성호 저)

중원(中原)(정용석 저)

발해사(박시형 저, 송기호 해제)

새 고려사의 탄생(이중재 저)

성공한 왕 실패한 왕(신봉승 저)

송준희 교수가 진행하는 인터넷 강의, 구리넷(www.coo2.net)

우린 너무 몰랐다(김용옥 저)

우리말 강좌(정재도)

중국역사에 관한 서적:

사기(史記): 본기, 세가, 열전(사마천 저, 김원중 역)

강의(신영복 저)

일본에 관한 서적:

일본서기(日本書記)(성은구 역)

일본인의 한국인에 대한 콤플렉스 2000년(김홍철 저)

일본은 한국이다(김향수 저)

노래하는 역사 – 만엽집(萬葉集)(이영희 저)

일본천황 도래사(와따나베 미츠토시 저, 채희상 역)

일본을 정복한 한국인 이야기(F 호소노 저, 신동란 역)

미국 및 세계사에 관한 서적:

나를 운디드니에 묻어주오(디 브라운 저, 최준석 역)

인디언의 길(김 철 저)

아메리카 인디언의 땅(필리프 자켄 저, 송숙자 역)

우리민족의 대이동(손성태 저): 멕시코 원주민에 관한 서적

역사는 수메르에서 시작되었다(세뮤얼 노아 그레이머 저, 박성식 역)

한국(桓國)시대:

안함로(安含老)와 원동중(元董仲)이 쓴 삼성기(三聖記)에 근거함

옛글에 의하면, 한인(桓仁: 한님, 하느님)의 나라를 파나류(波奈留: 하늘, 천산) 나라라고도 하는데, 그 땅이 넓어 남북이 5만리요 동서가 2만리로 통틀어 한국(桓國: 하느님의 나라)이며, 나누어 말하면, 비리국(卑離國), 양운국(養雲國), 구막한국(寇莫汗國), 구다천국(句茶川國), 일군국(一群國), 우루국(虞婁國), 객현한국(客賢汗國), 구모액국(句牟額國), 매구여국(賣句餘國), 사납아국(斯納阿國), 선비국(鮮裨國), 수밀이국(須密爾國)의 12한국이며, 7세(世)에 전하여 역년(歷年) 3,301년 혹은 63,182년이라고 한다. 이는 기원전 7197년의 일이다. 현재의 지리/지명으로 유추해 보면, 중앙은 수밀이국(천산과 우수리 강 사이), 일군국은 북유럽(핀란드), 구막한국은 알타이산, 양운국은 바이칼호 서쪽, 비리국은 러시아의 브리야트 공화국, 우루국은 메소포타미아 지역, 구다국은 북개마대령의 서쪽, 매구여국은 북경 동쪽, 선비국은 몽골 남쪽, 사납아국은 인도지역, 객현한국, 구막한국, 매구여국, 구다천국, 구모액국은 고구려 광개토대왕의 비문에도 보이는 나라로서 고구려의 영역 안에 위치한 나라가 되어, 발해만 북쪽으로 바이칼호와 흑룡강 유역 및 대흥안령산맥에 걸치는 지역에 위치한 나라들이다.

오랜 옛날, 하늘에서 한 분의 신(神)이 천산(天山: 천산산맥 동쪽의 기련산)에 올라 도(道)를 얻고, 흑수(黑水: 흑룡강), 백산(白山: 백두산)의 땅에 내려와 인간을 가르쳤는데, 그를 가리켜 천제한님(天帝桓仁) 또는 안파견(아버지의 어원)라 불렀다. 이스라엘 민족이 자신들을 하느님이 선택한 민족이라는 뜻으로 선민(選民)이라 하는데, 스스로 천민(天民)이라 하는 민족은 우리 민족뿐이다.

1세 안파견(安巴堅) 한임: BC 7198

2세 혁서(赫胥)한임: 서방만리에 한국의 법을 전한 광서제가 있었음.

3세 고시리(古是利)한임: 수명 700년

4세 주우양(朱于襄)한임: 발귀리가 있어 동방 삼역에 삼의법을 전함.

5세 석제임(釋提壬)한임

6세 구을리(邱乙利)한임: 하늘에 제를 올리는 '소도제천' 시작. 삼묘산 아래에 '서자부(庶子部)'를 세웠음.

7세 지위리(智爲利)한임

수메르(Sumer)는 기원전 5500년에서 기원전 4000년 사이, 서아시아의 메소포타미아 지역에 존재했던 고대 문명으로, 메소포타미아 문명에 결정적 영향을 끼쳤다. 서양 사학자들은 '수메르 문명의 건설자들이 정확히 어디서 왔는지는 알려진 바 없다'고 하고 있으나, 수메르어가 한글과 같은 교착어이고, 어순이 '주어—목적어—서술어'인 점을 보면, 12한국의 중심국인 수밀이국과의 연관성을 부인하기가 어렵다.

튀르키예는 우리나라를 '형제의 나라'라 부른다. 나는 튀르키예가 12한족의 일파라 생각하지만, 자세한 근거를 찾을 수 없어 안타깝다. 다만 최초의 튀르크계인 흉노는 과거 고조선의 동맹국이었다. 튀르키예인은 스스로를 '튀르크'라고 부르는데, 튀르크는 한자로 쓰면 돌궐이다. 돌궐은 몽골계 북방 유목민의 한 부류인데, 중국의 북주, 북제를 속국으로 삼고 오래 군림했으며, 고구려와 동맹을 맺어 당나라와 싸운 기록도 있고, 튀르크 복장과 고구려 복장은 매우 유사하였다. '연개소문이 돌궐의 공주와 결혼하였다'는 기록도 있다. 튀르키예 중학교 교과서에서는 '고대에 양국 민족이 형제로 같이 살았다'고 가르친다. 6.25 전쟁 때는 약 15,000명의 군인을 파병하여 700명 이상이 우리나라를 지키기 위해 전사를 하였으며, 2002년 월드컵에서는 나란히 3, 4위를 하였다. '형제의 나라'임이 분명하다.

중국의 역사는 삼황오제(三皇五帝)로부터 출발한다. 삼황(三皇)은 태호 복희(太暭 伏羲), 염제 신농(炎帝神農), 그리고 여와(女媧)를 말한다. 태호 복희는 인간의 머리에 뱀의 몸을 하고 있었고, 천지를 창조한 신, 동방을 다스리는 신이며, 팔괘, 낚시, 사냥, 악기, 글쓰기, 양잠, 직물을 가르쳤다고 한다. 염제 신농은 남방을 다스리는 신으로 소의 머리를 한 반인 반수의 모습이었으며, 농업, 의학, 약초를 가르쳤다고 한다. 여와는 창조의 신, 생영의 신으로 뱀의 몸을 하고 있었으며, 복희와 함께 천지를 창조하였고, 혼인, 잉태, 출산을 관장했다고 한다. 그러나 삼황은 어디까지나 전설이지 역사는 아니다. 사마천(司馬遷)의 사기(史記)에도 삼황에 대한 얘기는 없다.

　오제(五帝)는 황제 공손헌원(黃帝 公孫軒轅), 전욱 고양씨(顓頊 高陽氏), 제곡 고신씨(帝嚳 高辛氏), 제요 도당씨(帝堯 陶唐氏: 요임금), 제순 유우씨(帝舜 有虞氏: 순임금)를 말한다.

　황제 공손헌원(BC 2716~BC 2598)은 중국의 주신, 천상의 위대한 신으로 불리는 한족의 전설적인 시조이다. 인간에 필요한 모든 도구를 만든 발명의 신, 전쟁의 신으로도 불리며 한의학을 정리한 '황제내경'를 저술했다고도 한다. 중국 도교의 경서 '포박자(抱樸子)'에 따르면, 헌원이 청구(靑丘)에 와서 풍산(風山)을 지나던 중 자부선인(紫府仙人)을 만나 삼황내문(三皇內文)을 받고 만신(萬神)을 부리게 되었다고 한다. 치우천황과 관련된 탁록대전투 내용은 14대 자오지 한웅 편에서 자세히 설명하겠다.

신시개천(神市開天)시대:

삼성기(三聖記)에 근거함

신시역대기(神市歷代記)에는 '배달(倍達)은 한웅께서 천하를 안정시키고 정하신 나라의 이름이다. 수도는 신시(神市)요, 후에 청구국(靑邱國)으로 천도하였다. 18세를 전하니, 역년은 1,565년이다.'라 기록되어 있으며, 열여덟 분 한웅의 역년과 세수를 기록하고 있다. 우리나라 개천절 행사에 '국조 단군' 운운하는데, 참 웃기는 일이다. 개천하신 분은 한웅 천황이지, 개천 1500년 후에 태어난 단군왕검일 수가 없다. 개천절 행사에 단군에게 제사 지내는 사람들은 모두 일제의 식민사관을 그대로 믿는 자들이다.

1세 거발한(居發桓) 한웅: 재위 94년, 수(壽) 120. '커발한'이라 발음하고, '커'는 크다, '발'은 밝, '한'은 임금을 뜻하므로, '대한웅천황'으로 해석된다. 신시(神市)에 도읍을 세우고, 나라를 배달(倍達: 밝땅 즉 밝은 땅)이라 불렀다. 무리 3,000을 이끌고 태백산 꼭대기의 신단수(神檀樹) 밑에 내려오시니 이곳을 신시(神市)라 한다. 풍백(風伯), 우사(雨師), 운사(雲師)를 거느리고, 곡식, 생명, 형벌, 병, 선악을 주관하고, 무릇 인간의 360여 가지 일을 모두 주관하여 세상을 이치로 교화하였으니(在世理化)

널리 인간 세상에 유익함(弘益人間)이 있었다.

 2세 거불리(居佛理) 한웅: 재위 86년, 수(壽) 102.

 3세 우야고(右耶古) 한웅: 재위 99년, 수(壽) 135.

 4세 모사라(慕士羅) 한웅: 재위 107년, 수(壽) 129.

 5세 우의(太虞儀) 한웅: 재위 93년, 수(壽) 115. 고구려재상 을파소(乙巴素)가 찬한 참전계경(參佺戒經)에는 '太皥者太虞桓雄之子也'라는 대목이 있으니, '태호 복희는 태우의 한웅의 아들'이라는 뜻이다.

 6세 다의발(多儀發) 한웅: 재위 98년, 수(壽) 110.

 7세 거련(居連) 한웅: 재위 81년, 수(壽) 140.

 8세 안부련(安夫連) 한웅: 재위 73년, 수(壽) 94.

 9세 양운(養雲) 한웅: 재위 96년, 수(壽) 139.

 10세 갈고(葛古) 한웅: 재위 101년, 수(壽) 125. 일명 독로한, 염제신농의 나라와 땅의 경계를 정했다.

 11세 거야발(居耶發) 한웅: 재위 92년, 수(壽) 149.

 12세 주무신(州武愼) 한웅: 재위 105년, 수(壽) 123.

 13세 기와라(斯瓦羅) 한웅: 재위 67년, 수(壽) 100.

14세 자오지(慈鳥支) 한웅: 재위 109년, 수(壽) 151. 신시(神市)가 치우 때에 청구국(靑丘國) 곧 중토의 가장 핵심이 되는 곳으로 옮겼고, 저 유명한 황제와의 결전장인 탁록도 하북성이니, 이때 신시조선의 웅도가 중토로 웅비한 것을 알 수 있다. 귀신같은 용맹이 뛰어났으니, 동두철액(銅頭鐵額)을 하고, 능히 큰 안개를 일으키듯 온누리를 다스릴 수 있었고, 광석을 캐고 철을 주조하여 병기를 만드니, 천하가 모두 크게 그를 두려워하였다. 세상에서는 그를 치우천왕(蚩尤天王)이라고 불렀으니, 치우란 속된 말로 우뢰와 비가 크게 와서 산과 강을 바꾼다는 뜻을 가진다.

탁록전투(涿鹿之戰): 치우천황은 황제헌원과의 10년에 걸친 73회의 전쟁을 모두 승리로 이끌고, 마지막 탁록대전에서, 치우 천황은 도술로 큰 안개를 지으며, 최초로 제작한 금속병기(갑옷, 투구, 쇠뇌-太弩)를 동원하여 대승을 거두고 헌원을 사로잡아 신하로 삼고 동방의 문화를 전수해 주었다. 이때부터 치우는 동방의 무신이 되어 수천 년 동안 조선국, 한나라, 진나라에 이르기까지 추앙의 대상이 되었다. 한고조(漢古祖) 유방(劉邦)도 '치우에게 제사를 지내고 전쟁의 승리를 기원했다'는 기록이 있으며, 이순신 장군도 '임진왜란 중 3번 치우 천황께 둑제(纛祭: 군신을 상징하는 깃발에 지내는 제사의식)를 올렸다'는 기록이 있다. 탁록 결전 중에 치우 천황의 장수 가운데에 치우비(蚩尤飛)라는 자가 있어 불행하게도 공을 서둘다가 진중에서 죽게 되었다. 이것을 두고 훗날, 고조선과의 전쟁에서 크게 패한 한무제와 그의 사관 사마천은 사기(史記)에서 금살 치우(擒殺蚩尤), 즉 '헌원이 치우를 사로잡아 죽였다'고 사실을 완전히 거꾸로 뒤집어 놓았다. 사마천은 중국 역사의 시조인 황제 헌원을 천자(天子), 즉 동북아의 주도권자로 만들려 했다. 헌원이 천자가 되면 중국은 그 출발부터 천자의 나라가 된다. 그리하여 '중국이 천자국으로 천하의 중심이며 주변민족은 모두 야만족'이라는 중화사관을 만들어내기 시작하였다. 치우 천황은 탁록 전투 이후에도 50년을 더 살면서 묘족의 조상이 되었다. 현 중국에서는 '중화삼조'라고 해서, 황제 헌원씨와 염제 신농씨, 치우를 중화민족의 조상으로 인정하고 있다.

묘족(苗族)은 몽족(Hmong People)이라고도 불리는데, 중국 대륙 최남단(운남성, 광동성, 귀주, 해남) 및 인도차이나반도 등지에 거주하는 중국의 소수민족 중 하나이다. 묘족은 치우를 민족의 시조로 섬기며 우리와 같이 몽고반점이 있다. 곤명 운남 민속촌에 가보면 '묘족 선조 치우제상'이라는 글자를 볼 수 있다. 매년 음력 10월이면 묘족(苗族)은 치우(蚩尤)의 제사를 지낸다. 치우천왕을 기리며 〈치우만가〉라는 노래를 부른다. 묘족의 문화에 대해 중국 사서에는 '술과 노래, 춤에 능하며 고통스러울 정도로 여자들이 노동에 종사한다'고 묘사돼 있다. '상투를 트는 민족은 동이와 묘족 밖에 없다'는 기록도 있다. 여성들은 긴 머리를 땋고 둘러 가채머리로 장식했다. 2023년에 LPGA에서 생애 첫 우승을 한 메건 캉(Megan Khang)이 몽족 출신이라 하여 관심을 가졌는데, 얼굴 생김이 우리나라 사람과 너무 많이 닮았다.

   산해경(山海經)에는 '양자강 이남의 동정호와 팽려호 일대에는 구려(九
麗)의 후예인 유묘(有苗) 혹은 삼묘(苗苗)라 불리는 부족이 있었는데, 요
(遼)의 군대와 싸움에 져서 남쪽으로 옮겨갔다'라는 기록이 있다. 중국 역
사학자인 왕동령(王棟齡)은 '중국사'에서 '한족(漢族)이 중국에 들어오기
이전에 현재의 호북(湖北), 호남(湖南), 강서(江西) 등 지방은 본래 묘족
(苗族 = 東夷)의 영속지였다. 이 민족의 나라 이름은 구이(九夷)인데 임
금은 치우(蚩尤)였다.'라 했다.

   15세 치액특(蚩額特) 한웅: 재위 89년, 수(壽) 118.
   16세 축다리(祝多利) 한웅: 재위 56년, 수(壽) 99.
   17세 혁다세(赫多世) 한웅: 재위 72년, 수(壽) 99.

   18세 거불단(居佛檀) 한웅: 재위 48년, 수(壽) 82. 단웅(檀雄)이라고도
하는데, 단군 왕검의 아버지다.

   흉노(匈奴)는 'Huns(匈)'을 말하는 것으로 중국을 제외한 다른 나라에
서는 훈족으로 불렀다. 훈족(Huns)은 튀르크계 유목민 집단이다. 동이
족, 훈족, 흉노족, 조선족은 결국 뿌리가 같은 민족이다.

훈족이 중앙아시아에서 흑해 연안과 동유럽으로 이주하면서 게르만족의 대이동이 시작되었고, 이는 다시 서로마 제국 멸망의 주요 원인이 되었다.

훈족은 중앙 아시아와 러시아 일부를 지배한 세력이었으며, 헝가리를 세웠다. 훈족 그리고 터키의 지배 세력은 모두 자기들의 역사에서 우리를 '형제의 나라'라 가르치고 있다.

단군(檀君)시대:

행촌(杏村) 이암(李嵒)선생이 지은 단군세기에 근거함

우리는 초 · 중 · 고에서 일제가 왜곡한 역사만을 배웠다. 일제의 식민 사관에는 'BC 2333년에 단군이 고조선을 세웠다'라 되어 있는데, 고조선의 뒤를 이은 북부여의 건국이 BC 239년이니 단군 한 사람이 2300년간 고조선의 임금이 되는 셈이다. 이런 얼토당토않는 역사를 배우면서도 그 당시에는 왜 의문을 가지지 않았는지 모르겠다. 커서 우리 역사를 제대로 공부해 보니, '단군 왕검이 세운 고조선은 약 2300년간 마흔 일곱 분의 단군이 통치한 동북아 최대의 국가였다'는 사실을 알게 되었다.

단군세기(檀君世紀)에는 "고기(古記)에서 말한다. '왕검(王儉)의 아버지는 단웅(檀雄)이고, 어머니는 웅씨의 왕녀며, BC 2370년 밝달나무(檀木) 밑에서 태어났다. 신인(神人)의 덕이 있어 주변의 모든 사람들이 복종했다. BC 2333년 제요도당(帝堯陶唐) 때에 오가(五加)와 800의 무리를 이끌고 단국(檀國)으로부터 아사달의 단목(檀木)의 터에 이르러, 신시(神市)의 옛 규칙을 도로 찾고, 도읍을 아사달(처음 땅, 새 땅이라는 뜻)에 정하여 나라를 세우고 나라 이름을 조선이라 하니, 구한(九桓)이 모두 뭉쳐서 하나로 되었다.'

'조선'이라는 국호는 '아침해가 빛난다'라는 것과 전혀 관계없으며, 단재 신채호에 의하면, 조선의 어원은 숙신(肅愼: 만주·연해주 등 고대 동아시아에 살았던 퉁구스계 민족으로 고대 읍루, 말갈족, 여진족, 만주족의 조상이다)이라 하고, '만주 원류고'에서는 숙신의 옛 이름은 주신(朱申)이라 했다. 따라서 조선은 주신에서 유래했다고 보아야 한다.

고조선 檀君系表: 47대 2096년 (桓紀4865~6960, BC2333~BC238)

1세 단군 왕검(王儉): 재위 93년, 수(壽) 130, 회대(淮岱)지방의 제후들을 평정하여 분조(分朝)를 두고 이를 다스렸는데 우순(帝舜有虞: 순임금)에게 그 일을 감독하게 하였다. 맹자(孟子)는 '순임금이 동이(東夷) 사람'이라 하였다.

2세 단군 부루(扶婁): 재위 58년, 어아가(於阿歌)를 부르며, 조상에 대해 고마워하였으며, 신인이 사방을 다 화합하는 식을 올리니 이게 곧 참전(參佺)의 계(戒)가 되었다. 경술 10년(B.C.2229)에는 신지(神誌)인 귀기(貴己)가 칠회력(七回曆)과 구정도(邱井圖)를 만들었다. 고구려 재상 을파소가 지은 참전계경(參佺戒經)은 현존한다.

3세 단군 가륵(嘉勒): 재위 45년, 일명 읍루이며, 백성들의 원활한 의소통을 위해 삼랑(三郎) 을보륵(乙普勒)에게 명하여 가림토정음(加臨土正

흡) 38자를 만들었는데, 훈민정음과 거의 비슷하다. 신축 3년(B.C.2180)에는 신지(神誌) 고글(高契)이 배달유기(倍達留記)를 편수했다.

4세 단군 오사구(烏斯達): 재위 38년, 갑신 원년(B.C.2137)에 동생 오사달(烏斯達)을 몽고리한(蒙古里汗)으로 봉했다. 지금의 몽고족은 그의 후손이다.

5세 단군 구을(丘乙): 재위 16년, 양가(羊加). 을축 4년(B.C.2096)에 처음으로 육십갑자(六十甲子)를 사용하여 책력을 만들었다.

6세 단군 달문(達門): 재위 36년, 우가(牛加). 임자 35년, 모든 한을 상춘에 모이게 하여 삼신을 구월산에 제사케하고, 신지인 발리로 하여금 서요사를 짓게 하였다. 삼한에 각자의 임무를 내렸는데, 고조선에는 진한 (辰韓), 번한 (番韓), 막한 (馬韓) 등 세 임금이 있었다.

7세 단군 한율(翰栗): 재위 54년, 양가(羊加).

8세 단군 우서한(于西翰): 재위 8년, 우가(牛加). 무신 원년(BC 1993) 이십분의 일을 세금으로 내는 법을 정하여 널리 쓰이게 하였다.

9세 단군 아술(阿述): 재위 35년, 양가(羊加). 정사 2년 청해의 욕살 우착이 군대를 일으켜서 궁성을 침범하니, 단제께선 상춘으로 몸을 피하신 후, 새 궁궐을 구월산의 남쪽 기슭에 창건하게 하셨다. 우지와 우율 등에게 명령하여' 이들을 토벌하고는 삼 년 뒤에 서울로 되돌아오셨다.

10세 단군 노을(魯乙): 재위 59년, 우가(牛加). BC 1946년에 신원목(신문고와 같은 역할)을 설치(BC1946)하고, 병오 16년(BC.1935)에 천하(天河)에서 거북이가 그림을 지고 나타났는데 바로 윷판과 같은 것이었다. (중국에선 황하 또는 발해에서 나온 거북의 등에 팔괘가 그려져 있어 이것이 팔괘의 시초라 하고, 섬서성의 낙수(洛水)에서도 비슷한 일이 있어 이를 하도 낙서(河圖洛書)라 한다). 을축 35년(B.C.1916), 처음으로 감성(천문대)을 두었다.

11세 단군 도해(道奚): 재위 57년, 우가(牛加). 경인 원년(B.C.1891), 오가(五加)에 명을 내려 열두 명산의 가장 뛰어난 곳을 골라 국선의 소도(蘇塗)를 설치케 하였다. 선사 20명을 하나라 서울로 보내 처음으로 나라의 가르침을 전함으로써 위세를 보였다.

12세 단군 아한(阿漢): 재위 52년, 우가(牛加). 요하의 남쪽에 순수관경의 비를 세워 역대 제왕의 이름을 새겨 이를 전하게 하셨다. 이것이 최초의 금석문이다.

13세 단군 흘달(屹達): 재위 81년, 우가(牛加). 하나라를 정벌하고, 무술 50년(B.C.1763)에는 소도를 많이 설치하고 천지화를 심었다. 미혼의 자제로 하여금 글 읽고 활 쏘는 것을 익히게 하며 이들을 국자랑이라 부르게 하였다. 국자랑들은 돌아다닐 때 머리에 천지화를 꽂았으므로 사람들은 이들을 천지화랑이라 하였다.

14세 단군 고불(古弗): 재위 80년, 우가(牛加). 신유 42년(B.C.1680) 9월 오색의 큰 닭이 성의 동쪽, 자촌의 집에서 태어나니 이를 본 사람들이 알아보고는 봉황이라 하였다. 을해 56년(B.C.1666), 관리를 사방에 보내 호구를 조사, 계산하니 총계 1억8천만 인이었다.

15세 단군 대음(代音): 재위 51년. 경진 원년(B.C.1661) 은나라 왕 소갑이 사신을 보내 화친을 구했다. 이해에 80분의 1의 세법을 정하였다. 또, 양운국(養雲國)과 수밀이국(須密爾國)의 사신이 와서 특산물을 바쳤다.

16세 단군 위나(尉那): 재위 58년, 우가(牛加). 무술 28년 구한의 여러 한들을 영고탑에 모여 삼신과 상제에게 제사 지냈으니, 한인, 한웅, 치우 및 단군 왕검을 모시었다.

17세 단군 여을(余乙): 재위 88년.

18세 단군 동엄(冬奄): 재위 49년. 병신 20년 지백특 사람이 와서 특산물을 바쳤다.

19세 단군 구모소(구牟蘇): 재위 55년. 기미 54년 지리숙이 주천력과 '팔괘상중론'을 지었다.

20세 단군 고홀(固忽): 재위 43년. 우가(牛加), 경자 40년 공공(共工)인 공홀(工忽)이 구한의 지도를 제작하여 바쳤다.

21세 단군 소태(蘇台): 재위 52년. 갑진 원년(B.C.1337), 은나라 왕 소을(小乙)이 사신을 보내 공물을 바쳤다. 또, 일군국(一群國)과 양운국(養雲國)이 사신을 보내 조공을 바쳤다. 임진 49(BC 1289), 개사원(蓋斯原)의 욕살 고등(高登)이 우현왕(右賢王)이 되었다. 제위를 서우여에게 물려주고자 하였으나 우현왕의 반대로 뜻을 이루지 못하고 아사달에 은퇴하였다. 이 해에 고죽국(孤竹國) 국군(國君)의 두 아들 백이(伯夷)와 숙제(叔齊)도 나라를 버리고 동해의 바닷가에 와서 살았다.

22세 단군 색불루(索弗婁): 재위 48년. 우현왕의 손자. 병신 원년(BC 1285) 녹산을 개축시키고 관제를 개정하였다. 은나라 서울을 격파하고 곧 화친하였으나 또 다시 크게 싸워 이를 쳐부쉈다.

23세 단군 아홀(阿忽): 재위 76년. 갑신 원년(BC 1237) 단제의 숙부인 고불가(古弗加)에게 명하여 낙랑골을 통치하도록 하고, 웅갈손을 보내 남국의 왕과 함께 남쪽을 정벌한 군대가 은나라 땅에 여섯 읍을 설치함.

24세 단군 연나(延那): 재위 11년. 신축 2년 여러 한들은 조서를 받들고 소도를 증설하여 하늘에 제사 지냈으며, 나라에 큰일이나 이변이 있으면 전적으로 여기에 기도하여 백성의 뜻을 하나로 모았다.

25세 단군 솔나(率那): 재위 88년. 신해 원년(BC 1150) 정해 37년 기자(箕子) 서화(西華)에 옮겨가 있으면서 인사를 받는 일도 사절하였다.

26세 단군 추로(鄒魯): 재위 85년, 기묘 원년(BC 1062) 가을 7월 백악산의 계곡에 흰사슴 200마리가 무리 지어 와서 뛰놀았다.

27세 단군 두밀(豆密): 재위 28년. 갑신 원년(BC 997) 천해의 물이 넘쳐 아란산이 무너졌다. 이 해 수밀이국, 양운국, 구다천국 등이 모두 사신을 보내 특산물을 바쳤다.

28세 단군 해모(奚牟): 재위 28년. 정묘 18년 빙해의 뭇한들이 사신을 보내 공물을 바쳤다.

29세 단군 마휴(摩休): 재위 34년. 무인 원년(BC 943) 주나라 사람이 공물을 바쳤다. 을유 8년 여름 지진이 있었다. 병술 9년 남해의 조수가 3척이나 물러갔다.

30세 단군 내휴(奈休): 재위 35년. 청구의 다스림을 둘러보시고 돌에 치우천왕의 공덕을 새겼다. 병진 5년 흉노가 공물을 바쳤다.

31세 단군 등올(登올): 재위 25년, 임인 16년 봉황이 백악에서 울고 기린이 와서 상원에서 노닐었다.

32세 단군 추밀(鄒密): 재위 30년. 갑인 3년 선비산의 추장 문고가 공물을 바쳤다. 계해 12년 초나라 대부 이문기가 조정에 들어와 벼슬을 했다. 갑자 13년 3월에 일식이 있었다.

33세 단군 감물(甘勿): 재위 24년. 계미 2년 주나라 사람이 와서 호랑이와 코끼리 가죽을 바쳤다. 무자 7년 영고탑 서문밖 감물산 밑에 삼성사를 세우고 친히 제사를 올렸다.

34세 단군 오루문(奧婁門): 재위 23년. 을묘 10년 두개의 해가 나란히 뜨더니 마침내 누런 안개가 사방에 그득했다.

35세 단군 사벌(沙伐): 재위 88년. 갑술 6년 이 해에 황충의 피해와 홍수가 있었다. 임오 14년 범이 궁전에 들어왔다. 무오 50년 단제께서 조을을 파견하여 똑바로 연나라 서울을 돌파하고 제나라 군사와 임치의 남쪽 교외에서 싸워 승리하였음을 알려왔다.

36세 단군 매륵(買勒): 재위 58년. 갑진 28년 지진과 해일이 있었다. 신해35년 용마가 천하에서 나왔는데 등에는 별무늬가 있더라. 갑인 38년 협야후 배반명(일본 서기는 이사람을 神武王(신무왕)이라며 건국시조로 날조하여 떠받들고 있다.)을 보내어 바다의 도적을 토벌케 하였다. 12월에는 삼도가 모두 평정되었다. 무진 52년 단제께서 병력을 보내 수유의 군대와 함께 연나라를 정벌케 하였다.

37세 단군 마물(麻勿): 재위 56년.

38세 단군 다물(多勿): 재위 45년.

39세 단군 두홀(豆忽): 재위 36년.

40세 단군 달음(達音): 재위 18년.

41세 단군 음차(音次): 재위 20년.

42세 단군 을우지(乙于支): 재위 10년.

43세 단군 물리(勿理): 재위 36S년. 을묘 36년 융안(隆安)의 우화충(于和冲))이 무리 수만 명을 모아 서북 36군을 함락시켰으며, 물리는 피난 가던 길에 돌아가셨다. 백민성 욕살 구물이 장당경을 점령하니, 동서의 압록 18성이 모두 병력을 보내 원조하여 왔다.

44세 단군 구물(丘勿): 재위 29년. 병진 원년(BC 425) 3월 큰 물이 도성을 휩쓸어 버리니, 적병들은 큰 혼란에 빠졌다. 구물단제께서는 만 명의 군대를 이끌고 가서 이들을 정벌하니 적군은 싸워보지도 못하고 저절로 괴멸하니, 마침내 우화충을 죽였다. 이에 구물은 여러 장수들의 추앙을 받는바 되어, 3월 16일 단을 쌓아 하늘에 제사 지내고, 장당경에서 즉위하였다. 이에 나라이름을 대부여라고 고치고 삼한은 삼조선이라고 바꿔 불렀다. 무인 23년 연나라에서 사신을 보내와 새해 문안인사를 올렸다. 삼한(三韓)은 삼조선(三朝鮮)이라고 바꿔 불렀다.

45세 단군 여루(余婁): 재위 55년. 을유 원년(BC 396) 장령의 낭산에 성을 쌓다. 신축 17년 연나라 사람이 변두리의 군을 침범하여 수비장수 묘장춘이 이를 쳐부수었다. 병진 32년 연나라 사람 배도가 쳐들어와서 요서를 함락시키고 운장에까지 육박해 왔다. 이에 번조선이 대장군 우문헌에게 명하여 이를 막게 하고 진조선 막조선도 역시 군대를 보내어 이를 구원하여 오더니 복병을 숨겨두고 연나라 제나라의 군사를 오도하에서 쳐부수고는 요서의 여러 성을 남김없이 되찾았다.

46세 단군 보을(普乙): 재위 46년. 을축 46년 한개가 수유의 군대를 이끌고 궁궐을 침범하여 스스로 왕이 되려 하니, 대장군 고열가가 의병을 일으켜 이를 쳐부수었다. 고열가는 43대 단군 물리의 현손으로서 무리의 사랑으로 추대받기도 하였고 또 공도 있었던 터라 마침내 즉위하였다.

47세 단군 고열가(高列加): 재위 58년. 임술 57년 해모수(解慕漱)가 웅심산(熊心山)을 내려와 군대를 일으켰는데, 그의 선조는 고리국(槀離國) 사람이었다. 단군기원 원년 무진부터 2,096년이라, 임술 57년 고열가 단제께서 왕위를 버리시고 입산수도 하시어 신선이 되시었다. 오가(五家: 마가, 우가, 구가, 저가, 양가)가 나라일을 함께 다스리기를 6년이나 하였다. 이에 고조선은 멸망하고 해모수는 북부여(北夫餘)를 건국하였다.

부여

북부여: BC 239~

시조 해모수(解慕漱): 재위 45년. 백악산 아사달에서 하늘에 제사 지내도록 하고 새로운 궁궐을 지어 천안궁(天安宮)이라 이름 지었다. 연나라 노관(盧綰)이 한나라를 배반하고 흉노로 망명하니, 그의 무리인 위만(衛滿)은 북부여로 망명하였다.

2세 모수리: 재위 35년.

3세 고해사: 재위 49년. 낙랑왕 최숭(崔崇)이 곡식 300섬과 진귀한 보물을 바쳤으며, 일군국이 사신을 보내 방물을 헌상하였다.

4세 고우루: 재위 34년. 우거(右渠)를 토벌하려 했으나 큰 소득은 없었다. BC 108년, 한 무제(漢武帝)가 평나(平那)를 노략질하여 우거(右渠)를 멸망시키고, 4군(郡)을 두고자 하여 사방으로 병력이 침략했다. 이에 두막한(高豆莫汗)이 의병을 일으켜 가는 곳마다 한나라 침략군을 연파하였다.

5세 고두막: 재위 22년. 재재위 27년. 고두막은 47세 단군 고열가의 후손인데, 북부여가 쇠약해지고 도둑들이 왕성해짐을 보고 분연히 세상을 구할 뜻을 세워 졸본에서 즉위하고, 스스로 동명이라 하였다.

6세 고무서: 재위 2년. 영고탑을 순시하다가 흰 노루를 얻었으나, 곧 붕어하였다.

한사군(漢四郡): 'BC 108년, 한 무제(漢武帝)가 우거(右渠)를 멸망시켰다'는 이 대목이 '한사군 설치'라는 치욕적인 역사로 왜곡된 것이다. 그러나 실제 역사적 사실은 전혀 다르다. 무제의 군대가 우거를 멸한 것이 아니고, 번한(番韓)의 유민인 조선족의 장수 최(最)가 우거를 죽이고, 우거가 죽자 다시 반항하던 성기(成己)를 죽였는데 이 일들의 주역은 모두 조선족이었다. 한무제는 육해 양군을 보내서도 승리하지 못하자, 출전했던 육해 양군의 사령관 순체(荀彘)와 양복(楊僕)을 기시(棄市)에 처했다. 즉 사형시켰다. 따라서, '낙랑, 현도, 진번, 임둔'이라는 한사군'은 근거 없는 낭설이며, 이는 사마천과 일제가 우리나라의 역사를 왜곡한 것이다.

가섭원부여(동부여):

시조 해부루 (解夫婁): 재위 39년. 북부여의 시조 해모수의 아들이었으나, 북부여를 떠나 가섭원로 이주하여 따로 나라를 세웠다. 가섭원은 오곡이 다 잘 되었는데, 특히 보리가 많았고, 범, 표범, 곰, 이리 같은 짐승이 많아 사냥하기 편했다.

2세 금와(金蛙): 재위 41년.

3세 대소(帶素): 재위 28년. 고구려를 침략하였으나 크게 패하고 나라가 망했다.

우리민족의 3대 경전: 우리민족에게는 예부터 3대 경전이 있었는데, 천부경, 삼일신고, 참전계경이다.

천부경은 천제 한국(桓國)에서 말로만 전해졌는데, 거발한 한웅 천황이 신지(神誌) 혁덕(赫德)에게 명하여, 녹도문(鹿圖文)으로 이를 기록케 하였고, 신라 말 고운(孤雲) 최치원이 신지의 전문(篆文)을 옛 비석에서 보고, 이를 첩(帖)으로 만들어 세상에 전해지게 되었다. 총 81자로 된 천부경을 여기 소개한다.

一始無始一析三極無
盡本天一一地一二人
一三一積十鉅無櫃化
三天二三地二三人二
三大三合六生七八九
運三四成環五七一妙
衍萬往萬來用變不動
本本心本太陽昻明人
中天地一一終無終一

삼일신고(三一神誥)는 신시 개천 시대에 책으로 지어진 것으로, 총 366자로 쓰여졌으며, '하늘, 하느님, 하늘나라, 세상, 사람'의 오훈(五訓)

으로 구성되어 있다. 흔히들 대종교(大倧敎)의 경전으로만 알고 있으나, 이는 대종교가 채용했을 뿐, 삼일신고는 신시때부터 있어온 우리민족의 경전이다. 성경에서 말하는 '하나님, 하늘나라'가 삼일신고를 베낀 것 같은 생각이 든다. 뜻을 이해하기 쉽게 토를 붙인 본문은 아래와 같다.

하늘(天訓)

主若曰 爾五加衆아, 蒼蒼이 非天이며, 玄玄이 非天이라, 天은 無形質하며, 無端倪 하며, 無上下四方하고, 虛虛空空하야, 無不在하며, 無不容이니라.

하느님(神訓)

神은 在無上一位하사, 有大德大慧大力하사, 生天하시며, 主無數世界하시고, 造牲牲物하시니, 纖塵無漏하며, 昭昭靈靈하야, 不敢名量이라, 聲氣願禱하면 絶親見이니, 子性求子하라. 降在爾腦시니라.

하늘나라(天宮訓)

天은 神國이라, 有天宮하야, 階萬善하며, 門萬德하니, 一神攸居오, 群靈諸哲이 護侍하니, 大吉祥 大光明處라, 唯性通功完者라야, 朝하야 永得快樂하니라.

세상(世界訓)

爾觀森列惺辰하라. 數無盡하고, 大小明暗苦樂이 不同하니라. 一神이
造群世界하시고, 神이 勅日世界使者하사, 轄七百世界하시니, 爾地自大
나, 一丸世界니라. 中火震盪하야, 海幻陸遷하야, 乃成見象하니라. 神이
呵氣包底하시고, 煦日色熱하시니, 行翥化游栽物이 繁植하니라.

사람(眞理訓)

人物이 同受三眞하니, 日 性命精이라, 人은 全之하고 物은 偏之니라.
眞性은 無善惡하니, 上哲이 通하고
眞命은 無淸濁하니, 中哲이 知하고,
眞精은 無厚薄하니, 下哲이 保하나니, 返眞하야 一神이니라.

惟衆은 迷地에 三妄이 着根하니, 日 心氣身이라.
心은 依性하야, 有善惡하니, 善福惡禍하고,
氣는 依命하야, 有淸濁하니, 淸壽濁妖하고,
身은 依精하야, 有厚薄하니, 厚貴薄賤이니라,

眞妄이 對作三途하니, 日 感息觸이라, 轉成十八境하니
感엔 僖懼哀怒貪厭이오,
息엔 芬寒熱震濕이오,
觸엔 聲色臭味淫抵니라.
衆은 善惡淸濁厚薄을 相雜하야, 從境 途任走墜하야, 生長消病歿의 苦

하고,

　哲은 止感하고, 調息하며, 禁觸하야, 一意化行하야, 返妄卽眞하야, 發
大神氣하나니, 性通功完이 是니라.

　止感, 調息, 禁觸에 대해 회삼경(會三經)에서는 다음과 같이 설명하고
있다.

　止感:　僖不形色　기쁨을 빛으로 나타내지 않음

　　　　　懼不使氣　성을 내도 기운을 부리지 않음

　　　　　哀而不怯　두려워하되 겁내지 않음

　　　　　怒而不毁　슬퍼하되 훼손하지 않음

　　　　　貪不傷廉　탐하나 청렴함을 잃지 않음

　　　　　厭不情志　싫어도 뜻을 게을리하지 않음

　調息:　芬寒熱震濕의 여섯 가지 기운을 어느 하나도 빠뜨리지 않고,
　　　　　또한 어느 하나에도 치우치지 않음.

　禁觸:　聲　교언을 귀에 들이지 않음

　　　　　色　망색을 눈에 접하지 않음

　　　　　臭　코로 비린내를 맡지 않음

　　　　　味　입으로 시원함을 탐하지 않음

淫 음에 있어서 간악(姦惡)함에 이르지 않음

抵 부딪치되 살이 헐지 않게 함

참전계경(參佺戒經)은 단군 시대의 예절을 종교철학적으로 규범 지은 수양 경전이다. 성(誠), 신(信), 애(愛), 제(濟), 화(禍), 복(福), 보(報), 응(應)의 8리(理)를 기본 강령으로 하고 있으며 총 366조로 구성되어 있다. 성(誠)은 충심(衷心)이 발하는 곳으로서 진실에서 나오는 정성을 관장하는 것이고, 신(信)은 천리의 필합(必合)으로서 인사(人事)의 필성(必成)이며, 애(愛)는 자심(慈心)의 자연으로 인성(人性)의 본질이다. 제(濟)는 덕의 겸선(兼善)으로서 도가 잘 미치는 것이고, 화(禍)는 악이 부르는 것이며, 복(福)은 선의 여경(餘慶)이다. 보(報)는 천신이 하는 것으로 악인에게는 화(禍)를 선인에게는 복(福)을 내리는 것이고, 응(應)이란 악은 악보(惡報)를 받고 선은 선보(善報)를 받는 것을 말한다. 그 내용이 너무 방대하여, 여기에서는 다 소개할 수가 없고, 기자(箕子)가 쓴 서문 일부만을 소개하겠다. '단군 성조의 신성한 시대에는 이 여덟 가지 이치(八理)에 따른 삼백예순여섯 지혜로 모든 사람을 가르쳤으니, 사람이 모두가 어질고, 어리석은 이가 없어, 쉽게 하늘의 이치를 알았다. 또한 스스로 사람의 도리를 깊이 깨우쳐, 명령하거나 시키지 않아도 저절로 되어가 모든 사람이 감동하여 따르고, 지극한 평화세상이 되었다.'

삼대 경전 외에도 소도경전본훈(蘇塗經典本訓)에는 몇 가지 경전이 더 소개되고 있는데, '삼황내문경(三皇內文經)'은 청구국(靑丘國) 자부선인

(紫府仙人)이 황제 헌원(軒轅)에게 주어 그로 하여금 마음을 씻고 의에 돌아오게 한 것이며, '신지비사(神誌秘詞)'는 달문 단군 때의 사람 신지 발리(發理)가 지은 것으로 삼신(三神)께 올리는 옛 제사의 서원 글이나 안타깝게도 현존하지는 않는다.

최치원은 통일신라 시대의 문인으로 현재 경주 최씨의 중시조이다. 묘향산 바위에 우리민족의 3대 경전 중 하나인 천부경(天符經)을 새겼다. 그의 저서 '난랑비서'에는, '유 · 불 · 선'이라는 중국사상이 들어오기 이전부터 나라에는 '풍류'라는 가르침이 있었다고 되어 있다.

"나라에 현명한 도가 있으니 '풍류(風流)'라 한다. 그 가르침의 근원은 '선사(先史)'에 자세하게 실려 있으니, 실로 유 · 불 · 선을 포함하면서 모든 백성들을 이어준다. '집에 들어와서 효도하고, 밖으로 나가서는 나라에 충성하는 것'이 공자의 취지이고, '억지로 일을 시키지 않고, 말없이 행동을 통해 가르치는 것'이 노자의 가장 뛰어난 부분이며, '악행은 만들지 않고, 선행을 높이는 것'은 부처의 감화이다."라 쓰여 있다.

삼국시대

고구려국 본기:

고리군(藁離郡)왕 고진(高辰)은 북부여 시조 해모수(解慕漱)의 둘째 아들이며, 옥저후(沃沮侯) 불리지(弗離支: 고모수)는 고진(高辰)의 손자이다. 모두 도적 위만(衛滿)을 토벌하는데 공을 세워 봉함을 받았다. 불리지는 서쪽 압록강변을 지나다가 하백(河伯)의 딸 유화(柳花)를 맞아들여 고주몽을 낳게 하였다. 때는 곧 임인(BC 199년) 5월 5일이라 한나라 왕 불능(弗陵)의 원봉(元封) 2년이다. 불리지가 승천한 후 유화는 아들 주몽을 데리고 웅심산으로 돌아왔다. 주몽이 성장하여 사방을 주유하다가 가섭원(迦葉原)을 택하여 거기서 살다가 관가에 뽑혀 말지기로 임명되었다. 얼마 안 되어 관가의 미움을 사서, 오이(烏伊), 마리(麻履), 협보(陜父)와 함께 도망하여 졸본(卒本)으로 왔다. 마침 졸본부여(卒本夫餘)의 왕, 연타발은 후사가 없었다. 주몽은 연타발(延陀勃)의 딸인 소서노(召西奴)와 결혼하여 나라를 물려 받았고, 온조(溫祚)를 낳았다. 소서노(召西奴)는 고주몽과 혼인하기 전에, 북부여의 왕 해부루의 서손인 우태(優台)와 혼인하여 '비류(沸流)'라는 아들을 둔 과부였으니, 비류와 온조는 아버지가 다른 형제였다. 소서노는 주몽이 나라를 건국하는데 물심양면으로 큰 공을 세웠다. 마침내 주몽은 고구려를 세워 시조(동명성왕: 東明聖王)가 되었다. BC 147년에는 북옥저(北沃沮)를 정벌하여 멸망시키고, BC 146년에는 도읍을 졸본으로부터 눌현(訥見)으로 옮겼다.

2대 유리성제(瑠璃聖帝)는 어머니 예씨(禮氏)와 동부여에 살다가, 고구려로 와서 태자로 책봉되었으며, 왕이 된 후 눌현에서 국내성으로 도읍을 옮겼다. 선비를 쳐서 항복을 받았고, 부여의 침략을 물리쳤으며, 양맥을 쳐서 멸망시키고, 한나라의 고구려현을 빼앗는 등 재위 기간에 활발한 정복전쟁으로 영토를 넓혔다.

김부식(金富軾)은 삼국사기에서 '주몽의 생년이 BC 58이고, 고구려는 BC 37년에 건국되어 건국 705년 만인 AD 668년에 망했다.'라고 썼는데, 이것은 사기(史記)에 나온 한사군(漢四郡)이라는 왜곡된 역사에 기인한 잘못이다. 우선, 당나라 군사 밀정이라 할 시어사(侍御史) 가언충(賈言忠)이 당나라와 고구려의 전쟁상황을 당 고종에게 보고한 자료를 보면 '고구려는 한나라 건국 BC 206년 때부터 나라가 있었으며, 건국 900년 되는 때에 망합니다'라 되어 있다. 실제로 고구려가 망한 AD 668년은 정확히 '건국 900년 되는 해'이므로, 삼국사기에는 적어도 5~6대의 고구려 제왕이 삭제된 것이다. 또 광개토대왕비문에 의하면 호태왕은 주몽으로부터 19세손이라 했는데, 삼국사기에는 13세손밖에 안되니, 주몽과 호태왕 사이에서 6세대의 제왕 연조가 빠져 있는 게 확실하다. '한나라가 조선에 한사군을 설치했다'는 것은 'BC 108년 이전에 이미 고구려가 있었다'는 역사적 사실에 의해 완전한 역사왜곡으로 판명되는 것이다.

광개토대왕비문(廣開土大王碑文) 의 해석:

문제가 되는 부분은 보이지 않는 세 글자에 관한 해석의 차이다.
「百殘新羅舊是屬民由來朝貢倭以辛卯年來渡海破百殘□□□羅以爲臣民」

고구려측의 해석
百殘新羅舊是屬民, 由來朝貢, 倭以辛卯年來渡海, 破百殘新羅加羅, 以爲臣民,

六年丙申, 王躬率水軍, 討科(또는利)殘國

백제, 신라는 옛적 고구려에 부속되었던 백성이다. 원래 朝貢을 바치던 나라이다. 倭가 辛卯年(391년)에 바다를 건너 들어왔다. 고구려는 백제, 신라, 가라 諸國을 정벌하여 부속국으로 삼고자, 왕이 직접 六年丙申(396년)에 水軍을 거느리고 백제를 정토하여⋯.

백제측의 해석
百殘新羅舊是屬民, 由來朝貢, 倭以辛卯年來渡海, 破百殘脅降新羅, 以爲臣民,

백제와 신라는 예부터 (고구려의) 속민이었던 지라, 이제껏 조공을 바쳐 왔는데, 왜구들이 신묘년 이후부터 바다를 건너와서 이를 파하게 하였고, 백제는 신라를 위협하여 항복 받아 신민으로 삼았다.

일본측의 해석

百殘新羅舊是屬民, 由來朝貢, 倭以辛卯年來渡海破百殘新羅加羅, 以爲臣民.

백제(百殘)와 신라는 원래부터 (倭의) 속민으로서 원래 조공을 하였다. 倭가 신묘년에 바다를 건너와 백제와 新羅, 加羅를 破하고 臣民으로 삼았다.

나의 견해

광개토대왕비는 고구려의 장수왕이 세운 비문이므로 각 문장의 주어는 고구려로 봐야 한다. 따라서 일본측의 해석은 주객이 전도된 것이다.

백제: 여기 백제의 건국부분은 김성호(金聖昊) 씨의 '비류백제와 일본의 국가 기원'이라는 저서를 인용했으나, '고구려, 백제, 신라가 중국대륙에 있었다'고 주장하는 민족사학자들의 견해와는 상당한 차이가 있다.

고구려 시조 고주몽은 동부여에서 예씨(禮氏)부인과의 사이에 유리(瑠璃)라는 아들을 두었다. 고주몽의 장남 유리(瑠璃)가 동부여에서 고구려로 와서 태자가 되자, 왕후의 자리마저 예씨에게 뺏긴 소서노는 두 아들 비류(沸流)와 온조(溫祚)를 데리고, 새로운 땅을 찾아 남쪽으로 내려왔다. 형 비류는 미추홀(彌鄒忽: 현 아산 인주 밀두리)에서 백제(百濟)를 건국하였고, 동생 온조는 위례성(慰禮城: 현 천원, 직산)에서 십제(十濟)를 건국하였다. 온조는 BC 5년에 漢山(현 경기도 광주)로 북천했고, 비류는 AD 18년에 웅진 거발성(熊津 居拔城: 현 충남 공주, 일본서기에는 久麻那利라고 되어 있는데 이것은 웅진의 고마나루에서 유래)으로 남천했다. 비류와 온조는 힘을 합하여 고구려에 대항했으며, AD 371년에는 백제 근초고왕(近肖古王)이 평양성을 공격하여, 고구려의 고국원왕(故國原王)을 전사시킬 정도로 강력했다. 그러나, 고구려 광개토왕이 즉위 직후, AD 392년, 4만대군으로 한수(漢水)이북 10여개 성을 공략하여 결국 관미성(關彌城)을 함락시켰다. 광개토왕 비문에는 'AD 396년에 이잔국(利殘國)을 멸망시키고, 백잔국(百殘國)의 항복을 받았다'는 기록이 있다. 한수 이북을 안정시킨 광개토대왕은 AD 396년, 수군을 이끌고 충남으로 남진하여 웅진의 이잔국(利殘國)을 멸망시키고, 육로로 회군하면서 한성(漢城)의 백잔국(百殘國)을 쳐서 항복을 받았던 것이다. 비류백제는 BC 18년에 건국하여 AD 396년에 멸망하였으니, 무려 413년을 존속한 한국 고대사의 제4왕조였다.

그러면, '광개토왕비문에는 비류백제(百濟)는 왜 이잔국(利殘國)으로 기록되고, 십제(十濟)였던 온조백제는 왜 백잔국(百殘國)으로 기록된 것일까?'라는 의문이 남는다. 당시의 통치체제를 보면 비류백제는 자제종친(子弟宗親)을 중용한 담로제(擔魯制)였고, 온조백제는 왕이 중앙귀족을 지방통치자로 임명하는 군현제(郡縣制)였다. 백제는 '백가(百家)'가 제해(濟海)했다'라는 뜻이므로, 해상왕국을 의미했다. 담로제였던 비류백제의 영역은 탐라(耽羅: 현 제주), 일본서기에 나오는 담로(淡路: 현 큐우슈)에서 알 수 있듯이 해상왕국이었다. 반면에 위례성(현 직산)에 도읍한 온조는 십신(十臣)의 도움으로 나라를 세웠기 때문에, 처음엔 십제(十濟)라 했다. 3세기 중엽부터 비류와 온조는 백제 연합왕조로 함께 활동했으므로, 비류계가 멸망하고 18년 후에 세워진 광개토대왕비에는, 그때까지 존속하던 온조계를 백잔(百殘)으로 하고, 이미 없어진 비류계에 대해서는 구마나리(久麻那利)의 잔계(殘系)국가임에 착안해서, 이잔국(利殘國)으로 불렀던 것이다. 비류백제가 멸망한 후 한성(漢城)으로 도읍을 옮겼던 온조백제는, AD 475년에 비류백제의 도읍지였던 웅진으로 천도했으며, 비류백제의 담로(擔魯)들과 신민(臣民)들을 받아들이면서 국호를 백제(百濟)로 개칭했다.

비류백제는 AD 396년에 멸망해 버렸으므로, 후일 기록된 역사서에는 온조백제를 중심으로 백제의 역사가 기록될 수밖에 없었다. BC 18년에 건국하여 AD 660년에 멸망한 온조백제의 왕통계보를 보면 온조계(解氏), 비류계(眞氏), 辰王계(餘氏)가 번갈아 가며 통치했음을 알 수 있다. 특히 초기의 백제는 비류와 온조가 연합백제로 세력을 키웠음을 알

수 있다. 온조계 왕은 15명(1대 온조왕, 2대 다루왕, 3대 기루왕, 4개 개루왕, 5대 초고왕, 6대 구수왕, 7대 사반왕, 11대 비류왕, 13대 근초고왕, 14대 근구수왕, 15대 침류왕, 16대 진사왕, 17대 아신왕, 18대 전지왕, 19대 구이신왕)이었고, 비류계 왕은 7명(8대 고이왕, 9대 책계왕, 10대 분서왕, 12대 계왕, 22대 문주왕, 23대 삼근왕, 24대 동성왕이었으며, 진왕계 왕은 9명(20대 비유왕, 21대 개로왕, 25대 무령왕, 26대 성왕, 27대 위덕왕, 28대 혜왕, 29대 법왕, 30대 무왕, 31대 의자왕)이었다.

삼국사기(三國史記)는 고려 인종 때(1145년) 김부식 등이 편찬한 고구려, 백제, 신라의 왕을 중심으로 쓴 본기(本記)이다. 고려 이전에 쓰인 역사책이 거의 전무한 상태에서, 천년 전의 역사를 쓰다 보니 왜곡된 부분도 많지만, 삼국지(三國志), 신당서(新唐書), 구당서(舊唐書), 자치통감(資治通鑑) 등 중국 측 자료와 당시 고려에 전해지고 있었던 삼국의 자료와 고려 전기에 편찬된 '구삼국사(舊三國史)' 등을 참고하여 집필한 것으로 추정된다. 삼국사기의 기록을 바탕으로 한국 상고사를 연구한 정용석 씨의 『고구려, 백제, 신라는 한반도에 없었다』라는 책의 내용을 추려서 소개한다.

메뚜기 떼의 피해: 신라의 기록에는 남해 차차웅 15년(AD 18)을 비롯해 총 14회, 고구려의 기록에는 태조왕 3년(AD 55) 등 총 8회, 백제의 기록에는 초고왕 43년(AD 208) 등 총 5회의 메뚜기 피해가 기록되어 있다.

메뚜기 떼의 이동은 중국 대륙에만 있는 현상이며, 세 나라가 동시에 피해를 입은 기록은 없는데 이걸 어떻게 설명해야 할까?

지진과 화산: 신라의 기록에는 유리 이사금 11년(AD 34) 등 총 56회의 크고 작은 지진과 화산 활동이 있었고, 고구려의 기록에는 유리왕 21년(AD 2) 등 총 19회, 백제의 기록에는 온조왕 25년(AD 7) 등 총 14회의 기록이 있다. 한반도가 지진과 화산의 나라인가?

가뭄의 피해: 신라의 기록에는 남해 차차웅 8년(AD 11) 등 총 55회, 고구려의 기록에는 태조왕 20년(AD 72) 등 총 10회, 백제의 기록에는 온조왕 4년(BC 15) 등 총 30회의 기록이 있다. 그런데, 삼국의 가뭄 피해가 일치하는 연도는 거의 없다. 세 나라가 다 한반도에 있었다면 어떻게 이런 일이 가능한가?

홍수의 피해: 신라의 기록에는 파사 이사금 29년(AD 108) 등 총 28회, 고구려의 기록에는 민중왕 2년(AD 45) 등 총 6회, 백제의 기록에는 기루왕 40년(AD 116) 등 총 6회의 기록이 있다. 삼국이 동시에 홍수 피해를 입은 기록은 없다. 한반도에 이런 기후가 있을 수 있는가?

눈, 서리, 우박 피해: 신라의 기록에는 파사 이사금 26년(AD 105) 등 총 55회, 고구려의 기록에는 유리왕 14년(BC 6) 등 총 18회, 백제의 기록에는 온조왕 28년(AD 10) 등 총 10회의 기록이 있다. 삼국이 피해를 입은 연도가 일치하는 해도 거의 없으며, 이중 많은 피해는 봄과 여름에 생긴 것이다. 한반도에서 어떻게 이런 일이 가능한가?

왜(倭)의 신라 침략: 신라의 기록에는 혁거세 8년(BC 50) 등 총 33회에 걸쳐 왜(倭)가 신라를 침공한 기록이 있는데 이중 많은 사건이 장마철에 일어난 것이다. 장마철에 왜(倭)가 한반도 동남쪽에 있는 신라를 침공한 다는 게 가능한 일인가?

황룡사와 9층탑: 신라의 황룡사는 진흥왕 14년(AD 553)에 시작해서 완전한 준공은 진흥왕 30년(AD 569)이므로 17년이 걸린 대공사였다. 9층탑은 자장율사가 당나라 유학을 마치고 돌아와 선덕여왕에게 청원하여 짓게 되었는데, 선덕여왕 14년(AD 645)에 완공되었으니, 황룡사 완공 후 76년이 지난 때였다. 9층탑은 인접국의 침략을 막고, 침략국을 진압함을 목적으로 세웠다고 한다. 탑이 완성되기 전까지 신라를 침략한 국가를 보면, 왜, 낙랑, 백제, 가야, 말갈, 고구려, 이서국 등 7개국이다. 9층탑에 명시된 진압대상 국가를 보면 1층은 왜(倭) 2층은 중화(中華), 3층은 오월(吳越), 4층은 탁라(托羅), 5층은 응유(鷹遊), 6층은 말갈(靺鞨), 7층은 단국(丹國), 8층은 여적(女狄), 9층은 예맥(穢貊)으로 되어 있다. 중화(中華)는 물론 중국 항주에 있던 오월(吳越)이 한반도 동남부의 신라를 침공할 수도 없고, 현 만주에 있던 말갈(靺鞨), 여적(女狄: 여진),

예맥(穢貊) 이런 나라들이 고구려를 가로질러 신라를 다 침략한다는 것은 불가능하다. 고려시대 후반까지 중국 서안(西安)에 있던 황룡사와 9층탑은 몽고의 침략 시 불타고 말았다. '황룡사와 9층탑이 현 경북 경주에 있었다'는 것은 식민사학자들의 주장일 뿐이다.

9주(州), 5소경(小京): 신라는 당나라와 함께 백제와 고구려를 평정한 뒤 새로운 넓은 강역에 9주를 설치하고, 5소경을 두었다. 삼국사기 경덕왕 16년조에는 통일 전 본래의 신라 땅에 '사벌주(沙伐州)를 상주(尚州)로 고치고, 고려조의 상주(尚州)다. 삽양주(歃良州)를 양주(良州)로 고치고, 고려조의 양주(梁州)다', '청주(菁州)를 고쳐 강주(康州)로 한다. 고려조의 진주(晋州)다'라 기록되어 있다. 지금의 역사책에는 상주를 경북 상주, 양주를 경남 양산, 강주를 경남 진주로 가르치고 있다.

백제의 옛 땅에는 '웅천주를 웅주로 고치고 고려 때의 공주다. 완산주를 전주로 고치고 고려 때 전주다. 무진주를 무주로 고치고 고려 때 광주다'라 삼국사기 신라 본기와 지리지에 기록되어 있다. 이것을 한반도에 심어 놓은 식민사학자들의 설명을 보면, '웅주는 고려조 때 공주나 지금의 충남 공주로 하고, 전주는 지금의 전북 전주로 하고, 무주를 고려조 때 광주라 하나 지금의 전남 광주'로 설명한다.

옛 고구려의 남부 땅에 3개주를 설치하는데, '한산주를 한주로 고치고 고려 때 광주(廣州)다. 수악주를 삭주로 고치고 고려 때 지금의 춘주다. 하서주를 명주로 고치고 고려 때도 같다'라는 기록이 있는데, 식민사학자들은 '한주는 강주로 하니 경기도 광주로 하고, 삭주는 춘주로 하니 강원도 춘천으로 하고, 명주를 강원도 강릉'으로 만들어 버렸다. 고려 때의 지명에 대해서는 후반부 '새 고려사'편에서 자세히 설명하겠다.

삼국사기에는 멸망할 때의 백제인구는 450만 명이라 했는데 신라의 인구를 합하면 1,500만 명, 고구려의 인구를 500만으로 쳐도 통일 신라의 인구는 2천만이 넘는다. 식민사학자들은 이 인구를 한반도에 다 밀어넣어 버렸는데, 1,200년이 지난 20세기 초에 '한반도 2천만 동포 여러분'이라는 말이 나왔으니, 어찌된 일인가?

삼국사기 지리지에는 경덕왕은 수도 금성을 제외하고 5곳에 소경(小京)을 설치했는데, '본래 신라의 영토였던 양주에 김해소경을 하며 고려조의 금주다. 옛 고구려 땅 한주에 중원경을 설치하고 고려조의 청주다. 삭주에다 북원경을 설치하며 고려조의 원주다. 옛 백제 땅 웅주에 서원경을 설치하고 고려조의 청주다. 전주에 남원경을 설치하며 고려조의 남원부'라고 기록되어 있다. 식민사학에서는 김해소경을 경남 김해, 중원소경을 지금의 충북 충주, 북원소경을 지금의 강원도 원주, 서원 소경을 지금의 충북 청주, 남원소경을 지금의 전북 남원'으로 만들어 한반도에 있었다고 가르치고 배우고 있다.

중국의 5호 16국 시대는 고구려가 북방민족 국가임과 동시에 중원 제후국이었다. '고구려 북방의 국가로는 후한, 위, 후조, 진, 연, 전진, 북연, 북위, 동위, 북제, 주, 수 나라 등이 있었고, 남방의 국가는 송, 남제, 양, 진 등이 있었다. 백제는 북으로 북위, 북제, 북주, 수 나라가 있었고, 남으로는 동진, 송, 남제, 야, 진 나라가 있었으며, 신라의 북쪽은 전진, 북제, 수 나라, 남으로는 양, 진 두 나라가 있었다'고 하니 삼국의 위치를 가늠해 볼 수 있겠다.

무령왕릉:

충남 공주시에는 백제 25대 왕인 무령왕릉이 있다. 무릉은 왕호이고 이름(諱)는 사마(斯麻)인데, 묘지석에 '영동대장군 백제 사마왕(寧東大將軍 百濟 斯麻王)'이라 기록되어 있어, 무령왕릉인 것은 분명하다. 백제는 시조 온조왕부터 의자왕까지 31명의 왕이 있는데, 왕릉이 발견된 것은 무령왕이 유일하다. 나머지 31기의 왕릉은 어디에 있을까? 아무리 도굴되었다 해도 흔적은 남아 있어야 하는데, 그 어디에도 흔적조차 없다. 백제의 영토가 지금의 호남에 국한된 것이 아니라, 중국대륙의 하남성 남부 전 지역과 동지나(東支那) 바다에 있는 모든 큰 섬까지 포함하는 해상왕국이었다는 역사적 사실을 간과해서는 안 된다.

신라 왕릉:

경주에 가면 신라시대의 왕릉이라 하는 곳이 여러 군데 있다. 하지만 내가 보기에는 명확하게 무덤 주인이 밝혀진 무열왕릉, 선덕여왕릉 등 몇 개를 제외하고는 왕릉이라고 하기에는 뭔가 어설프다. 그냥 흙무더기 같다. 큰 흙무더기는 대릉, 작은 흙무더기 5개는 오릉, 3개는 삼릉으로 불리는 것 같다. 국가에서 역사학자들과 함께 흙무덤 내부를 발굴해서 진위를 확인해 보면 어떨까? 신라 어느 왕의 무덤이라 확실히 밝혀지면 안내판에 제대로 된 내용을 기술하여 역사적 가치를 높이고, 내 생각처럼 그냥 흙무더기라면, 굳이 관광 명소로 꾸밀 필요가 없을 것이다. 중국 대륙에는 약 31기의 신라 왕릉이 있었다는 기록이 있지만 거의 전부 파헤쳐져 버렸고 중국에서는 의도적으로 대륙내의 한국역사를 왜곡시키고 있다.

일본의 국가기원

이 글은 김성호(金聖昊) 씨의 '비류백제와 일본의 국가 기원'이라는 저서를 발췌, 요약한 것이다. 중국 대륙을 지배했던 백제의 강역을 식민사학자들의 주장대로 한반도에 국한시킨 점은 앞으로 수정, 보완되기를 바라지만, 일본의 국가 기원에 대한 연구는 대단히 중요한 사료로 생각된다.

AD 396년에 망한 비류백제는 영원히 사라진 것일까? 절대 아니다. 일본의 역사서인 일본서기(日本書紀: 니혼쇼키)에는, 'AD 397년에 응신왕(應神王)이 기내(畿內: 현 큐우슈우)에서 즉위했다'는 내용이 있는데, 이는 비류백제가 망하자 웅진(현 공주)을 탈출한 비류백제의 왕이 일본으로 건너가, 야마토국(邪馬臺國: 大和國)의 왕으로 즉위한 것이다. 야마토국 이전에는 이즈모국(出雲國)이 있었는데, 출운국 역시 비류백제의 多勿系가 대마도를 거쳐 큐우슈(九州)로 건너간 사람들이 세운 나라였다. 응신왕의 성(姓)은 백제왕 성(姓)인 진씨(眞氏)였는데, 그것은 응신조(應神朝)가 기내백제(畿內百濟)의 혈통이었다는 증거이다. 응신(應神) 망명으로부터 270년만인 AD 660년 온조백제가 멸망했다. 망명정부는 '형제의 나라 백제'를 구원하기 위해 여러 차례 군대를 파견하여, 풍장(豊璋: 의자왕의 아들)을 도와 신라를 공격하였으며, AD 663년에는 2만 7천 명의 병력이 출동하여 백강 또는 백촌강(白江, 白村江)에서 나/당/연합군과 최후의 일전을 벌였으나, 전멸하고 말았다. 망명정부는 본국과의 연락이 끊어지자, 비로소 국가의식에 눈을 떠서, AD 670 년에 국호를 일본(日本)으로 정하고, 백제와는 전혀 관계없는 것처럼 자신만의 역사를 만들기 시작했다. 그 결과물로 고서기(古事記: 고시키, AD 712 발간)와 일본서기(日本書紀: 니혼쇼키, AD 720년 발간)가 발행된 것이다. 따라서 오늘의 일본인은 원래부터 일본인이 아니고, 천황도 원래부터의 천황이 아니다. 다만, 기내백제(畿內百濟)의 백성이고 이의 천황일 뿐이다. 일본서기가 응신(應神) 망명을 은폐하지 않고, 사실대로의 역사를 썼다면 한/일 양 민족은 똑같은 종족이 되었을 것이다. 현재 일본의 미에현 이세시에는 황대신궁(皇大神宮)이 있는데, 여기서는 비류(沸流)를 시조(始祖)로 모신다.

고서기(古事記)와 일본서기(日本書紀)의 내용은 '하늘의 신(神)과 신(神)이 아들을 하나 낳자 이것이 혼슈(本州)가 되고, 또 아들을 하나 낳자 이것이 큐우슈(九州)가 된다'는 등 전 세계의 중심이 일본이라고 주장하는 허황된 신화로 시작되지만, 일본 역사를 쓴 사람들은 대부분 도래인(到來人: 한반도에서 일본으로 건너 간 사람)이었기 때문에, 역사적 사실을 완벽하게 숨길 수가 없었다. 일본서기(日本書紀)를 자세히 읽어 보면, 군데군데 진실된 역사를 숨겨놓은 곳을 발견하게 된다. 역시 머리가 좋은 한민족의 핏줄이었다. 다만 현재 일본 사람들, 특히 역사를 잘 아는 지식인과 정치인들이 알면서도 모르는 체할 뿐이다. 인정하는 순간 일본은 한국의 일부가 되어 버리기 때문이다.

응신(應神)이 일본으로 망명하기 전에 북구주(北九州)에는 야마타이
국(邪馬臺国: 후의 大和國)이 있었다. 일본서기에는 야마타이(邪馬臺)를 담로(淡
路)라 한 것을 보면 야마타이는 비류백제의 군현(郡縣)임이 분명하고,
AD 100년경 야마타이를 개설한 숭신(崇神)은 비류백제에서 임명한 첫번
째 담로주(擔魯主)임이 분명하다. 그 후 70년가량 지나서 신공황후(神功
皇后: 卑彌呼)는 네 번째 담로주이던 중애(仲哀)를 죽이고 여왕지배체제
를 확립했으나, 신공(神功) 사후에 양쪽이 충돌하여 야마토의 역사는 AD
269년에 종말을 고했다. 따라서, AD 269년에 소멸된 야마토와 이로부터
120년 후에 성립된 응신조(應神朝: AD 397)는 아무런 관계가 없다.

(히미코(卑彌呼)는 일본서기에 気長足姬로 나오고, 후에 진고황후(神功皇后)라 이름 붙여졌다. 경북 영일(포
항)에 가면 '연오랑과 세오녀'의 전설이 전해오는데, 세오(細烏)는 기장벌의 여인(機長足姬)이었다.)

일본서기(日本書紀)는 응신(應神)이 비류백제의 마지막 왕으로 즉위한
AD 390을 즉위 원년으로 설정한 다음에, 응신을 120년 전 야마타이 여왕
신공황후(神功皇后)의 아들로 만들어, 야마타이국(邪馬臺国)이 멸망한
AD 269년을 응신(應神) 즉위 원년으로 연결시켰다. 이에 따라 응신원년
은 실제적으로 AD 390년이면서도 일본서기 기년(紀年)으로는 AD 270년
이 되어, 두 개의 기년(紀年)이 120년(2주갑)이나 벌어진 채 이중화(二重
化)되어 버렸다. 이것은 야마타이(邪馬臺: 神功)와 기내조(畿內朝: 應神)

를 만세일계(萬世一系)의 황통(皇統)으로 가구(假構)시키기 위한 불가피한 조치였다. 따라서 일본서기의 초반부는 '2주갑(120년)인상론'이 적용될 수밖에 없었다.

몇 가지 예를 들면, 백제가 일본에 칠지도(七支刀)를 보낸 것은 AD 372년인데, 일본서기는 AD 252년이라 되어 있다. 백제의 근초고왕은 AD 374년에 죽었는데 일본서기에는 AD 255년이라 하고, 백제의 직지왕은 AD 420년에 죽었는데, 일본서기에는 AD 294년으로 되어 있다. 비류백제가 망하고 AD 397년에 백제의 유민들이 일본으로 간 사실을 일본서기에는 AD 277년으로 기록하고 있다. 일본서기에 AD 405년에 백제의 왕인(王仁)이 천자문과 논어를 전해주었는데, 일본서기에는 'AD 285년 왕인(王仁)이 도래하였다, 이 해에 백제의 아화왕이 죽었다'라 기록되어 있다. AD 475년 고구려의 장수왕은 백제를 침공하여 개로왕을 죽였는데 일본서기는 AD 355년이라 기록하고 있다.

고대 일본의 모든 왕국은 거의 전부 한반도에서 건너간 도래인(到來人)들이 건설한 나라였다. 신라에 의해 멸망한 삼한과 가야 6국의 지도급 인물 중에는 진씨(秦氏)와 한씨(韓氏)가 많았는데, 4~5세기 일본의 대호족으로 성장하여 5세기경 야마토조정(大和朝廷)의 주축이 되었다. AD 396년, 비류백제가 망하면서 응신을 비롯한 비류백제의 많은 유민들이 일본으로 건너갔고, AD 660년 백제가 망하면서 백제 왕실을 중심으로 한 지도급 인사들이 다량으로 망명해 갔다. AD 710년 나라(奈良)로 옮기기 전까지 일본의 수도였던 후지와라경(藤原京)에는 인구의 80~90%가 도래인이었다. 일본 고대사에 등장하는 야마토(大和)왕국, 이즈모(出雲)왕국, 야마타이(邪馬臺)왕국 모두가 도래인이 세운 국가이며, 현 일본의 천황가도 백제계 도래인이다. 일본인류학회 회장인 와타나베 미츠토시(渡辺光敏)는 일본, 중국, 한국의 사료(史料)와 금석문(金石文), 역사연표 등 일본 천황에 관련된 자료를 총망라 대비 연구하여, '일본 천황의 시조는 한국인이며 한반도에서 건너온 게 확실하게 사실적(史實的)으로 증명되었다'라 하였다. 그가 쓴 책 일본천황도래사(日本天皇到來史)를 참조하기 바란다.

도래인들은 일본 문화발전의 중심이 되었다. 역사서에 기록된 사례들만 대충 추려보면 아래와 같다.

AD 405년, 백제의 왕인(王仁)은 천자문과 논어를 전해주었다.

AD 579년, 백제의 아좌태자는 일본에 가서 성덕태자의 스승이 되었다.

AD 595년, 고구려의 스님, 혜자(惠慈)와 백제의 스님 혜총(惠聰)은 불교를 전해주었다.

AD 602년, 백제의 스님 관륵(觀勒)은 역서와 천문지리를 전해주었다.

AD 610년, 고구려의 스님 담징(曇徵)은 종이, 먹, 벼루를 전해주었고, 오경(五經)을 해석해 주었다.

일본서기에는 "AD 664년, 고구려의 대신 개금(蓋金: 淵蓋蘇文)이 그 나라에서 죽었다. 蓋金은 제자(諸子)에게 유언하여, '너희들 형제는 물고기와 물의 관계처럼 사이좋게 지내고, 작위(爵位)를 다투지 말아라. 만약 이와 같이 아니 하면 반드시 이웃나라의 웃음거리가 될 것이다'라 하였다"고 쓰여 있다. (역사적으로는 연개소문에게는 남생, 남건, 남산이라는 세 아들이 있었고, 연개소문이 죽은 후에 서로 불화하여 당의 개입을 초래하여 AD 668년 고구려는 멸망하고 말았다.) 그런데, 재미있는 것은 '남의 나라 대신의 유언장을 자기나라 역사책에 왜 상세히 기록해 두는가?'이다. 실제로 AD 664년에 연개소문은 죽은 것이 아니라 일본으로 망명하여 천무천황(天武天皇)이 되었다는 얘기가 설득력이 있다.

日本書紀 年表: 신빙성은 희박하다

BC 667 신무(神武) 천황

BC 581 수정(綏靖) 천황

BC 547 안녕(神武) 천황

BC 510 X덕(X德) 천황

BC 475 효소(孝昭) 천황

BC 392 효안(孝安) 천황

BC 290 효령(孝霊) 천황

BC 214 효원(孝元) 천황

BC 157 개화(開化) 천황

BC 97 숭신(崇神) 천황: 비류백제에서 임명한 야마타이국의 첫번째 담로주(擔魯主)

BC 29 수인(垂仁) 천황: 신라 왕자 천일창(天日槍)이 도래함

AD 71 경행(景行) 천황

AD 131 성무(成務) 천황

AD 192 중애(仲哀) 천황: 気長足姫를 황후로 함

AD 201 신공(神功) 천황: 신공황후 히비코(神功皇后 卑彌呼) 여왕

AD 270 응신(應神) 천황: 비류백제의 마지막 왕, 왕인(王仁)이 도래함

AD 313 인덕(仁德) 천황

AD 400 이중(履中) 천황

AD 406 반정(反正) 천황

AD 412 윤공(允恭) 천황

AD 454 안강(安康) 천황

AD 458 웅약(雄略) 천황

AD 480 청녕(清寧) 천황

AD 485 현종(顯宗) 천황

AD 488 인현(仁賢) 천황

AD 500 무열(武烈) 천황

AD 507 계분(繼体) 천황

AD 534 안한(安閑) 천황

AD 536 선화(宣化) 천황

AD 540 흠명(欽明) 천황

AD 572 민달(民達) 천황: 백제의 아좌태자가 도래함

AD 586 용명(用明) 천황

AD 588 숭준(崇峻) 천황: 백제 스님 관륵이 도래함

AD 593 추고(推古) 천황

AD 629 서명(舒明) 천황: 백제궁을 만듦

AD 642 황극(皇極) 천황

AD 645 대화(大化) 천황

AD 650 백치(白雉) 천황

AD 655 제명(齊明) 천황: AD 660년 백제가 멸망함

AD 662 천지(天智) 천황: AD 663년 백제를 구원하기 위해 출병한 대군이 백강(白江)에서 몰살당함. AD 668년 고구려가 망함

AD 672 천무(天武) 천황: 고구려의 연개소문이라는 설이 있음

AD 687 지통(持統) 천황: 많은 고구려인이 도래함

발해

　서기 668년, 고구려가 멸망한 후에 고구려 유민들은 남북으로 서로 흩어져 당나라를 상대로 투쟁을 벌였고, 거란족, 말갈족, 고구려 유민들이 힘을 합쳐 대당 영합전선을 폈는데, 고구려인 부대를 지휘한 장군은 고구려의 귀족 출신인 대조영(大祚榮)과 그의 아버지 걸걸중상이었다. 대조영은 서기 698년 동모산(돈화)을 중심으로 나라를 세워, 처음엔 국호를 진국(震國)이라 하였는데 나중에 발해(渤海)로 바뀌었고, 서기 926년 나라가 망할 때까지, 227년을 한반도 북부와 만주 및 현 러시아 연해주와 하바롭스크 남부 지역을 통치한 대제국이었다. 한때, '발해는 거란의 침입에 의해 멸망한 게 아니라, 백두산 폭발로 인해 망하였다'는 설이 유력하였다. 백두산 폭발이 915년이라면, '화산 폭발로 심한 타격을 입었던 발해가, 10년후 거란이 침공하자 손을 쓰지도 못한 채 무너졌다'는 해석은 맞는 말이다. 그러나 후에 지질학자들이 백두산은 946년에 폭발했다고 하여, 백두산 폭발과 발해의 멸망은 관계없는 것으로 되었으나, 나는 여전히 백두산 폭발이 발해 멸망의 원인이라 믿고 있다. 해동성국이라 불리던 발해가 그리 쉽게 무너질 수는 없는 것이다. 우리나라 학자들에 비해 북한 학자들이 발해에 대한 연구를 훨씬 많이 했다. 주요 북한 학자들로는 박시형, 주영헌, 장상렬, 리준걸, 손영종, 박영해, 채희국, 한인호 등이 있다. 발해는 5경(중경, 상경, 동경, 서경, 남경) 15부 62주의 행정 구역이 있었으며, 외교적으로는 거란의 침공 이전까지는 신라, 당, 일본, 거란과 큰 충돌 없이 데면데면하였다. 오늘날 중국에서는 발해를 고구려와 함께 중국사의 일부로 편입하여, 당나라의 지방정권 혹은 말갈족의 나라로 주장하는 동북공정을 진행 중에 있으나, 발해는 엄연히 우리 역사다. 하루 속히 우리나라의 국력이 옛 한웅, 단군 때처럼 강해져서, 중국이 감히 넘볼 수 없도록 해야 할 것이다.

대진국(발해) 황제계표: 15대 259년(서기668 ~926)

1대 세조(世祖) 진국열황제: 즉위 668년, 연호는 중광, 大중상(仲象), 후고구려로 개국

2대 태조(太祖) 성무고황제: 연호는 천통, 大조영(祚榮), 대진국으로 개명

3대 광종(光宗) 무황제: 연호는 인안, 大무예(武藝),

4대 세종(世宗) 광성문황제: 연호는 대흥, 大흠무(欽茂) 국사 25권 편찬

5대 대원의(大元義): 포악하여 바로 쫓겨남

6대 인종(仁宗) 성황제: 연호는 중흥, 大화여(華璵)

7대 목종(穆宗) 강황제: 연호는 정력, 大숭린(崇璘)

8대 의종(毅宗) 정황제: 연호는 영덕, 大원유(元瑜)

9대 강종(康宗) 희황제: 연호는 주작, 大언의(言義)

10대 철종(哲宗) 간황제: 연호는 태시, 大명충(明忠)

11대 성종(聖宗) 선황제: 연호는 건흥, 大인수(人秀)

12대 장종(莊宗) 화황제: 연호는 함화, 大이진(尋震)

13대 순종(順宗) 안황제: 연호는 대정, 大건황(虔晃)

14대 명종(明宗) 경황제: 연호는 천복

15대 애황제: 연호는 청태, 大인선. 8123(AD926)년 요에 의해 멸망.

아메리카 원주민:

서양사에서 인디언(Indian)이라 불리는 아메리카 원주민(Native American)은, 우리와 마찬가지로 어릴 때 엉덩이에 몽고반점이 있다. 3만 년 전쯤 북방 아시아로부터 이주해 온 황인종이 아메리카 원주민의 시초이며, '우리민족의 대이동'을 집필한 손성태 교수는 '아메리카 인디언 중 상당수는 3세기에서 10세기 사이에 캄차카반도와 알류산 열도를 거쳐 미대륙으로 건너간 우리민족의 후예다'라고 했다. 디 브라운 (Dee Brown)이 지은 명저 『나를 운디드니에 묻어주오(Bury My Heart at Wounded Knee)』는 유럽인들이 미국 동부로 이주한 이후 서부로 영토를 확장해 간 서부개척사인데, 달리 보면 '인디언 멸망사'가 된다. 이 책에는 신대륙을 발견한 콜럼버스가 스페인 왕에게 보낸 서한의 내용이 나와 있다. "이들은 아주 평화롭고 유순해서, 전하께 맹세하오니 세상에서 이보다 더 나은 백성은 없을 것입니다. 이들은 이웃을 제 몸과 같이 사랑하며, 말은 부드럽고 상냥할 뿐 아니라 언제나 미소를 짓고 있습니다. 벌거

벗고 있기는 하지만 이들의 태도는 예절 바르고 훌륭합니다."

아메리카는 이런 사람들의 땅이었고 애초에는 그들뿐이었다. 어느 날 유럽에서 사냥꾼들이 왔고 뒤이어 정복자, 선교사, 군인들이 왔다. 17세기부터는 탐욕스러운 인간들이 아메리카 대륙을 증오와 전쟁의 혼란으로 몰아넣었다. 알곤칸족, 휴런족, 이로쿼이족, 유트족, 샤이엔족, 수우족, 코만치족, 아파치족(아파치는 우리말 '아버지'에서 유래)… 이 위대한 부족들이 마침내 피비린내 나는 유격전을 벌였다. 미국은 인디언의 땅을 야금야금 차지해 가면서, 인디언과 수십 번의 조약을 맺었지만, 한 번도 그 조약을 지킨 적이 없었다. 결국 아메리카 대륙 전체를 차지한 미국은, 인디언 레저베이션(Indian Reservation)이라는 유폐지역을 만들어, 인디언들을 그곳에 가두어 두고, 인디언들은 교육도 못 받게 하고, 인디언들에게 마약을 대주면서, 인디언 말살 정책을 펴고 있다. 인디언들이 정치적인 단체를 조직하여 영토반환운동을 펼칠까 봐 두려워하는 것이다. 미국은 한편으로는 인디언의 인간성과 용맹함을 존경하기도 하여 곳곳에 인디언 지명을 그대로 사용하고 있으며, 신무기를 개발하면 '아파치(Apache)헬기' 등 인디언 명칭을 붙이기도 한다. 나는 미국에 20년간 살면서 콜로라도주 남서부 고원지대에 자리한 메사 버드(Mesa Verde)와 모뉴먼트 밸리(Monument Valley), 애리조나주의 나바호(Navajo) 자치구와 프레그스탭(Flagstaff) 인근, 와이오밍주의 옐로우 스톤 (Yellow Stone) 등에 있는 아메리카 원주민들의 다양한 유적지를 볼 수 있었다. 내가 근무하던 회사에서 만난 미국 친구 한 명은 자기 할머니가 체로키(Cherokee) 인디언이라고 말했으며, 또 다른 친구는 인디언 여자와 결혼을 했는데 '아기 궁둥이에 푸른 반점이 있다'고 신기해했다.

멕시코:

원래 국명은 맥이고(Mexico)이고, 이 명칭은 아스태가 제국을 건설하고 살던 사람들이 자신들이 사는 곳을 '멕이곳'이라고 불렀던 말에서 유래했으며, 그 뜻은 '맥이(貊耳)가 사는 곳'이라는 뜻이다. 스페인 사람들이 아스태가인들에게 '너희들은 누구냐?'라고 물었을 때, 원주민들은 '우리들은 고리족과 맥이족'이라고 대답했다. '어디서 왔는가?'란 물음엔 '고리족 땅에서 왔다.', '이곳에 어떻게 왔느냐?'란 물음엔 '아스땅을 떠나서 고리족이 살던 땅을 지나서 어느 곳에 도착한 후에, 많은 섬들이 징검다리처럼 있는 곳을 배를 타고 건너왔다'라 말했다.

아스땅은 아사달을 의미하며, 만주에 살았던 부여−고구려계의 우리 선조들은 고리족이었다. 발해가 멸망한 후 우리민족은 만주에서 북쪽으로 러시아 캄차카 반도에 도착하여, 배를 타고 알류산 열도를 건너 비로소 아메리카 대륙에 도착하였다. 멕시코의 아즈텍 문명, 유카탄 반도의 마야 문명, 페루의 잉카 문명은 모두 이들에 의해 건설된 찬란한 고대 문명이었다. 아즈텍 문명을 건설한 아스테가인들은 남자는 검은 갓을 쓰고 흰 두루마기를 입은 상투를 했으며, 여자들은 색동저고리 한복을 입고, 붉은 볼연지를 찍고, 비녀를 꽂은 모습이었다. 손성태 교수는, 남북 아메리카 대륙 거의 모든 지역에서 고대 순우리말과 갖가지 풍습, 팽이치기, 공기놀이, 윷놀이, 실뜨기놀이 같은 각종 놀이, 우리말로 표기된 달력과 침술, 우리말로 된 옛 지명들을 증거로 제시하였다. 생활풍습으로는 아이를 낳으면 금줄을 하고, 정한수에 빌며, 아이를 업고 다녔고, 젖을 줄 때 '찌찌'라 말했다. 달 속에 토끼 한 마리, 솟대, 창포에 머리 감기, 5일장 풍습, 여자들은 이고 남자들은 지고 하는 것들은 우리민족이 아닐 수가 없는 확고한 증거이며, 고고학적 유물로는 온돌, 물레와 베틀, 곡옥(曲玉) 장식, 곡식을 갈던 갈판, 칠지도(七支刀), 반달형 돌칼, 고인돌, 악기 징 등이 발견되었다.

새 고려사

이 글은 이중재(李重宰) 씨의『새 고려사의 탄생』이라는 저서를 발췌, 요약한 것이다.

고구려가 산서성과 섬서성의 중심지인 서안(西安)을 기준으로하여 북쪽으로 강대해지자 백제는 하남성 남쪽으로 강력한 세력권을 형성한다. 즉 하남성, 호북성, 사천성, 안휘성, 강소성, 절강성, 호남성, 귀주성, 복건성, 광동성, 운남성 등 대륙의 남반부는 모두 백제의 강역이 되었다. 이때 나타난 것이 위(魏), 오(吳), 촉(蜀) 삼국이다. 위, 오, 촉 세 나라는 백제의 제후국이었는데, 백제의 품안에서 40년간이나 서로 세력 다툼을 한 것이다. 북송(北宋)의 사마광이 지은 자치통감(資治通鑑) 당서(唐書)와 후당서(後唐書)에는 고구려, 신라, 백제 그리고 수(隨), 당(唐)나라 등의 전쟁이 한반도가 아니라 중국대륙에서 일어난 사실이 여실히 기록되어 있다.

고구려, 백제, 신라는 말갈(靺鞨)과 많은 전쟁을 치른 것이 삼국사기 본기에 기록되어 있다. 고구려는 BC 231~AD 668이므로 899년간이다. 백제는 BC 213~AD 660년이므로 873년간이다. 진(秦)나라 멸망 후 생긴 나라가 거란(契丹)과 신라(新羅)인데, 신라는 섬서성 서안(西安) 위기산현(岐山縣)에 계림(鷄林)이라고 하고 도읍했다. 신라는 BC 57~AD 935년이므로 992년간이다. 송나라가 320년, 거란(契丹)과 요(遼)를 합쳐 305년, 몽고와 원나라를 합쳐 294년, 명나라가 294년, 청나라와 후금(後金)을 합쳐 296년이다.

원사(元史)에는 고려(고구려)가 있던 동쪽에는 신라가 있었고, 남쪽에 이르면 백제가 있었다. 백제는 모두 바다를 끼고 있었다. 큰 바다 서북을 건너면 요수(遼水)에 인접해 있다. 여기서 요수(遼水)란 하북성 열하현(熱河懸) 즉 현 북경 북쪽 지방이다. 고려(고구려)는 섬서성 서안(西安)이므로 동쪽에 있던 신라는 산동성, 강소성, 안휘성 등지이다. 백제의 강역은 동지나(東支那) 바다에 있는 모든 큰 섬(인도네시아, 필리핀, 자바, 보르네오 등)들은 모두 백제의 땅이며, 북쪽은 하북성 요영 지방까지라 했으니, 백제의 강역을 총체적으로 보면, 섬서성, 산서성의 북서부 지방을 제외하고, 하남성, 호북성, 호남성, 귀주성, 사천성, 안휘성 일부, 강서성, 복건성, 광동성, 광서성, 운남성 등 광범위한 지역이 백제의 땅임을 원사(元史)에서 읽을 수 있다.

고려도경(高麗圖經)에는 선비(鮮卑: 주로 하북성 북쪽 몽고 실크로드를 기준으로 활동)인 모용외(慕容廆)의 아들 황(皝)과 백제가 싸웠다는 기록이 있다.

신라는 오월국(吳越國)의 사신을 받은 적이 있는데, 오월국(吳越國)은 강소성 상해지방에 있던 나라였다.

　고려 태조 왕건이 907년에 전촉(前蜀)을 건국할 때에 중국대륙은 오대
십국(五代十國)으로 혼란의 시기였다. 고려는 북송(AD 960~1279)보다
53년 전에 먼저 세워졌으며, 북송보다 고려가 200년 후에 멸망하였다.
북송과 남송(AD 1127~1279)이 합해 319년인데, 고려는 사실상 520년의
긴 역사다. 고려가 섬서성 서안(西安)에 도읍하고 있을 때 북송은 하남성
개봉현(開封縣)에서 고려보다 53년 후에 세워졌다. 송(宋)나라의 사신 서
긍(徐兢)이 기록한 고려도경(高麗圖經)에서 보듯이 고려는 현 중국대륙
에서 송(宋), 거란(契丹), 요 (遼) 금(金), 몽고(元), 명(明)나라와 분명히 함
께 공존하고 있었다. 그러기에 고려는 진(秦)나라의 후예인 거란과 엄청
난 전쟁을 한 것이다. 송악(松嶽)은 서경(西京)이며 섬서성 서안(西安)이
다. 거란이 대륙에 있었고, '고려가 대륙 서안에 도읍했기 때문에 북쪽에
있던 거란과 치열한 전쟁이 있었다'고 명사(明史)에 잘 나타나 있다. 신
라 경순왕이 AD 935년, 산서성 운주계 안읍(運州界安邑)에서 왕건에게
항복하자, 신라유민은 돌궐(突厥)과 말갈(靺鞨)이 있는 고씨(高氏)들에게
도망가 흡수되었다. 돌궐의 주 근거지는 신강성과 청해성 일대이다.

　도선선사(道詵禪師)는 왕건에게 중경, 서경, 남경의 삼경론(三京論)을
제청하였는데, 송악(松嶽)이 있는 중경은 남조(南朝) 때 낙양(洛陽)이라
했다. 남경은 촉(蜀)나라 때 두었던 곳으로 사천성 성도(成都)이고, 서경

은 평양성이 있는 서안(西安)이다.

    견훤은 신라 상주(尙州)사람인데 상주(尙州)는 하북성과 산서성의 경계지역이다. 견훤이 반란을 일으켜 남주(南州)에 거점을 확보했는데, 남주(南州)는 사천성 만현(萬懸)이며 견훤이 도읍한 철주(鐵州)는 한반도의 철원이 아니라 감숙성과 섬서성의 경계이다. 또 견훤은 호북성 서쪽 지방과, 사천성 동쪽지역을 공격한 후 남쪽 지방인 호남성과 귀주성 일대를 공략하였다. 삼국사기에는 김유신이 섬서성 서안(西安)사람이라고 되어 있으며, 견훤전에서 황산(黃山)과 사비성(泗沘城)까지 왔다고 되어 있는데, 황산(黃山)은 하남성 급현(汲懸), 사비성은 현재의 완산(完山)이 아니고 완현(完懸)으로 하북성 보정시(保定市) 남서쪽이며, 백제가 망하자 눈이 내렸다는 기록으로 알 수 있다. 견훤과 궁예가 일전을 벌였다는 덕진포(德津浦)는 덕강(德江)으로 귀주성 사남현(思南懸)이다. 고려 태조 3년 견훤은 왕건을 상대로 거창(居昌)성을 포함해 20여 개의 성을 공격하여 빼앗았는데, 거창성은 거주(居州)로서 현재의 사천성 서주현(敍州關)이다. 경남 거창에는 옛날부터 지금까지 20여 개의 성이 없었다. 또 왕건은 공산(公山)에서 견훤군에게 크게 패해 김락(金樂)과 숭겸(崇謙)의 두 장군을 잃었는데, 공산(公山)은 복건성 우계현(尤溪懸)이다. 견훤은 순주(順州)에서 왕건에게 크게 패한 후 '포로와 백성을 이끌고 전주(全州)로 돌아갔다'라 되어 있는데, 순주(順州)는 호북성 수현(隨懸)이며, 전주(全州)는 전현(全懸)으로서 호남성 영릉현(零陵懸)을 말한다.

거란이 수만 명의 군사를 이끌고 압록강을 넘어 영주, 삭주, 정주로 공격해 왔다면 그 당시 압록강은 어디일까? 거란은 현재 북경지방 몽고, 신강성, 청해 감숙성 등지의 북부지방에서 활동했다. 거란이 침공한 것은 감숙성 지방이다. 원사(元史)에는 춘추시대부터 서안에서 낙양까지 물줄기가 '물오리 머리처럼 푸르다'라는 뜻으로 압록(鴨綠)이라 했다는 기록이 있다. 압록강은 낙양시 옆으로 흐르는 백마강(白馬江)을 말하는데 지금은 낙하(洛河)라고 한다.

고려 예종 때의 토번(吐蕃)은 신강성 북쪽에 있었는데 고려에 조공을 바쳤다는 기록이 있다.

고려 인종 때는 왕실의 외척인 이자겸(李資謙)이 왕위를 찬탈하려고 반역을 일으켰는데, 여기에는 영광(靈光), 합주(陜州), 진도(珍島), 거제보(巨濟甫), 삼척(三陟), 금주(金州) 같은 지명이 나온다. 합주(陜州)는 하남성 황하가 흐르는 험난한 강변, 금주(金州)는 사천성과 호북성 경계에 있는 안강(安康) 산악지대를 뜻하고, 영광, 진도는 전라도 땅이고, 거제보는 경남 거제시, 삼척은 현 강원도를 뜻한다. 그러니까 주로 귀양 간 땅은 한반도라는 사실이다. 죄인들의 죄가 무거울수록 유배지는 멀리 보냈음을 알 수 있다.

김수로 왕이 세웠던 가락국은 금주(金州)에 있었는데, 사천성과 호북성 경계에 있는 안강(安康)산악지대를 뜻하고, 경남 김해는 금주(金州)가 아니다. 김해에 가면 김수로왕 비문에는 수로왕의 조상이 소호금천씨(少昊金天氏)로 되어 있다. 또 허 황후의 고향은 인도가 아니라 사천성이다. 섬서성과 감숙성 그리고 사천성 북부지방에서 흐르는 강이 백강(白江)이다. 백강의 물줄기와 같이 흘러가는 강을 푸른 강이라 하여 청천(青川)강이라 한다. 현재 중국지도에는 청천(青川)으로 표시돼 있다. 백제가 멸망한 후 일본에 있던 백제의 망명 정부가 대군을 파견하여 나당영합군과 최후의 일전을 벌였던 곳이기도 하다.

송사(宋史) 고려전에 보면 고려의 왕이 살았던 곳은 개주(開州)였는데, 한반도의 개성이 아니라, 촉나라 지역 개성부(開城府)였으며, 현재의 사천성 성산군(盛山郡)이다. 신라 때는 동주(東州)라 했고, 백제 때는 금주(金州)이며 금마군(金馬郡)이라 했다. 진서(鎮書)에 나오는 한반도 지명을 보면, 양광도(楊廣道)는 지금의 경기도 양주(揚州) 이남과 충청도 땅이다. 경상 전라의 양도(兩道)는 지금의 교주도(交州道: 포천지역)와 강원도 고개 넘어 서쪽 땅이다. 서해도는 지금의 황해도, 동쪽은 강원도, 북쪽은 평안도, 경기는 지금의 양주(揚州), 그 북쪽은 황해도 금천(金川)과 평산(平山)이다.

송사(宋史) 고려전에는 또 거란의 기습에 대비해 '여섯 개의 성을 쌓았다'라 되어 있는데, 흥주(興州)는 흥화진(興化鎮)이며 섬서성 약양현(略

陽縣), 철주(鐵州)는 요녕성 개평현(蓋平縣), 통주(通州)는 섬서성 연안부(延安府), 용주는 사천성 평무현(平武縣), 귀주(龜州)는 사천성 검강 주위, 곽주(郭州)는 감숙성 민현(岷縣)이다. 여섯 개의 성은 전부 중국 대륙에 있다.

요사(遼史)지리지에는 고려가 설치한 삼주(三州)가 있는데, 보주(保州)는 사천성 신보관(新保關), 의주는 안휘성 의성현(宜城縣), 정주(定州)는 감숙성 무위현(武威縣)이다.

역사 왜곡의 주역은 지명의 변천이다. 우리나라의 지명은 갈섬, 뚝섬, 새섬, 밤섬, 대섬, 밤골, 대골, 서지골, 감골, 대추골, 모래내, 미리내, 바우내, 골개, 땅개, 부치골, 자부랑개, 퉁구지, 볼킹이, 흰작살 어둥골 등으로 순수 우리말이었다. 우리나라에 한자로 된 땅이름이 완전히 정착된 때는 고려 충숙왕(AD 1332~1356) 때임에도 불구하고, 이병도를 주축으로 한 식민사학자들은 대륙에 있던 고려 때의 지명을 한반도의 지명으로 생각하여, 삼국과 고려의 강역을 한반도 내로 욱여넣어 천추의 한을 남긴 것이다. 대륙 고려의 지명을 정리해 보면 아래와 같다.

충주(忠州)는 사천성 충현(忠縣), 청주(淸州)는 귀주성 청현(靑縣), 전주(全州)는 전현(全縣)으로 호남성 영릉현, 송악(松嶽)은 서안(西安)의 송악, 광주(光州)는 사천성 경계에 두었다가 나중에 하남성으로 옮겼다.

무주(武州)는 호남성 상덕현, 경주(慶州)는 감숙성 경양현(慶陽縣), 진주는 감숙성 고란련(皐蘭縣), 최초 신라의 고토(故土) 금성(金城)은 감숙성 난주(蘭州), 원주(原州)는 감숙성 고원현(固原縣), 공주(縣)는 웅주(雄州)로 불렸으며, 하남성 웅진성(熊津城)이다. 강화(江華)는 호남성 강화현(江華縣), 청천강(靑川江)은 하남성 급현(汲縣), 상주(尙州)는 하북성과 산서성의 북경지대, 제주(濟州)는 산동성 동거현(東鉅縣) 즉 제령현(濟寧縣), 마산은 하남성 내향현(內鄕縣), 광주(廣州)는 하남성 노산현(魯山縣), 해주(海州)는 강소성 동해현(東海縣), 완주(完州)는 완현(完縣)으로 하북성 보정시(保定市) 남서쪽, 양주(揚州)는 산동현 동평현(東坪縣), 나주(羅州)는 광동성 비현(邳縣), 하동(河東)은 양(梁)나라가 두었던 곳으로 황하의 동쪽이며 서쪽 경계이다. 광주(光州)는 하남성 노산현(蘆山縣), 백제의 초기 도읍지로 알려진 하남 위례성(河南 慰禮城)은 산서성 직산현(稷山縣)을 말한다. 강릉은 호북성 강릉현(江陵縣), 삼각산은 호북성 근수현(靳水縣), 북한산은 북쪽에 있는 한(漢)나라의 산이라는 뜻으로 산서성 태원(太原)이다. 한강(漢江)은 섬서성 영강현 북쪽에 있는 파총산에서 발원하여 호북성으로 흘러가는 강이었다. 현재 중국지도에는 한강을 한수(漢水)라 새기고 있다.

왕건은 진주 항성(陳州 項城) 사람인데, 진주(陳州)는 춘추시대 진(陳)나라이고 하남성 회양현(淮陽縣)이다. 왕건의 묘는 사천성 성도(成都)에 있다. 삼국사기에는 박혁거세의 묘는 강소성 소주(蘇州), 진성여왕의 무덤은 황산, 신라 41대 헌덕왕의 묘는 산동성 사수현 천림사(泉林寺)에 있다. 삼국사기에는 27대 선덕여왕의 묘가 낭산(狼山)에 있다는 기록과 함께 중국대륙에 총 31명의 신라왕릉이 있다고 기록되어 있으나, 지명도 이리저리 바뀌었고, 거의 대부분 훼손되어 찾을 수가 없다. 특히 1958년 공산당 대약진 전에는 박혁거세 묘 주위에 많은 왕릉들이 있었다고 하나, 지금은 육묘진(陸墓鎭)이란 지명만 남아 있다. 광서성에는 지금도 백제(百濟)라는 지명이 남아 있다.

고려는 서안(西安)에 장안성(長安城)을 쌓았다. 거란(요나라)과의 외교적 담판으로 유명한 서희(徐熙)는 거란과의 담판에서 고려의 강역이 옛 고구려의 영토임을 분명히 하여 거란을 굴복시켰다. 고려와 거란(요나라)의 전쟁은 일진일퇴였는데, 거란의 주 활동 지역은 사천성을 기점으로 청해성 일부지방과 감숙성과 섬서성 북부지방이었는데, 고려 6대 왕 성종은 거란과의 전쟁에서 서안(西安)에서 남쪽으로 만리(萬里)나 떨어진 광동성 곡강현(曲江縣)까지 물러난 기록도 있다. 귀주대첩으로 유명한 강한찬 장군(姜邯贊: 강감찬이 아니라 강한찬이 맞다)이 거란군을 전멸시킨 곳은 감숙성 홍화진(興化鎭)이었다. 귀주대첩의 승리로 요나라는 침략 야욕을 포기하게 되었고, 고려와 요나라 사이의 평화적 국교가 성립되었다. 윤관 장군은 여진족을 물리쳐 공을 세웠는데, 여진(女眞)족은 감숙성, 청해성 일대에서 윤관에게 크게 패하고, 후에 웅주성(雄州城)을 다시 공격했다가 역시 윤관 장군이 무찔렀는데, 웅주(雄州)는 하북성 웅현(雄縣)이다. 여기에 평양관군(平壤官軍)이라는 말이 나오는데, 지금의 북한에 있는 평양이 아니다. 안양은 세번째 평양성으로 지금의 북경 근처 보정시(保定市)이다. 평양성은 서안-낙양-개봉현-안양-서수현-대동부-봉천(현 심양)으로 계속 옮겼다. 현 북한의 평양은 6.25 전쟁 전까지는 한 번도 전쟁터가 된 적이 없다.

제주도는 옛날의 탐라국으로 알고 있는데, 원래의 탐라국은 남송(南宋)이 도읍했던 임안현(臨安縣)에 있었다. 항주(杭州)의 바로 옆이다. 이곳 절강성 중국대륙의 동쪽 끝머리에 있으며, 옛날 백제의 고토(故土)였다.

몽고와의 전쟁 중에 고려 고종 25년, 몽고병사들은 서경(西京)에 있는 황룡사와 탑을 불태웠다. 고려사 절요 고려 고종 41년 7월의 자료를 보면 '징기스칸의 어머니는 고구려 여인이었고 몽고의 준(緯)왕은 고려의 왕자였다'라는 기록이 있다.

고려 무신 정권 때 삼별초(三別抄)의 난이 있었는데, 이는 삼별초가 장흥부(長興府: 절강성 장흥현)를 약탈하고 민간인을 포로로 잡아 성을 불지른 난(亂)을 말한다.

고려가 몽고(원나라)에 항복한 후에는 고려의 왕들은 죽은 후 대왕이라는 휘호를 쓸 수 없게 되었고 몽고의 휘호를 쓰게 되었다. 앞 글자는 '원나라에 충성한다'는 뜻으로 충(忠)자를 붙이게 되었다. 25대 충렬왕, 26대 충선왕, 27대 충숙왕, 28대 충혜왕, 29대 충목왕, 30대 충정왕까지이다. 원나라는 공민왕 38년에 망하였으며, 마지막 왕은 지정(至正: 1341~1368)이었다.

대륙의 가장 강력한 국가인 고려가 중국역사책에서 삭제된 것은 첫째, 식민사학자들이 국사를 주도한 우리의 잘못이 컸고, 둘째, 일본의 장난이었으며, 셋째, 현재 대륙에 있는 중국 사람들이다. 우리의 역사가 중국대륙에 없는 것으로 역사를 왜곡시켜 왔기 때문에 고려사는 아예 중국에서는 찾아볼 수 없게 되었다.

조선 건국

　조선 태조 이성계는 함주(咸州)에서 태어났는데, 한반도의 함흥이 아니라 하남성 통허현(通許縣)에서 자랐고 부모는 여진(女眞)사람이다. 고려 31대 공민왕 때는 호남성, 강서성, 섬서성, 귀주성, 안휘성, 사천성, 귀주성, 호북성, 하남성 등에 왜구들이 빈번히 출몰하여 중국대륙 전역을 누비고 다니면서 고려를 괴롭힌 것으로 기록되어 있다. 이성계(李成桂)는 공민왕 10년에 대장군이 되어, 숙주(肅州: 감숙성 주천현), 성주(成州: 감숙성 성현), 삭주(朔州: 섬서성 부시현), 은주(殷州: 사천성 의빈현), 순주(順州: 호북성 수현), 무주(撫州: 강서성 임천군), 개주(价州: 섬서성) 등에서 많은 활약을 했다. 주원장이 1368년에 명(明)나라를 세우게 되는데, 이성계는 주원장보다 7년 전부터 장군의 자격으로 도적떼를 소탕하고 있었던 것이다. 특히 고려 32대 우왕 때는 곳곳에서 왜구의 침탈이 있었는데, 호남성 강화현(江華縣)에 출몰한 왜적을 소탕하기 위해 강화도통사(江華道統使)로 최영(崔瑩) 장군을 임명하여 강화에서 불탄 만여 가구의 집도 복구하고, 왜구도 소탕하고, 도적들을 막는 대임을 맡겼다. 이때 이성계는 경기도통사(京畿道統使: 경기지역을 총괄하는 책임관리)에 임명 받았다. 여기서 경기도는 서안(西安)을 기준으로 섬서성 전 지방을 의미한다. 지금 한국의 경기도는 그 당시에는 양광도(楊廣道)라 했다. 우왕 6년, 이성계는 한반도의 경기도, 충청도, 전라도, 경상도에서 왜적들을 소탕하고 돌아오자 최영(崔瑩) 장군은 이성계를 열렬히 환영하였고, 우왕은 이성계에게 많은 상을 내렸다. 이런 와중에 명나라에서는 고려에 도읍을 옮기라는 통첩을 보내왔고, 고려 조정에서도 한양(漢陽)으로 도읍을 옮기자는 천도설이 우세하였다.

당시 명나라는 북경에 있었는데, 고려의 우왕은 명나라의 무리한 압력을 물리치고자 이성계로 하여금 요양(遼陽: 요동의 서울)을 공격할 것을 강력하게 주장했는데, 이성계는 요양정벌 불가론을 제기했다가 일체의 공직에서 물러나게 되었다. 이때 모든 사람들이 '이성계 장군은 공직을 박탈당하고 물러나 있으니 우리 동방의 나라의 사직이 위태롭다'고 입을 모았고, 당시 아이들의 노래가사에는 목자득국(木子得國)이라는 소리가 널리 퍼지고 있었다. 이성계가 물러나자, 최영은 술과 여자를 탐하는 우왕의 방탕한 생활을 보다 못해 야심을 품었다. '많은 군사들이 쳐들어온다'는 소문을 내고 우왕을 도망가게 했다. '이성계가 쳐들어올 것이므로 왕을 피신시키고, 최영이 안주(安州)인 도성을 지키겠다'고 우왕을 속여 밤에 도망하게 했던 것이다. 우왕은 성주(成州: 감숙성 성현)로 도망가 버렸다. 상감이 도망갔다는 얘기를 들은 이성계는 자주(慈州: 산서성 길현) 이성(泥城) 아래로 달려와 보니, 외지에 싸우러 갔던 여러 장군들이 안주(安州) 즉 서경(西京: 지금의 西安)으로 회군하고 있었다. 서경에 도착하자 모든 백성들이 날뛰듯이 기뻐했다. 서경을 접수한 이성계는 최영을 귀주성 고봉현(高峯縣)으로 귀양을 보냈다가 나중에 사천성 충현(忠縣)으로 옮겼고, 우왕 14년에는 참수했다. 우왕을 호남성 강화현(江華縣)에 모시도록 한 후, 우왕의 어린 아들(창왕)을 왕위에 앉혔으나, 신돈의 아들이라는 소문으로 1년만에 폐위되고, 공양왕이 즉위하였다. 공양왕 4년, 정몽주, 이색(李穡) 등은 한양천도를 반대했지만, 이성계는 배를 타고 해주(海州: 현 황해도) 개성(開城)으로 왔다. 그리고 7월에는 고려가 망하고, 이성계는 한양에 조선(朝鮮)을 건국하였다.

일제시대

식민사관:

'매국노'라 하면 우리는 '1905년 을사늑약의 체결에 찬성했던 학부대신 이완용, 군부대신 이근택, 내부대신 이지용, 외부대신 박제순, 농상공부대신 권중현의 다섯 명을 일컫는다'고 알고 있다. 물론 그 오적이 매국노인 것은 확실하다. 하지만, 나는 을사오적보다 훨씬 더 나라를 팔아먹은 자로 식민사학자 '이병도'와 '신석호'를 꼽는다. 이병도는 이완용의 질손(姪孫)이다. 이병도는 일본의 사학자 요시다 도고(吉田東伍), 쓰다 소키치(津田左右吉), 이케우시 히로시(池內宏) 등으로부터 식민사관을 배웠다. 이병도는 '자신의 생애에 가장 영향력을 많이 준 사람'으로 요시다를 꼽았는데, 요시다는 일본이 조선 국권 강탈 이전부터 식민사학을 준비하는데 절대적인 구실을 한 인물이다. 쓰다 소키치는 임나일본부설을 역사의 진실로 만들고자 '삼국사기 초기기록 불신론'을 조장한 사람이며, 이케우시 히로시는 만주를 일본손에 넣기 위한 수단으로 만들어진 '만철조사부'라는 기관에 학문적으로 참여한 제국주의 사학자이고, 이병도를 조선사 편수회에 참여하도록 추천하였다. 이병도가 제국주의 신민사관을 가진 일본 학자들에게 영향을 받은 데에서 우리나라 근대 역사학의 비극이 시작되었다. 신석호(申奭鎬, 일본식 이름: 寺谷修三)는 경성제국대학에서 사학을 전공하였고, 이병도와 함께 조선사편수회의에 참여하여 수사관보와 수사관을 지냈다. 조선사편수회는 일본 민족의 우위성을 입증하고, 한국인의 민족의식 말살을 목적으로 발족된 기구로, 일제의 한국침략과 지배에 정당성을 부여하고, 한국사를 왜곡하여 타율적이고 정체된 사대주의적인 역사로 규정하는 활동을 하였다. 이병도와 신석호는 조선인으로서 일본의 하수인이 되어, 이런 일을 하는 데 조선인을 설득하는 데 앞장섰다. 한인천제 3301년의 역사도, 신시개천 1565년의 역사도, 단군시대 2096년의 역사도 완전히 지워버렸다. '한나라가 한반도에 한사군을 설치했다'는 사마천의 역사 왜곡을 인정했으며, 대륙의 중추 세력이었던 고구려, 백제, 신라의 강역을 한반도로 축소시키고, 심지어 "4~6세기경에 일본의 야마토 정권이 한반도 남부에 '임나일본부'라는 통치기구를 세워 지배력을 행사하였다"는 학설까지 세워 한민족 말살정책의 선봉에 섰다.

안타깝게도 해방 이후, 백남운 같은 사회경제학계열의 사학자들은 월북하고, 안재홍, 정인보 같은 민족 사학의 거목들은 납북이 되어, 이병도 일파는 국사학계를 주도하였다. 미군정은 친일파 관리와 학자를 중용해 버렸고, 이승만 정권은 '친일파 숙청 건의'를 묵살해 버림으로써, 친일파가 기득권을 계속 유지하였기 때문에 사학계도 이병도 일파가 점령할 수 있었던 것이다. 이병도는 서울대에서 한국사를 가르치면서 이기백, 김철준, 변태섭 등 2세대 사학자를 양성하였고, 2세대는 노태돈, 이기동 같은 3세대를 양성했으며, 3세대는 송호정으로 대표되는 4세대를 배출하였다. 송호정은 한국교원대에서 교편을 잡아 식민사관에 물든 역사 교사들을 대거 양성하고 있다. 이병도의 아들 이춘녕은 서울대 농과대학장을 지냈으며, 손자 이장무는 서울대 총장, 또 다른 손자 이건무는 국립중앙박물관장을 지냈다. 신석호는 고려대, 성균관대, 영남대를 거쳐 국사관장, 국사편찬위원회 위원장 겸 문교부 장관을 역임했다.

이병도는 최태영 박사, 송지영 KBS 이사장, 국문학자 이희승 박사 등의 설득으로 과거 자신의 역사관을 크게 수정하여 결자해지(結者解之)의 심정으로 조선일보 1986년 10월 9일자에 '단군은 신화 아닌 우리 국조'라는 제목으로 장문의 논설을 게재하였다. 이것은 이병도가 죽기 3년 전의 일이다. 그 논설은 당시의 기사를 찾아보면 알 수 있을 것이므로, 여기서는 자세한 내용은 생략한다. 다만 이병도는 자신의 역사연구가 '일본의 식민사관에 물들어 한민족의 정통성을 훼손했다'는 점을 사과하고, 자신이 '신화라고 치부했던 단군은 실제 역사였다'고 솔직히 시인을 했다. 그런데, 아이러니칼하게도 이를 바라보던 제자들의 시선은 싸늘했다. 어떤 이는 '스승님이 노망이 드셨나 봅니다'라 하며 비웃기까지 했다. 이병도의 후회를 인정하는 순간 그들의 교수직, 그들의 박물관장, 그들의 국사편찬위원 등 모든 기득권이 무너지기 때문일 것이다. 그렇게 우리 나라의 역사는 기득권을 지키려는 식민사학자들에 의해서 현재도 바로잡지 못하고 있다. 내가 역사 전공한 학자들의 책은 읽지 않고, 민족사학자들의 책만 골라 읽는 이유도 여기에 있다.

독립운동가로는 제일 먼저 '유관순, 김구, 안중근, 윤봉길, 이승만' 등을 떠올린다. 그러나, 우리가 반드시 기억해야 할 독립운동가는 너무나 많다. 전재산 700억 원(실제 가치 2조 원)을 독립자금으로 바친 이시영 6형제, 청산리 전투를 승리로 이끈 김좌진 장군, 신민회와 흥사단을 설립한 도산 안창호 선생, 식민사관에서 벗어나 민족사관을 정립한 단재 신채호 선생, 짧은 생애를 살았지만 독립에 대한 소망을 시로 승화시킨 윤동주 시인, '님의 침묵'으로 저항문학에 앞장선 만해 한용운, 재일거류민단의 초대 민단장을 역임한 박열 의사, 한국광복군 참모장을 지낸 철기 이범석, 아동문학가 소파 방정환, 의병장 최익현 선생, 임시정부 내무부장을 역임한 신익희 선생, 한글학자 주시경 선생, 미국에서 활동한 서재필 박사, 임시정부 2대 대통령 박은식 선생, 3.1운동의 주역 손병희 선생, 히로히토에게 폭탄을 투척한 이봉창 의사, 동양척식회사에 폭탄을 투척한 나석주 의사, 상록수의 시인 심훈, 의병장 신돌석, 교육자 정인보, 영화 아리랑의 주역 나운규, 카자흐스탄에서 생을 마친 홍범도 장군, 의열단을 조직한 김원봉. 이런 분들을 반드시 기억하고, '우리나라의 미래를 위하여 나는 무엇을 할 것인가'를 생각해 봐야 할 것이다.

고려인은 소련 붕괴 이후 구 소련지역 전체에 거주하는 한민족을 의미한다. 19세기부터 연해주 지역으로 이주한 조선인들이 스탈린의 '고려인

강제 이주령'에 의거, 중앙아시아로 강제로 끌려가 현재의 러시아, 우즈베키스탄, 카자흐스탄, 타지키스탄, 투르크메니스탄, 우크라이나 등에 흩어져 정착했다. 소련 해체 이후 강제 이주 당한 고려인들을 복권 시키기는 했으나, 제대로 된 사과나 보상은 없었다. 간혹 TV에서 중앙아시아의 고려인들이 다소 어색하지만 우리말을 구사하고, 우리 음식을 만들어 먹는 것을 보면 '그들이 얼마나 고생했을까?' 하는 생각에 눈물이 난다. 이들의 후손들이 타국에서 잘 정착하고 있는 것을 보면 뿌듯하기도 하지만, 차츰 '뿌리를 완전히 잊어버리진 않을까?' 걱정도 된다. 우리 나라의 국력이 빨리 한웅, 단군, 고구려 시대만큼 커져야 핍박받는 고려인에서 자랑스러운 고려인으로 거듭날 수 있을 것이다.

단재(丹齋) 신채호는 '조선상고사'와 '조선사연구초'를 집필한 민족주의 사학자이자 독립운동가이다. 당시 대부분의 역사학자들이 식민사관에 젖어 일본 역사서를 번역하는 수준이었으나, 단재는 '임나일본부설'을 비판하고, '단군-기자-위만'으로 이어지는 한민족의 고대사관을 '단군-부여-고구려'로 바로잡았다. 또 '한나라 식민지 낙랑군은 한반도에 없었다'는 것을 밝혔으며, 을지문덕을 재발굴했다. '역사를 잊은 민족에게 미래는 없다'라는 명언을 남겼다.

태극기(太極旗): 나는 2000년 미국으로 갈 때, 태극기 하나를 가져갔으나, 20년 동안 미국에 살면서 한 번도 사용해 본 적이 없었다. 한국으로 돌아온 후에는 아예 대문에 게양대를 세우고, 1년 365일 내내 국기를 게양하고 있다. 미국의 성조기는 별과 50개의 주를, 일본의 일장기는 태양을, 대만의 청천백일기는 하늘과 태양을, 중국의 오성홍기는 별을, 많은 이슬람 국가들은 반달을, 기타 많은 나라들의 국기들도 달과 별을 나타내고 있지만, 우리나라의 태극기는 우주를 포함하고 있다.

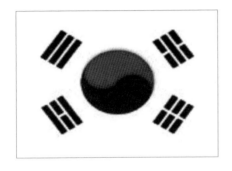

바탕: 흰색

순일무잡(純一無雜)한 한민족의 동질성과 결백성 및 평화애호성을 상징한다.

중앙: 음(陰, 靑)/양(陽, 紅), 양의(兩儀)가 포함된 일원상(一圓相)의 태극.

태극은 우주만상의 근원이고 인간생명의 원천으로서, 사멸이 없는 영원의 상(相)을 지니는 것으로 이해된다. 존귀를 의미하는 붉은 색의 양(陽)과 희망을 나타내는 청색의 음(陰)이 위아래로 머리와 뿌리를 맞댄 대립관계 속에서 상호 의존하여 생성, 발전하는 모습이며, 이를 화합하고 통일하는 것이 일원상의 태극이다.

4괘:

건[乾, ☰] 천(天) · 춘(春) · 동(東) · 인(仁)

곤[坤, ☷] 지(地) · 하(夏) · 서(西) · 의(義)

이[離, ☲] 일(日) · 추(秋) · 남(南) · 예(禮)

감[坎, ☵] 월(月) · 동(冬) · 북(北) · 지(智)

건(乾)은 태양(太陽)으로 양(陽)이 가장 성한 방위에,

곤(坤)은 태음(太陰)으로 음(陰)이 가장 성한 방위에 배치되어 있으며,

이(離)는 소음(少陰)으로 양(陽)에 뿌리를 박고 자라나는 모습을,

감(坎)은 소양(少陽)으로 음(陰)에 뿌리를 두고 자라나는 모습을 표현한다.

건(乾)은 이(離)로, 이(離)는 곤(坤)으로 성장하며, 곤(坤)은 감(坎)으로, 감(坎)은 건(乾)으로 성장하여 무궁한 순환발전을 수행한다.

즉 음양이 생성, 발전하는 창조적인 우주관을 담고 있다.

태극기 전체로는 평화 · 단일 · 창조 · 광명 · 무궁을 상징한다.

「한」이란 말의 뜻:

韓은 중국 전국시대에 있었던 제후나라이다. 그러면 우리나라 이름인

'한'은 그 뜻이 무엇일까? 이번에는 그 많은 '한'의 뿌리를 캐어보자.

'한'은 하나다. '한 사람, 한 집'이라고 할 때의 '한'은 '하나'라는 뜻이다. '하나'는 하나부터 열까지라고 하듯 수의 처음이고, 하나로 뭉치는 한마음같이 한결같이 일치함을 나타내고, '아들 하나만 믿고 산다'처럼 오직 그것뿐임을 나타낸다. 즉 우리 겨레는 홑겨레, 곧 하나의 겨레다.

'한'은 하늘이다. 서울 구로구 시흥동에 있는 우물을 '한우물'이라고 하는데, 가물 때 하늘에 비를 비는 제사를 지냈다고 한다. 우리나라를 세운 때의 이야기처럼 우리나라가 하늘과 관계가 깊다는 것을 이름에서부터 알 수가 있다.

'한'은 크다는 뜻이다. 대종교에서 '한얼'이라 함은 큰 넋이라는 뜻이다. '한길'이 큰 길임은 다 안다. '한걱정 놓았다' 하면 큰 걱정을 덜었다는 뜻이다. 우리나라가 본디 고구려만 하더라도 만주 저쪽까지 뻗은 큰 나라였다. 고구려의 '구려'는 바로 크리(큰 나라)라는 우리말을 한자로 적은 것이다.

'한'은 바르다는 뜻이다. '한가운데'는 어느 쪽에도 치우치지 않고 똑바로 가운데라는 뜻이다. '한낮'과 '한밤'도 똑바로 낮과 밤을 말하는 것이다. 우리나라는 온갖 침략을 당했건만, 남을 침범한 일이 없는 바른 나라

'한나라'이다.

'한'은 한창이란 뜻이다. 한창은 힘찬 기운이다. '한여름, 한더위, 한겨울, 한추위' 따위에 쓰이는 '한'이 그런 경우이고, '한가을'의 한도 마찬가지다. 우리나라는 한창 일어나는 나라다.

'한'은 같다는 뜻이다. '한가지'의 '한'은 '한속, 한 핏줄, 한집안' 따위의 '한'과 마찬가지로 같다는 뜻이다. 우리나라를 이룬 '한겨레'도 같은 겨레라는 뜻이다.

'한'은 요긴하다는 뜻이다. '한고비 넘겼다' 하면 요긴한 고비를 탈없이 넘겼다는 뜻이다. 우리나라는 동양에서도 요긴한 자리에 있다.

'한'은 뛰어나다는 뜻이다. '한가락하는 사람'이라 하면 그 방면에서 남보다 뛰어난 사람을 말하는 것이다. 우리나라는 앞선 나라 '한나라'가 되겠다는 생각을 예로부터 가져온 것이다.

끝으로 큰 강이란 뜻의 우리 '한강'은 漢江도 韓江도 아닌, 우리말 '한강'이라는 것을 알아 두자.

「한」의 다양한 쓰임과 적기:

'한'이란 말에는 '하나, 하늘, 크다, 바르다, 한창, 같다, 요긴하다, 뛰어나다' 등의 좋은 뜻이 많이 있다. 그 '한'이라는 말을 한글이 없을 때 한자로 적었는데, 우리나라 이름으로는 지금처럼 '韓'으로 많이 썼으나, '桓'이나 '馯'으로 적기도 했다.

'한'은 나라이름으로만 아니라 여러가지 다른 경우에도 나타나는데, 그하나가 임금의 칭호에 쓰이는 '한'이다. 단군 8세는 '우서한'이다. '우서한'의 '서'에서 'ㅓ'를 빼면 'ㅅ'만이 남아 '우서한'이 '우ㅅ한' 곧 '웃한'이 된다. '웃'은 '위'라는 뜻의 말로 '웃한'은 '위의 한'을 의미하며 이때의 '한'은 '翰'으로 적었다. 또 단군 12세는 '아한'이다. 이때의 '아'는 크다는 뜻으로 쓰인 말로서 '아한'은 '큰 한'을 말한다. 이 때의 '한'은 '漢'으로 적었다.

신라 임금 칭호는 '거서한, 차차웅, 이사금, 마립간, 왕'의 다섯 가지였다. 첫째 임금 박혁거세를 '거서한'이라고 했다. '거서'는 세 한 때의 새한지방말로 '귀하다'는 의미로, '거서한'은 제사를 맡은 웃어른이라는 뜻이었다고 한다. 19대 눌지, 20대 자비, 21대 소지, 22대 지중임금을 '마립한'이라고 했다. '마립한'의 '립'에서 '리'만 남아 '마리한'이 된다. ('립'을 한자로 '立'을 쓰는데 그 중국음이 '리'이기도 하다.) '마리한'의 '마리'는 '머리'의 옛말이다. 그러므로 곧 '머리한'이다. '머리'는 몸 가운데서 제일 높은 곳에 있으므로 '머리한'은 머리가 되는 가장 높은 '한'이다. 이때의 '한'을 '干'으로 적었다.

'한'은 벼슬이름으로도 쓰였다. 신라 17관등의 우두머리 벼슬 이름이 '서불한'인데 '서불한'의 '서'에서 'ㅓ'를 빼면 'ㅅ'만 남는다. 그 'ㅅ'을 '불'에다 붙이면 ㅅ불(뿔)이 되어 '서불한'은 'ㅅ불한' 곧 'ㅅ불한(뿔한)'이 된다. '뿔한'의 '뿔'은 짐승의 머리에 나는 것이다. 머리는 가장 높은 데 있으므로 '뿔한'은 '가장 높은 한'이란 뜻이다. 이때의 '한'을 '邯'으로 적었다.

'한'은 추장(야만족 마을의 우두머리) 이름으로도 쓰였다. 몽골겨레를 통일한 몽골의 한 족장 이름이 '청지스한'이다. 이때의 '한'은 '汗'으로 적었다.

이와 같이 한글이 없던 시절, '한'을 한자 韓, 桓, 馯, 翰, 漢 등 여러가지로 적었던 것인데 이것이 지금까지 효력이 남아 우리말의 일부인 것처럼 보이는 경우가 많은 것이다.

우리 조상들의 곰 사상:

*어느 분의 글을 옮긴 것이다.

우리 겨레는 스스로를 이 세상에서 가장 훌륭한 겨레라고 여겼던 것 같다. 우리나라는 비록 땅이 좁아졌을 뿐 없어지지 않고 꿋꿋하게 남아 있다. 그나마 두 동강이 나 가지고도 앞선 대열에 끼겠다고 안간힘을 쓰고 있으니 그럴 만도 하다. 중국대륙의 여러 차례 침노에도 굽히지 않고 하마터면 일본에 먹힐 뻔한 일도 있었지만 고조선, 세한, 세 나라, 신라, 고려, 조선, 한국으로 이어져 내려온다. 그 힘의 바탕이 바로 우리 겨레의 '곰'사상이다. 곰 사상을 가진 우리 겨레는 그 사상을 지키는 한 망하지 않을 것이다. 그럼 곰 사상이란 어떤 사상일까? 곰 은 가장 큰 것, 가장 거룩한 것, 가장 신성한 것, 가장 좋은 것, 아무튼 으뜸이라는 뜻의 말로 여겼다. 곰 사상은 그러한 사상이다. 곰 의 홀소리는 흔히 '아래 아'라 하는데 '아'와는 다르다. 그 소리는 '아, 어, 오, 으, 이'들이 함께 섞여 있는 소리다. 그래서 '곰'이 '감, 검, 곰, 금, 김'들로 바뀌었다. 그 바뀐 말을 찾아보자.

감: 왕이 살아 있을 때에 들떼놓고 '상(上)' 또는 '주상'이라고 한다. 우리 겨레는 상이라고 부르는 것만으로는 만족하지 않아서 상중에서도 으뜸가는 상이라야 한다고 '상감'이라고 했다. 이 '감'은 '대감, 영감'이라는 말에도 쓰인다.

검: 우리 단군 할아버지는 왕이다. 그 왕이 보통 왕이 아니고 왕 중에서도 가장 거룩한 왕이어야 한다고 왕에다가 검을 붙여서 '왕검'이라고 했다.

곰: 우리 나라를 세운 신화에 나오는 곰 할머니는 처녀라도 보통 처녀가 아니고, 처녀 중에서도 으뜸가는 처녀라고 '곰녀'라고 했다.

금: '임'은 보고싶고 그리운 사람이다. 우리 조상들은 왕을 임이라고 했다. '왕은 임이라도 보통 임이 아니라 임 중에서도 으뜸가는 임'이라야 한다고 임에 금자를 붙여 '임금'이라고 한다.

김: 경기도 서쪽 한강 어귀에 있어, 물 좋고 맛있는 쌀이 나서 거룩한 땅이라는 뜻의 '곰개'를 고구려 때 '검개(黑㴐浦)로 신라 경덕왕 때는 '금개(金浦)'로 한 것이 '김개'로 되어 지금의 김포로 이어지고 있다.

바로 위와 같이, 우리 조상의 곰사상이 그런 말들을 낳은 것이다.

현대사

역사는 이미 일어난 일이라 되돌릴 수가 없다. 왜곡된 역사는 후손을 위해서 내용을 바로잡는 것은 가능할지라도, 이미 흘러간 과거의 일을 되돌릴 수는 없는 것이다. 역사를 공부한 사람은 역사를 부정하는 대신, 역사를 통하여 미래를 생각하게 된다. 우리 나라의 역대 대통령에게는 모두 공과(功過)가 있다. 나의 판단으로는 공(功) 70%, 과(過) 30%로 본다. 우리나라의 역대 모든 대통령들은 그 당시로서는 시의적절한 정책을 추진하여 나라를 발전시켰다. 등소평(登小平)의 '흑묘백묘론(黑猫白猫論): 검은 고양이든 흰 고양이든 쥐만 잘 잡으면 좋은 고양이다'라는 말이 생각난다.

대한민국 정부 수립 후 역대 대통령들을 보자.

이승만 대통령은 발췌개헌, 사사오입 개헌, 3.15 부정선거, 여/순 사건 때의 양민 학살, 거창 양민 학살, 제주 4.3 사건 때의 양민 학살, 미흡한 전쟁 대비 등 부정적인 평가가 많다. 그러나, 대한민국 정부를 수립하고, 자유민주주의를 도입하여 대한민국의 공산화를 저지하였으며, 농지개혁법을 시행하고, 초등교육 의무화를 시행하였다. 또한 한미방위조약을 체결하고, 전후 미국의 대규모 지원과 원조를 유치하여 경제 개발의 초석을 마련하였다.

 박정희 대통령은 5.16이라는 군사쿠데타로 집권하여, 3선 개헌과 긴급조치 영/호남의 지역감정을 조장하고, 긴급조치를 선포하여 민청학련 사건, 인혁당 사건 등 독재정권에 항거하는 세력을 원천 봉쇄했다. 김형욱 실종사건, 김영삼총재 의원직 제명, 김대중 납치사건 등에 관여되었으며, 유신헌법 선포로 장기집권을 꾀하다 결국 부하의 손에 의해 비참한 최후를 맞았다. 하지만, 산림녹화, 문화재 복원, 경부 고속도로 개통, 포항제철 건설, 자동차, 조선, 전자, 중화학 공업 육성, 국세청 설립, 제주, 경주 등 국제적 관광지 조성, 자주 국방, 한일외교 복원, 농업진흥, 새마을 운동, 원자력 발전소 건설, 과학기술 개발, 수출진흥 정책 등으로 '한강의 기적'이라 일컫는 경제발전을 이루어 대한민국을 가난에서 벗어나도록 하는데 크게 기여한 것은 누구도 부정할 수가 없다.

 전두환 대통령은 12/12 쿠데타로 집권한 과정 자체가 문제였고, 집권 후에도 삼청교육대, 사회정화 운동, 5/18 민주화 운동 등 국민을 탄압했고, 대규모 비자금 조성과 이순자 일가의 부정 축재 등 문제가 많았으며, 결국 6월 항쟁으로 항복했다. 그러나 강남과 지하철을 개발하고, 독립기념관 건립, 야간 통금 폐지, 교복 및 두발 자유화, 스포츠 산업 육성, 최저 임금법 제정, 아웅산 테러 후 외교력 강화 등의 개혁을 주도했으며,

특히 김재일, 서석준, 함병춘, 이범석 등 인재를 적재적소에 등용하여 물가를 안정시키고, 마이너스 성장이던 한국경제를 다시 일으켰으며, 전자─반도체 산업을 육성시킨 공로는 인정해야 할 것이다.

노태우 대통령은 운동권을 탄압하고, 율곡사업, 비자금 조성, 김옥숙과 박철언의 부정 축재, 수서지구 택지 특혜분양 등 부정부패와 낙동강 페놀 유출 사건, TK의 주요요직 독식 등 잘못한 점도 많지만, 의료보험 제도 확대, 범죄와의 전쟁, 국정감사제도 부활, 정치인에 대한 풍자, 표현의 자유 보장, 서울 올림픽의 성공적 개최 등 잘한 일도 많다. 특히 북방외교 정책과 UN 가입으로 한국 외교의 폭을 넓힌 것은 인정해야 한다.

김영삼 대통령은 부실대학의 대량 양산, 노동법 날치기로 비정규직 제도 도입, 한보 비리, 아들 김현철의 국정 개입 등으로 결국은 외환위기를 초래했다. 하지만, 금융실명제 실시, 중소기업청 신설, 부동산 실명제 실시, 하나회 숙청과 권위주의 청산 작업, 평시작전권 회수, 문화규제 완화, 조선총독부 건물 철거, 2002년 월드컵 유치 등 긍정적으로 평가할 수 있는 많은 업적도 있다.

김대중 대통령 재임 중에는 제1, 2 연평해전, 국정원 불법 도청 사건, 대구 지하철 참사 등 사건/사고도 많았고, 불법 정치자금 수수, 진승현 게이트, 정현준 게이트, 이용호 게이트, 최규선 게이트, 홍삼 트리오(홍일, 홍업, 홍걸) 게이트, 대북 송금 등 유난히 부정부패가 많았다. 그러나, 외환위기를 극복하고, 민주주의와 시장경제의 병행발전을 추진했다. 또한 기초생활보장제도 시행, 사회보험제도 완성, 장애인 복지정책의 체계적 추진, 노사정 위원회 출범 등 경제개혁과 권위주의 타파, 화해와 용서, 갈라진 영·호남을 화합시킨 공은 누구나 인정하는 바 아닌가?

노무현 대통령은 박연차 게이트, 친형 노건평, 불법 대선자금 수수 등 비리가 문제되었고, 이석기 특별 사면, 한총련 합법화 시도, 행정수도 문제 등 정치적인 문제도 많았다. 그러나, 한미 FTA 추진, 제주 해군기지 추진, 이라크 파병 등 국익을 위해서는 좌우를 가리지 않고, 최선의 선택을 했으며, 역대 대통령 중 가장 서민의 심정을 알아주었다.

이명박, 박근혜, 문재인, 윤석열 대통령에게도 공과가 있다. 그들에 대한 평가는 역사의 몫이다.

정치인이 항상 염두에 두어야 할 제1은 역사에 대한 두려움이다. 어떤 말을 하기 전에, 어떤 행동을 하기 전에, 역사가 어떻게 평가할 것인가를 먼저 생각해 봐야 한다. 막말하는 정치인, 상식적으로는 도저히 납득되지 않는 행동을 하는 정치인, 국민들은 안중에 없고 오로지 자신과 자신이 속한 집단의 이익만을 우선시하는 정치인은 훗날 반드시 역사가 심판을 할 것이다. 본인뿐만 아니라, 본인의 가족과 후손까지 준엄히 심판을 받을 것이다. 매국노라 불린 이완용, 송병준 등 을사오적의 후손들을 보라. 훗날 우리나라가 자유대한민국에 의해 통일이 된다면, 현재의 종북주의 자와 주체사상파가 어떻게 될 것인가는 명약관화할 것이 아니겠는가?'

제5부

우리나라를
바꾸는 방법

이런 사람들이 나라를 살린다

구약성경 '소돔과 고모라' 얘기에는, 여호와가 '소돔성에 의인이 열 명만 있어도 소돔을 멸망시키지 않겠다'고 약속한다. 결국 의인이 열 명이 되지 못해 소돔과 고모라는 불의 심판을 받는다. 우리나라에도 소돔과 고모라처럼 불법, 타락, 음모, 범죄, 성폭력, 부패, 만행 등 도덕적 퇴폐가 만연하여 나라가 위기에 처해 있다. 그러나 다행히도 우리나라에는 아직도 진정 국가의 미래번영과 국민의 안전/행복을 위해 노력하는 10개의 집단이 있어 나라를 굳건히 지키고 있다. 이런 사람들이 나라를 살리는 것이다.

국민을 바르게 이끌어 주는 지도자들

나라가 위기에 처했을 때는 항상 국민들을 이끌어 주는 현명한 지도자들이 나타난다. 멀리는 이순신, 권율 장군으로부터, 일제 강점시대에 민족혼을 불러 일으켜 주신 독립투사들, 공산주의에 맞서 대한민국 정부를 수립한 초대 대통령 이승만, 경제발전을 이루고 대한민국을 가난에서 벗어나도록 한 박정희 대통령, 물가를 안정시키고, 마이너스 성장이던 한국경제를 다시 일으킨 전두환 대통령, 북방정책으로 한국 외교의 폭을 넓힌 노태우 대통령, 금융실명제와 하나회 척결 등 문민정부를 이끈 김영삼 대통령, 갈라진 영·호남을 화합시킨 김대중 대통령, 국익을 위해서는 좌우를 가리지 않고, 최선의 선택을 했으며, 가장 서민의 심정을 알아주었던 노무현 대통령. 이분들 모두, 비록 친인척 관리에는 실패했지만, 자유대한민국의 지도자로서, 그 시기에 가장 적절한 정책을 펴고, 적재적소에 인재를 등용하여, 오늘날 우리나라를 세계 10대 경제대국으로 발전시킨 지도자들이다. 산업화를 이끈 지도자뿐만 아니라, 김구 선생, 함석헌 선생, 김수환 추기경, 성철 스님, 홍남순 변호사, 이희호 여사 등은 민주화와 인권신장에 기여한 정신적 지도자였다. 우리나라가 지속적으로 발전하고 세계의 중심국가가 되기 위해서는 위에 열거한 분들과 같은 정치적 지도자와 정신적 지도자가 끊임없이 나와야 한다. 여당은 야당의 비판을 되새겨보고, 야당은 여당의 정책을 무조건 반대하지는 말아야 한다. 국가와 국민을 위하는 정치인이라면, 김형석 전 연세대교수, 정운찬 전 총리, 안병직 전 서울대교수, 유인태 전 의원, 김진현 전 과기부장관, 이태진 서울대 명예교수, 김황식 전 총리, 김대환 전 노동부장관, 김도연 전 교육부장관, 송민순 전 외교부장관, 조정래 작가 등 각계의 원로 전문가들의 충고를 마음에 새겨야 할 것이다.

기술을 선도하는 기업들

1962년, 박정희 전 대통령의 제1차 경제개발 5개년 계획에서부터 시작된 우리나라 경제부흥은 '한강의 기적'을 이루어, 60여 년 만에 세계 10위의 경제대국이 되었다. 이러한 기적을 이루기까지 우리에게는 참 많은 영웅들이 계셨다. '짧은 인생을 영원 조국에'라는 좌우명을 가지고, 허허벌판에 세계 최강의 경쟁력을 갖춘 포스코를 일궈낸 박태준 회장의 삶은 민족의 영원한 등불이 될 것이다. '제철보국(製鐵保國)'이라는 사명감으로 똘똘 뭉친 박태준과 철강인들은 모래밥을 먹으며, '조상의 혈세로 짓는 제철소다. 실패하면 우향우 해서 영일만에 빠져 죽자'고 다짐하면서, 잠도 없이 공장을 지었다. 일본과 국교를 정상화하면서 얻어낸 '대일청구권자금을 왜 되지도 않을 제철소를 짓는데 쓰느냐?'는 야당의 반대를 무시하고, 또 모든 정치적 간섭을 막아준 박정희 대통령의 무한신뢰도 포스코가 성공할 수 있었던 한 요인임에 틀림없다. 포스코 정문에는 '자원은 유한 창의는 무한'이라는 글이 쓰여 있다. 이 정신은 포스코 창립이래 반세기가 넘는 동안 끊임없이 포스코가 발전해 나가는 원동력이 되었다. 나도 초창기 포스코에 작은 힘이나마 보탤 수 있게 된 것에 대해 커다란 자부심을 가지고 자랑스럽게 여기고 있다.

포스코뿐만 아니다. 현대, 삼성, LG, SK, 롯데, 한화, GS 등이 오늘날 대한민국의 경제를 이끌어 가고 있는 글로벌 기업이 되기까지는 창업주뿐만 아니라 창업주의 뒤를 이은 경영자들도 인재를 양성하고, 경쟁력을 키우고, 새로운 사업에 도전하여 성공해 가는 과정이 눈물겹도록 힘들었을 것이다. 대기업뿐만 아니라 조그마한 중소기업이면서도 세계적인 경쟁력을 갖추고, '이 기술 하나만큼은 내가 최고'라는 자부심으로, 경제 성장의 뒷받침이 되는 사람들도 많다. 밤을 새워 연구소에서 새로운 도전에 씨름하고 있는 연구 인력들은, 자원이 빈약한 우리나라가 세계경쟁에서 이길 수 있는 길은 기술력밖에 없다는 것을 잘 아는 분들이다. 우리나라의 IT 산업은 세계 최고의 경쟁력을 가지고 있다. 하드웨어 측면에서는 삼성과 LG, SK하이닉스 등의 디스플레이, TV, 스마트폰, 가전, 메모리, AP 등 매출규모와 인지도에서 업계 세계경쟁사를 압도하는 제품이 한두 가지가 아니다. 소프트웨어와 IT 서비스 부분은 정부의 규제가 많아, 아직 세계적인 경쟁력을 갖추기에는 미흡한 부분도 있지만, 콘텐츠는 세계적인 서비스로 발전시킨 것들이 많다. 네이버웹툰, 카카오웹툰, 카카오페이지가 전 세계적인 영향력을 행사하고 있다. 계속해서 많은 고급 인력들이 나와서 정주영 회장의 신화, 이병철 회장의 도전정신을 이어받아 나라의 경쟁력을 키워 주었으면 좋겠다.

국가의 안보를 지키는 장병들

우리나라는 세계 유일의 분단 국가이다. 북한의 김일성 왕조는 인민이 헐벗고 굶주리는 것에는 개의치 않고, 핵무기 개발에 온 힘을 쏟고 있다. 북한의 도발은 1980년대까지는 주로 공비나 간첩 침투가 절대적이었다면, 1990년대부터 현재까지는 핵(核)이나 미사일, NLL(서해북방한계선), 방사포 관련 도발이 대다수를 차지한다. 천안함 피격 사건, 연평도 포격 사건, DMZ 목함지뢰 매설 사건, 서부전선 포격 사건, 남북공동연락사무소를 폭파 사건, 서해 공무원 피살 사건, 계속되는 핵 실험 등 대한민국의 안보를 위협하는 도발들이 끊임없이 일어나고 있다. 내가 살고 있는 곳은 휴전선과 인접해 있는 파주라서, 군복 입은 젊은 군인들을 항상 볼 수 있다. 나는 이들을 볼 때마다 '이 장병들이 있기 때문에, 우리가 안전하게 생활하고 있구나.' 너무 고마운 마음이 든다. 물론 나도 군복무를 했지만, 그때는 군병력자원이 많을 때였다. 지금은 점점 인구가 줄고 있어, 나라를 지키는 병력도 충원하기가 힘들어졌다. 북한의 도발이 점점 고도 화하는 만큼, 'K-방산'에 걸맞게 우리 군도 장비를 현대화하고, 육/해/공 전 장병의 사기를 북돋아 줄 대책이 필요하다. 우리가 누구 때문에 편히 발 뻗고 잠잘 수 있는지 한시도 잊지 말자.

국민의 생명을 지키는 의료인들(의사, 간호사)

우리나라의 의료체계는 단연 세계 최고이다. 전국민의료보험을 시행한 지 30년이 넘었다. MRI 등 보험이 적용되지 않는 경우가 많아, 보장율이 60% 수준밖에 안된다는 것이 불만스럽기는 하지만, 미국의 의료시스템을 20년 동안 경험해 본 나로서는 우리나라의 의료시스템에 대해 그저 고마울 뿐이다. 치석제거를 위해 인터넷에 '치과'라 쳐 보니, 파주시, 고양시에만 20개 이상의 치과의원이 뜬다. 복시(復視: Double Vision)현상이 있어 '안과'라 쳐 보니, 역시 20개 가까이 뜬다. 어깨가 아플 때는 근처에 있는 많은 마취통증의원 중 골라서 갈 수 있다. 병원접근성이 세계최고다. 병원의 병상 수와 의료장비(MRI, CT 등) 수도 OECD국가 중 최고 수준이며, 우리나라 국민의 병원이용율은 세계에서 가장 높다. 한마디로 우리나라는 의료 천국이다.

우리나라 의료진의 수술 실력은 세계 최고이다. 위암 환자가 많은 우리나라는 위암 조기 발견율과 수술율, 생존율은 세계 최고이다. 아주대 이국종 교수는 외상 및 외상 후 후유증, 총상 치료 부문에서 최고 권위자이다. 아덴만에서 총상을 입은 석해균 선장과 판문점을 넘어 귀순하다 5발의 총상을 입은 오청성 씨도 이국종 교수가 살려냈다. 나는 뇌종양으로 머리 수술을 두 번 받은 경험이 있다. 수술전에는 '말이 어눌해질 수 있으며, 반신이 마비될 수도 있다'는 말을 들었지만, 지금은 말도 정상이고, 불편한 수족도 없다. 우리나라 신경외과의 의료수준에 감사하며 살고 있다. TV 프로그램 중에는 고된 농사일로 주로 허리와 무릎에 이상이 생겨 정상적인 생활을 할 수 없는 노인들을 무료로 치료해 주는 프로그램이 있다. 나는 이 프로그램을 볼 때마다 의료진에게 한없는 고마움을 느낀다. 수준 높은 의료진 덕분에 국민의 평균 수명은 점점 올라가고 있다. 백세 시대라는 말이 실감난다. 그냥 백 세까지 사는 게 아니라 건강하게 오래 사는 것이 중요한데, '건강한 장수(長壽)'를 뒷받침해 주는 분들이 의료인들이다.

국민의 안전과 재산을 지키는 경찰관과 119대원들

나라에 법이 바로 서야 그 나라가 안정되고, 위기에 처했을 때 영웅이 나타나야 위기를 헤쳐 나갈 수가 있다. 나는 20년간의 미국생활을 통해서 미국 경찰관과 911 대원들의 활동 모습을 많이 봐 왔다. 우리나라의 119를 미국에서는 911이라 하는데, 묘하게도 9·11 테러사건(2001년 9월 11일)이 일어났을 때의 구조현장에서 경찰관과 911 대원들의 헌신적인 구조 모습을 보면서 '저 분들 이야말로 진정한 공직자'란 생각을 하였다. 우리나라에도 헌신적인 경찰과 헌신적인 119대원들이 너무나 많다. 경찰의 존재 이유는 국민의 자유와 권리를 보호하고, 사회의 공공질서를 유지하는 것이다. 범죄 예방부터 수사, 교통, 경비, 대테러 등 다양한 업무를 수행하는 경찰관에게는 위험이 늘 도사리고 있다. 수많은 경찰관이 천재지변 또는 급박한 상황 속에서 경찰의 본분을 다하다 부상을 입거나 사망하기도 한다. 과속단속업무를 수행 중에 과속차량에 치여 순직한 경찰관, 강도를 제압하는 과정에서 흉기에 찔려 순직한 경찰관, 장애인 복지시설에서 봉사활동을 하다가 과로로 순직한 경찰관, 음주단속 근무 중 도주한 차량에 치여 순직한 경찰관, 호수에 빠진 사람을 구조하기 위해 접근하다가 실종된 경찰관, 급류에 휩쓸려 떠내려가던 아이를 온몸을 던져 구한 경찰관, 길을 잃고 헤매던 70대 치매노인을 안전하게 귀가시킨 경찰관, 부부싸움 후 죽겠다며 물에 빠져 허우적거리던 사람을 구한 경찰관, 일선 학교와 연계한 '학생 생활지도' 활동으로 교내 불량서클 및 학교폭력을 사라지게 한 경찰관 등 우리 주위에 경찰관의 희생과 봉사에 관한 미담은 헤아릴 수 없이 많다. 늘 헌신적으로 지역민들의 안전을 위해 밤낮없이 노력하시는 경찰관 여러분 모두에게 감사를 드린다.

'119구급대'는 구급활동에 필요한 장비를 갖춘 소방 공무원들인데, 전국에서 일어나는 수많은 화재사건 때 가장 먼저 현장에 도착해서 화재진압과 인명구조를 하는 분들이다. 또 누구나 위급상황에 처하면 제일 먼저 119에 신고 전화를 한다. 119 상황실에서는 상황을 정확히 판단하고, 신속히 대처하여 수많은 사람들의 생명을 구하고 있다. 119대원들의 미담 사례는 너무나 많아 열거하기가 힘들다. 신속한 출동, 시의 적절한 응급 조치, 환자를 안심시키는 자세, 신속한 병원 이송 등 국민의 생명을 지켜 주는 소중한 분들이다. 이런 큰 일뿐만 아니라, 집에 자물통이 고장 나도 119, 개나 고양이를 구조하는 데도 119, 길을 잃어도 119. 119대원들은 모든 문제를 해결해 주는 슈퍼맨의 역할을 하고 있다.

세금 꼬박꼬박 내는 근로자들

국가의 국정을 운영하는 데 드는 돈은 국민이 내는 세금으로 충당한다. 헌법에는 '모든 국민은 법률이 정하는 바에 의하여 납세의 의무를 진다'는 조항이 있다. 우리 나라의 세금에는 소득세, 법인세, 상속세, 증여세, 종합부동산세, 부가가치세 등이 있는데, 이중 가장 큰 비중을 차지하는 것은 소득세이고, 그 다음은 부가가치세와 법인세 순이다. 부가가치세는 간접세이기 때문에 국민이라면 누구나 부담한다. 법인세는 경기(景氣)와 기업의 실적에 따라 변동폭이 크고, 특히 우리나라는 상위 0.01% 기업이 납부하는 법인세가 전체 법인세액의 40%에 달하므로, 100개에도 못 미치는 일부 대기업 실적이 흔들리면 국가 재정 전체가 휘청이는 구조다. 반면 개인이 내는 근로소득세는 다르다. 직장인들이 내는 근로소득세는 매년 꾸준히 증가하고 있다. 한때, 변호사, 법무사, 의사, 한의사, 수의사, 변리사, 공인회계사, 감정평가사, 세무사, 공인노무사, 예식장업자, 부동산중개업자 등 고소득 자영업자들이 조세포탈의 주범으로 불린적이 많았고, 증여세와 상속세를 피하기 위한 대기업 총수 등 부유층의 편법 탈세가 문제가 된 적이 있었다. 그러나 봉급생활자들은 근로소득세를 단 한 푼도 탈세한 적이 없다. 이들이 진정 대한민국의 애국자들이다. 나도 40년 이상 직장생활을 했으니 그 중의 한 명이었다.

이웃을 사랑하는 기부자들

예수는 '너의 오른손이 하는 일을 왼손도 모르게 하라'고 하셨다. '착한 일은 남 모르게 조용히 하라'는 뜻이겠지만, 나는 여기에 동의하지 않는다. 착한 일을 하는 것을 모든 사람에게 알려야 한다. 그래야만 다른 사람들도 착한 일에 동참하게 된다. '익명의 기부가 나쁘다'는 뜻은 절대 아니다. 익명이든 익명이 아니든 기부하는 것은 우리 사회를 따뜻하게 만든다. 100억을 가진 사람이 1억을 더 가지기 위해 사기행각을 벌이는 사회에서, 노령연금을 한 푼, 두 푼 모아서 '나보다 더 어려운 사람을 위해 써 달라'고 하신 어느 할머니의 사연은 우리의 가슴을 뭉클하게 한다. 세계적인 억만장자 중에는 자신의 재산을 거의 전부 기부하겠다는 사람들이 많다. 미국의 기업인이자 투자자 워렌 버핏(Warren Buffett)은 재산 85%를 자선재단에 기부하겠다는 약속을 했다. 그는 MS 창업자 빌 게이츠와 함께 '기부 약속' 캠페인을 벌여 동료 억만장자들을 기부의 세계로 끌어들였고, 2019년에 200여 명이 5,000억달러 이상의 기부 약속을 했다. 빌 게이츠 부부(Bill & Miranda Gates), 아마존 창업자 제프 베조스(Jeff Bezos)와 그의 전부인 메킨지 스콧(MacKenzie Scott), 인도의 재벌 고탐 아다니(Gautam Adani) 등은 수천억 달러를 기부하고 있다. 반면 우리나라에는 거액의 사재를 기부하는 기업인은 드물다. 경영을 대물림하지 않는 외국과 달리 경영승계가 일반적이다 보니 재산의 사회환원에 인색할 수밖에 없는 것 같다. 돈을 벌어서 나와 내 가족만의 부귀영화를 누리는 게 아니라, 가난한 세계의 이웃을 위해 나눔을 실천하는 것이 당연한 사회가 되어야 할 것이다. 다행히 우리나라에도 '사회를 통해 얻은 부를 다시 사회로 환원하는 기부문화는 이윤과 일자리 창출과 더불어 기업인의 또다른 책임'이라고 생각하는 기업인이 늘고 있다. 우리나라에는 익명의 기부자가 많다. 해마다 연말 연시에 구세군 자선냄비에 거액을 놓고 가는 사람, 동사무소에 와서 '이웃을 위해 써 달라'며 거금을 내놓고는 기어이 이름을 밝히지 않는 사람, 결식아동들을 위해 조금씩 모아주는 사람들, 연탄 나눔 운동을 하는 사람들, 노숙인과 독거노인 및 어려운 사람들에게 무료 식사를 제공하는 사람들, 모로코, 튀르키예 강진에 성금을 보내는 사람들, 기아에 허덕이는 케냐, 투르카나의 아이들을 위해 조그마한 도움의 손길을 보내는 사람들 등 누군인지는 모르지만 이런 분들이 있어 행복하다. 우리나라의 연예인 중에는 기부자가 많다. 하춘화, 김장훈, 조용필, 션/정혜영, 아이유, 유재석, 신민아, 이상용, 신영균, 차인표/신애라, 배용준, 장나라, 박진영, 박상민, 문근영, 김미화, 이문세, 이경규, 최강희, 공유, 권상우/손태영, 장근석, 혜리, 김혜수, 김희선, 김종국 등 팬들의 인기로 잘 살고 있지만, 팬들의 사랑을 어려운 이웃에게 나눠줄 줄 아는 마음이 따뜻한 사람들이다. 스포츠 스타 중에도 기부자들이 많다. 김연아, 박찬호, 홍명보, 이승엽, 박지성, 박세리, 최경주, 이근호, 김미현, 문경은, 장윤창 등 스포츠로 우리의 가슴을 뛰게 했던 사람들이 선행으로 다시 우리의 가슴을 뛰게 하고 있다.

기부는 반드시 큰 금액일 필요는 없다. 조그마한 손길이 모여 큰 구원을 일으키는 기적이 기부이다. '사랑은 베풂과 나눔임'을 명심하여 이웃과 함께 행복하게 살아가는 나라를 만들자.

한국문화를 세계에 전파하는 문화인들

한류(Korean Wave)는 1990년대에 HOT 신드롬, 중국에서 크게 히트한 〈사랑이 뭐길래〉(이순재, 김혜자, 최민수, 하희라, 임채원), 대만에서 엄청난 인기를 얻은 클론 등을 시작으로, 2000년대에 일본에서는 욘사마 신드롬을 일으킨 드라마 〈겨울연가〉(배용준, 최지우)와 영화 〈쉬리〉(한석규, 송강호, 최민식, 김윤진), 또 가수 '보아'와 '동방신기'가 엄청난 인기를 끌었다. 2000년대 후반에는 드라마 〈대장금〉(이영애)에 일본, 중국뿐만 아니라 이란, 태국, 튀르키예, 루마니아, 우즈베키스탄, 짐바브웨, 스리랑카 등 전 세계에서 열광했다. 2010년대에 들어서는 대중가요 케이 팝(K-Pop) 가수들 카라, 2NE1, 원더걸스, 소녀시대, 슈퍼주니어, 빅뱅 등이 아시아권은 물론 멕시코, 페루, 브라질, 아르헨티나, 칠레 등 중남미에서도 엄청난 인기를 얻었다. 2010년 중반에는 '강남스타일'이 유튜브 조회수 50억에 육박하여, 싸이는 일약 월드스타가 되었고,

블랙핑크(Black Pink), 엑소(EXO) 등도 동시에 외국에서 인기를 얻었다. 또한 드라마 〈별에서 온 그대〉(전지현, 김수현), 〈태양의 후예〉(송중기, 송혜교)가 중국을 비롯한 전 세계에서 선풍적인 인기를 끌었고, 주인공 천송이(전지현 분)의 말 한마디에 중국에서는 치맥 열풍이 불기도 했다. 2019년에는 봉준호 감독의 영화 〈기생충〉(송강호, 이선균, 조여정, 박소담)이 칸 영화제에서 황금종려상을 수상했고, 아카데미 시상식에서는 4개 부문(각본상, 국제 장편영화상, 감독상, 작품상)을 석권하는 한국 영화사에 남을 쾌거를 이루었다. 2020년에는 드라마 〈오징어 게임〉(이정재, 박해수, 오영수, 정호연)이 넷플릭스가 정식 서비스 중인 모든 국가에서 1위를 달성한 최초의 작품이라는 타이틀을 얻었다. 같은 해 방탄소년단(BTS: 진, 슈가, 제이홉, RM, 뷔, 지민, 정국)은 유튜브 조회수 50억 뷰를 기록하며, 빌보드 차트를 휩쓸었다. 이러한 케이 팝(K-Pop), 케이 드라마(K-Drama)의 인기에 힘입어, 케이 뷰티(K-Beauty)와 우리나라의 웹툰이나 온라인게임도 전 세계에 수출되어 한국 문화를 알리고 있고, 특히 우리나라 음식인 치킨, 김치, 비빔밥, 떡볶이, 김밥 등이 케이 푸드(K-Food)라는 이름으로 세계인의 입맛을 사로잡고 있다. 한국의 문화를 세계에 전파하고 있는 이런 사람들이야말로 나라를 살리는 사람들이다.

한국의 국위를 선양하는 스포츠인들

1976년 몬트리올에서 양정모 선수가 광복 이후 첫 올림픽 금메달을 딴 이후, 우리나라의 스포츠인들은 많은 종목에서 대한국인의 기상을 드높였다. 8, 90년대에는 레슬링, 유도, 복싱 같은 격투종목에서 심권호, 하형주, 김광선 등 수십 명이 세계 정상에 섰으며, 양궁은 우리나라의 올림픽 금메달 밭이었다. 태권도가 올림픽 종목으로 채택된 이후에는 수많은 태권도 선수들이 우리의 국기(國技)를 전 세계에 알려, 세계 많은 나라에 태권도를 보급하게 되었으며, 탁구, 야구 같은 인기 종목뿐만 아니라, 배드민턴, 핸드볼, 펜싱 같은 국내 비인기 종목에서도 세계 정상에 올랐다. 그 외에도 역도(전병관, 사재정, 장미란), 사격(박종오), 수영(박태환), 기계체조(양학선), 골프(박인비) 등 다양한 분야에서 세계 최정상에 올랐다. IMF 위기 때, 박세리가 양말을 벗고 친 멋진 샷으로 U.S. 여자 오픈에서 우승한 장면은 당시를 살아간 대한민국 국민이라면 절대 잊히지 않을 감동이었다. 박세리의 뒤를 이은 한국의 여자 골퍼들(박인비, 신지애, 박성현, 김효주, 유소연, 양희영, 김세영, 전인지, 고진영, 지은희, 김아림, 유해란 등)은 미국 LPGA에 한국낭자 돌풍을 일으키고 있다. 미국 PGA 투어에 한국 골퍼로서는 처음으로 진출한 최경주는 탱크(Tank)라는 별명으로 불리며 PGA 투어 8승을 거두었다. 최경주와 양용은의 뒤를 이어, 현재 PGA에는 임성재, 김시우, 이경훈, 배상문, 김주형, 안병훈, 김성현 선수 등이 멋진 활약을 하고 있다. 박찬호는 한국 야구 최초로 미국 메이저 리그에 진출하여 한국인 최초로 메이저리그 100승을 달성한 투수로서. 박세리와 함께 1997년 외환위기로 어려웠던 국민들에게 위안과 희망을 주었다. 현재 박찬호와 김병현의 뒤를 이은 많은 한국 야구 선수들이 미국 메이저 리그에서 큰 활약을 하고 있다. 축구의 경우는, 차범근이 독일 분데스리가에서 차붐 돌풍을 일으키며, 아시아인으로서는 역대 최다득점이 되는 리그 통산 98골을 기록하였다. 그의 후배들은 2002년 월드컵에서 4강 신화를 썼고, 현재는 이름만 들어도 가슴 벅찬 손흥민, 이강인, 황희찬, 김민재, 황의조 선수 등이 유럽에서 활약하고 있다. 한국을 빛낸 또 한 명의 스포츠 스타는 단연 김연아이다. 당시 한국의 빙상 스포츠는 스피드 스케이팅이나 쇼트트랙 같은 레이스 종목에 특화되어 동계올림픽에서 금메달도 많이 따내어 국위 선양에 기여했다. 그러나, 국제무대에서 피겨스케이팅은 유럽이나 미국과 달리 한국은 겨우 올림픽 출전권만 얻어서 그마저도 최하위권만 기록하는 수준인 상황에서 김연아가 나타났다. 김연아는 '전 세계 피겨스케이팅 역사에서도 빼놓을 수 없는 인물이며, 그녀를 통해 피겨의 역사가 다시 쓰인다'는 평을 했던 외국 해설가의 말처럼, 김연아는 엄청난 기술력과 예술성을 동시에 갖춘 살아 있는 레전드로 회자된다. 2010 밴쿠버 동계올림픽에서 금메달, 2014 소치 동계올림픽에서 사실상의 금메달을 따서 세계 피겨 스케이팅계를 열광의 도가니로 몰아넣었다. 은퇴 이후 김연아는 평창 동계올림픽을 유치하는 데 결정적인 수훈을 세웠고, 동계 올림픽 개회식에서 단독 성화 점화자로 등장했다.

묵묵히 생업에 최선을 다하는 소시민들

　직업에는 귀천이 없다지만, 누구나 높은 자리에서 많은 부하를 거느리며, 돈을 많이 벌기를 원한다. 하지만 모두가 그럴 수는 없는 일이며, 그런 자리에 있는 사람일수록 부정과 비리가 많은 것도 현실이다. 나는 우리나라의 진정한 애국자는 자기가 맡은 분야에서, 자신이 처한 환경을 사랑하면서 하루하루의 삶에 최선을 다하는 소시민들이라 생각한다. 평생을 바쳐 땅을 일구는 농민, 온갖 위험을 무릅쓰고 바다에서 생업을 이어가는 어민, 작은 월급에도 불구하고 맡겨진 일에 최선을 다하는 직장인들, 가족의 생계와 자식들의 성공만을 바라며 힘든 일, 궂은 일 마다하지 않는 굳건한 가장들, 나는 이런 분들을 응원한다. 가난한 농/어민과 도시의 소시민들이 부정부패를 저질렀다는 얘기는 한 번도 들어보지 못했다. 이들은 모두 법을 잘 지키며, 정부에서 '무엇을 하라'는 지시를 내려면 무조건 따른다. 백성(百姓)이라는 예스러운 말은 '나라의 근본을 이루는 일반 국민'을 뜻한다. '역사상 백성을 가장 사랑한 왕이었다'는 평가를 받는 세종대왕은 '백성은 나라의 근본이니, 근본이 튼튼해야만 나라가 평안하다'는 말을 자주 했다. 현재의 대한민국을 '백성들이 다 함께 평안히 잘 살 수 있도록 만드는 것'은 우리 모두의 책임이다.

이런 사람들이 나라를 망친다

아래에 정리한 내용들은 나의 사견(私見)도 있지만, 대부분은 언론을 통해 이미 알려진 것들을 정리한 것이다. 특히 인터넷 나무위키(https://namu.wiki)에 나와 있는 내용들을 발췌한 것이 많다. 이 글을 읽는 사람들이 대한민국의 앞날을 위해 '어떻게 해야 되는지', 또 '어떻게 하면 안 되는지' 판단하는 데 도움이 되었으면 좋겠다.

정치의 문제

고 이건희 삼성회장은 '우리나라 정치는 4류, 관료와 행정조직은 3류, 기업은 2류다'라 말한 적이 있다. 이 말은 기업활동을 방해하는 행정규제를 지적하는 발언이었지만, 나는 정치가 4류라는 것에 더 무게를 둔다. 우리나라의 정치는 4류가 아니라 아예 정치가 없다. 정치라는 것은 국민을 안전하게 보호하고 잘살게 하기 위해 정당이 서로 협의하여 좋은 방법을 찾아가는 과정이어야 하는데, 우리나라의 정치는 자기집단 만의 이득을 위해 상대집단과 패싸움을 벌이는 깡패집단과 똑같기 때문이다. 여의도 국회는 깡패집단이 모이는 장소다. 거기서는 온갖 꼴불견이 다 생긴다. 나의 다른 책(『일범의 평범한 사람 이야기』)에서 지적했듯이 국회의원이 아니라, 개 구(狗), 불쾌할 쾌(快)를 써서 구쾌의원이다. 여의도에 개똥냄새가 진동한다.

문재인 정부

정치적으로 나는 항상 정부 여당 편이다. 선거에서 지지여부와는 상관없이 일단 누군가가 대통령에 당선되면 무조건 대통령의 정책과 인사를 지지했다. 왜냐하면 그는 우리나라의 대통령으로서 우리 국민을 잘 살게 하고, 안전하게 하고, 국가의 미래를 번영케 할 것이라 믿었기 때문이었다. 역대 모든 대통령들은 어떻게 대통령이 되었든, 그 시대에 맞는 정책을 시의 적절하게 폄으로써 오늘날의 잘사는 대한민국을 만들어 왔다. 그런데, 아뿔싸! 결코 지지할 수 없었던 한 사람이 생기고 말았다. 바로 '문재인'이었다. 처음에는 세월호를 악용했든 말든 무조건 지지하려고 했다. 왜? 그는 이미 대통령이 되었고, '국가와 국민을 위해 잘 하리라' 기대했기 때문이었다. 그런데, 그가 대통령이 되자마자 시행한 인사와 정책은 정상적인 대한민국 국민으로서는 도저히 납득할 수 없는 것들뿐이었다. 비서실에 김일성 주체사상의 신봉자들을 기용한 것부터 충격이었고, 같은 주사파 의원들을 중용하여, 대한민국의 정부가 맞는지 의심할 수밖에 없었다.

정책실장에 얼치기 경영학자를 기용하여, '소득주도성장'이라는 해괴한 정책을 펴다가 대한민국의 경제를 나락으로 빠뜨렸고, 그의 후임은 부동산 폭등의 주범이 되었으며, 또 한 사람은 임대차 3법의 시행 직전

자신의 청담동 아파트 전셋값을 14% 넘게 인상한 '내로남불'의 전형을 보였다가 바로 경질되었다.

'탈원전'은 문재인이 〈판도라〉라는 영화 한 편을 보고 시작된 정책인데, '문재인 정부 5년간 22조 9천억 원의 비용이 발생했으며, 2030년까지 추가로 24조 5천억 원의 피해가 예상된다'는 분석이 나왔다. 탈원전의 대안으로 추진한 태양광사업은 친환경이라던 선전과는 달리 태양광 발전시설에서 중금속과 화학물질의 유출, 산림 훼손, 토사유출 등 환경을 파괴하고, 허인회와 같은 운동권 출신 사업자의 비리가 판을 쳤고, 태양광 관련 국내 산업 육성은커녕 중국사업체의 배만 불려주었다.

울산시장에 일곱 번 도전했다가 모두 낙선했던 사람은 대통령과의 친분으로 여러 사람들의 도움을 받아 결국 시장에 당선되었다. '엄마, 나 챔피언 먹었어.'로 온 국민을 감동시킨 홍수완 선수의 4전5기 신화만큼은 감동적이지 못하지만, 어쨌던 그의 7전8기 정신이 놀랍다.

5년간 일자리 예산 11조 원을 펑펑 썼는데, 결과는 고용 참사였다. 민간의 양질의 일자리는 없어지고, 공무원 수를 10만 명 이상 늘리고, 공원에 잡초 뽑는 노인 단기 일자리와 알바생만 늘렸다. 청년 일자리였던 알바도 최저임금을 막무가내로 올리면서 알바할 자리도 없어졌다. 임대차 3법을 민주당 단독으로 통과시켜 임대료가 폭등하고, 대규모 전세 사기를 폭발시켰다. 그런데 그 법을 만든 장본인들은 법이 통과되기 전에 본인 소유의 아파트 임대료를 대폭 인상한 것으로 밝혀졌다.

북한과의 관계는 대한민국을 위험수준으로 몰아넣었다. 좌파 언론들이 천안함 사건에 대해 북한 어뢰설을 제기하자, 북한에 의해 피격된 천안함 사건을 재조사하겠다고 했으며, 평양에 가서 김정은에게 무슨 약속을 했는지는 모르지만, 김정은에게 잘 보이기 위해 탈북 어민을 강제 송환했고, 딸보다도 어린 김여정이 '삶은 소대가리'라 해도 아무 말도 못했으며, 김여정이 대북 전단을 문제 삼자, 국회 절대 다수를 차지하고 있는 민주당은 즉각 '대북전단금지법'을 만들었다. 북한은 전 세계 노예지수 1위, 민주주의 지수 세계 최하위, 언론자유지수 세계 최하위를 기록한 인권 최악 국가이다. 해마다 아사자가 넘쳐나고, 수만 명이 정치범 수용소에 있으며, 조직적 감시와 고문은 일상이며, 한국 드라마를 봤다는 이유로 청소년을 공개 처형하는 등 세계 최악의 인권 상황인데, 재임 5년간 북한 인권에 대해서는 한마디의 말도 하지 않은 문재인은 인권 변호사 출신이 맞나? 김정은을 자극할 수 있는 어떠한 언행도 하지 않으며, 한미 군사 훈련을 축소하거나 아예 하지 않고, 북한이 어떤 도발을 하든 '도발이 아니다.'라 감싸 주다가, 김정은이 핵무기 보유국이라고 큰 소리 치게 만들었으며, 틈만 나면 김정은 답방을 위해 별짓을 다했다.

문재인 정부는 종북 좌파정권이 분명했다. 사드 배치와 관련, '사드 추가 배치를 하지 않겠다, 미국 미사일 방어시스템 MD에 참여하지 않겠다, 한미일 군사동맹을 맺지 않겠다'고 하는 이른바 3불을 중국에 약속하고, 시진핑 방한을 위해 5년 내내 친중 외교를 폈다. 국민들에게 반일감정을 부추겨 최악의 한일관계를 만들었고, 종북, 친중, 반일, 반미가 5년 동안의 외교였다.

인권 변호사 출신의 서울시장은 비서를 성추행한 혐의로 수사를 받는 도중 자살해 버렸고, 충남도지사는 수행비서를 8년간 성폭행한 혐의로 감옥에 갔으며, 부산시장 역시 자신의 보좌진을 성추행한 혐의로 감옥에 갔다.

민정수석이라는 사람은 아내와 함께 딸, 아들, 동생을 위해 온갖 불법을 다 저질러 놓고, 계속 허위주장만 하다가 국민적 지탄을 받았고, 결국은 민주당이 대통령 선거에서 패배하는 가장 큰 빌미를 제공했다.

민정비서관이라는 사람은 공직선거법 위반 재판에 증인으로 나와 검사와 변호인단의 심문에 약 130차례에 걸쳐 '증언하지 않겠습니다'는 답변을 반복했다.

교육부 장관은 주한미군 철수와 한미동맹 폐기를 주장한 사회주의자로, '학교폭력 가해자를 학적부에 기재하지 말자'고 했으며, '석/박사 논문은 일본 논문을 거의 베꼈다'는 논란이 있었다. 뒤를 이은 교육부 장관도 교육행정에 관한 기본적인 이해가 부족하고, 아들 병력 면제 의혹, 위장전입 논란, 경력 부풀리기 의혹, 정치자금법 위반, 국가 공무원법 위반 등 온갖 구설에 시달리다 교육을 망쳐버린 장관으로 기억되었다.

3명의 통일부 장관들은 북한지원부 일만 하였으며, 3명의 불법부 장관은 윤석열 검찰총장을 대통령으로 만들고, 한동훈 검사를 스타 법무 장관으로 만든 일등 공신이 되었다.

국방부 장관은 위장전입, 음주운전, 방산업체 자문, 미군 핵무기 배치 재검토 발언, 유난히 많은 구설로 곤욕을 치르다 퇴임 후에는 '김정은이 주체사상에서 자유민주 사상으로 접근했다'는 식으로 김정은을 옹호하기도 했다. 후임 국방부장관은 '북한 미사일 발사는 도발이 아니다'라 하더니, 서해 공무원 피살 사건이 일어났을 때는 자진 월북했다고 사실을 은폐 조작하였다.

국토부 장관이라는 사람은 부동산 실명제법 위반, 농지법 위반으로 구설에 올랐고, 집값 상승 및 서울-지방간 양극화를 초래했다. 분양가 상한제, 취득세, 종합부동산세 등 세금 폭탄 논란을 빚다가 집값이 너무 오르자, 통계를 조작하여 집값이 오르지 않았다고 강변했지만, 결국에는 '집값은 박근혜 탓'이라고 했다. 국회에서는 '우리집 5억이면 산다', '아파트가

빵이라면 밤 새워서라도 만들겠다' 같은 말 같지 않은 말을 하기도 했다.

비서실장이라는 사람은 시집 강매 및 카드 단말기 설치, 아들의 국회 4급 비서관 특채 등이 논란이 되더니, 북한이 핵실험을 몇 번 했는지 대답하지 못했고, 청와대 참모들에게는 '한 채만 남기고 다 처분하라'고 권유하다가, 자신의 다주택이 문제가 되자, 지역구인 청주의 아파트를 팔고, 재건축을 노릴 수 있는 반포아파트는 보유했다.

방통위원장은 가짜뉴스가 모든 언론을 장악하도록 방치했고, 권익위원장의 활동은 문재인과 민주당에 유리한 정치적 판단만 하였다.

대법원장이라는 사람은 임기 내내 코드인사, 성향에 따른 선택적 재판 지연, 대법관 인사 개입, 사법 농단 의혹, 거짓말 등 논란이 끊이지 않았는데, 전교조 관련 판결에서는 헌법재판소의 결정을 뒤집으면서, 전교조의 불법은 덮이고, 박근혜 정부의 위법만 부각시켰다. 결국 사법부의 독립성을 포기한 역대 최고의 무능 대법원장이 되었다.

문재인 정부 5년은 이 땅에 다시는 태어나지 말아야 할 최악의 시기였다.

문빠들

문재인의 극단적 지지층을 가리키는 비속어인데, 이들의 가장 큰 문제는 '자신들과 조금이라도 성향이 다르면 적폐나 친일파 등으로 무조건 몰이한다'는 데에 있다. 그들은 문재인과 문재인 정부에 대한 그 어떠한 비판도 용납하지 못하며, 철저히 응징하는 걸 보면 문재인을 교주 혹은 우상으로 섬기는 자세이다. 친문 세력만이 정의이며, 그 외는 모두 청산할 악의 무리라는 흑백논리, 선민의식에 패권주의성향도 강하다. 또 천안함 피격 사건을 암초 충돌, 잠수함 충돌, 더 나아가 MB의 자작극으로 몰아갔다. 문빠들은 '내로남불'의 전형이며, 그들의 이중잣대는 민주당 내에서도 암적 존재였다. 온라인 여론 조작, 문자폭탄 테러, 신상털이 및 공격, 가짜뉴스 유포 등이 그들이 상용하는 수법이었다. 문빠는 이낙연이 경선에 패배하자 분열이 되어, 일부는 민주당 탈당 및 지지 철회를 했고, 일부는 그렇게도 비판했던 이재명을 지지하기 위해 개딸들과 연대를 했다. 대한민국 정치사에 다시는 이런 패거리들이 있어서는 안 되겠다.

개딸들

이재명 민주당 대표를 열혈 지지하는 여자들을 '개혁의 딸들'이라는 뜻으로 그들이 스스로 지칭하는데, 내가 느끼기에는 개혁의 딸들이 아니라 '개 같은 x들'이라 생각된다. 그들이 하는 말과 행동들을 보면 주인 외에는 무조건 물어뜯으려고 하는 생각 없는 개들과 너무 흡사하기 때문이다. 범죄 피의자인 이재명에 대한 체포동의안에 찬성표를 던진 민주당의원들을 색출하겠다면서 이른바 '공천살생부'를 만들고, 문자폭탄, 수박깨기, 좌표찍기 등 뉴스에 나오는 짓거리들을 보면 정치에 대한 혐오만 부추길 뿐이다. '개 같은 x들'의 행위는 스스로 표 떨어뜨리는 개 짖는 소리다.

정치패널들

TV 프로그램에 나와서 자신이 속한 당 의원들의 비리나 범죄혐의를 옹호하거나 변명하는 패널들을 보면 그 사람들이 참 불쌍하다는 생각이 든다. 자신의 목줄을 쥐고 있는 보스에게 잘 보이기 위해, 그래서 혹시 당선되기 쉬운 텃밭에 공천 받아서 '구쾌의원 특권 한번 누려볼 수 있지 않겠냐?'는 생각으로 마음에도 없는 말을 뻔뻔하게 국민 앞에 변명을 늘어 놓아야 하는 처지가 불쌍하다는 것이다. 대변인, 부대변인은 물론이고, 언론특보라는 사람, 무슨 위원회 부위원장이라는 사람, 심지어는 최고위원, 상임위원 등 감투도 참 많기도 하지만, 언론에 나와서 하는 얘기를 들어 보면 속이 뻔히 보인다. 집안 식구나 마음 통하는 친구들에게는 아마 '양심에 없는 말을 할 수밖에 없는 나를 좀 이해해 달라. 오죽하면 나도 이렇게 살겠냐?'라며 하소연할 것 같다. 이런 사람들 참 고생이 많다. 만약 양심의 가책마저 느끼지 못하는 사람이라면 어쩔 수 없지, 양심에 털 난 사람들이니까.

가짜뉴스로 먹고 사는 사람들

16대 대통령 선거 때, 이른바 '병풍사건'이라는 가짜 뉴스가 결정적인 영향을 미쳐, 대통령이 될 뻔했던 이회창 후보는 낙선하고 말았다. 가짜 뉴스를 퍼뜨린 사람은 나중에 실형을 선고받았지만 선거는 이미 끝난 후였다. 어느 여배우는 미국산 소고기에 대한 광우병 파동이 났을 때, '미국산 소고기를 먹으니 차라리 청산가리를 털어 넣겠다'라 하여 청산규리로 불렸는데, 미국 여행 중에 미국산 소고기로 만든 햄버거를 먹는 모습이 카메라에 잡혀서 참 웃겼다.

경부고속전철 건설이 진행 중일 때, 어느 여자 스님은 '천성산에 터널을 뚫으면 도롱뇽이 다 죽는다.'라고 단식투쟁을 하여 공사를 못하게 했다. 공사지연으로 인한 손실액은 수백억 원에 달했으나, KTX 준공 후 천성산의 도롱뇽 개체수가 줄었다는 보고는 없다. 그 스님은 밥 잘 먹고 있는가?

성주에 SAAD(사드)를 배치할 때, 사드 반대집회에서 '어느 날 우연히 전자파에 튀겨진 네 모습을 바라보면서', '강력한 전자파 밑에서 내 몸이 튀겨질 것 같아 싫어' 등의 괴담을 퍼뜨린 사람들은, 6년이 지난 후 '사드에서 나오는 전자파가 통신사 기지국보다도 영향력이 낮다'는 결론이 나온 후에 지금은 어디에 숨었는가? 일본이 후쿠시마 원전 처리수를 방류한 날, 마치 우리 식탁에 바로 방사능에 오염된 생선이 올라오는 것처럼 떠들던 사람들은 요즘 다 어디 갔는가? 왜 방송채널마다 '겨울엔 방어가 제철'이라 하고, 수산물 시장의 활어 얘기가 그렇게도 자주 나오는데, 오염수 얘기는 쏙 들어가고 없는가? '직업적 음모론자'라 할 수 있는 가짜 뉴스 공장장은 아직도 인기가 여전한가?

민노총

우리나라에 민주노총이란 단체가 없었다면 대한민국의 경제규모는 두 배 이상 커졌을 것이다. 불법파업, 불법시위와 농성, 폭력, 고용세습, 부정선거, 정치 개입, 간첩 활동, 천안함 피격 사건 왜곡, 노사 갈등, 서울 광장 불법 점거 노숙 및 술판, 공권력인 경찰 구타 등 세계 어느 나라에도 민노총과 같은 노동 단체는 없다. 어느 미국인이 '현대 자동차에 강성 노조가 없었다면, 현대는 세계 1위의 자동차 회사가 되었을 것'이라고 했다. 민주노총이 아니라 비민주 불법 종북 노총이라 해야 마땅하다. 2023년에는 민노총 전/현직 간부 4명이 북한에서 지령을 받아 간첩 활동을 벌인 혐의로 구속 기소되었는데, 이에 대해 민노총은 '국가보안법을 폐지하라'고 맞서고 있다. 문제 해결은 지극히 간단하다. 북한에 동조하는 사람들을 북한으로 보내 버리면 된다.

50억 클럽

　대장동 일당이 민관합작 개발법인의 7% 지분만으로 1조 원에 이르는 수익을 거뒀는데, 이들로부터 50억 원을 받기로 약속 받은 법조계 인사들을 일컫는 말이다. 이재명의 최측근인 J와 K는 428억 원을 약정 받은 혐의로 구속/기소됐고, 화천대유에 근무한 아들의 퇴직금 명목으로 50억 원을 받은 K의원도 구속됐으며, 역시 화천대유에 근무한 딸을 통해 총 25억 원을 챙긴 혐의로 전 특검도 구속되었다. 또 다른 50억 클럽 멤버는 이재명 무죄재판 거래 논란이 있는 화천대유 고문인 전 대법관과 역시 화천대유 고문인 전검찰총장, 전 검사장, 언론계 인사 홍 모 씨인데 이들에 대해서는 계속 수사 중이니 지켜볼 일이다.

전교조

민노총 산하 교원노조다. 민노총과 마찬가지로 이적행위 및 종북성향이 강한 조직원이 많아, 정치편향적 교육과 친북, 반미, 반일의 경향이 있으며, 급진적 페미니즘을 지지한다. 민주노동당에 가입하여 후원활동을 했으며, 종북사상을 강의하고, 김정일 어록인 '오늘을 위한 오늘에 살지 말고 내일을 위한 오늘에 살자'를 교실 급훈으로 내건 사건도 있었다. 빨치산 추모 전야제에 학생과 학부모 수백 명과 함께 참가한 교사도 있으며, 소속교사 국가공무원법 위반사건 관련 시국선언, 국가수준 학업성취도 평가반대 시국선언, 세월호 침몰사건 시국선언, 법외노조 반대 시국선언, 한국사 교과서 국정화 반대 시국선언 등 걸핏하면 시국선언을 해대는 정치집단이 되어 버렸다. 기간제 교사 성폭행, 민주노총 전교조 간부 성폭행 및 피해자 비난, 전교조 출신 교무과장의 숙명여고 쌍둥이 자매 시험지 유출사건, 학교폭력 처벌강화 반대, 장애인 성폭행 및 자살 사건 등의 사건이 있었고, '6.25 남침 유도설'과 '이태원 압사사고는 미국 문화를 주입 받은 교육 탓'이라고 교육했다. 조직원 중에는 참교육을 지향하는 젊은 교사들도 많이 있으나, 사건 사고를 워낙 많이 치다 보니 참교육의 기치는 빛이 바래졌다.

주사파

김일성 주체사상을 신봉하는 사람들을 일컫는 말이다. 92년 안기부 수사 발표에 의하면 "역대 전대협 의장들은 전부 주사파 조직원"이라고 했다. 즉, 통일부 장관을 지낸 1기 의장, 국회의원과 철도공사 사장을 지낸 2기 의장, 문재인 정부 초대 비서실장이 된 3기 의장, "김일성을 존경한다", "북한은 정의와 자주권이 보장돼 있는 한반도의 유일한 정통 정부이고, 북한에 의한 통일만이 진정한 조국통일"이라고 주장한 4기 의장, 5기 전대협의장은 "김일성 주석을 핵심으로 하는 수령관에 동의한다. 김일성 주석은 항일독립투쟁을 전개했고, 더 나은 사회주의 발전을 위해 자발적으로 참여, 지금의 북한을 훌륭하게 건설했다. 북한은 세계 어느 나라보다 정치적 자주, 경제적 자립, 군사적 자위를 갖추기 위해 노력하는 나라"라 주장했다. 17대 국회에서 열린우리당 공천을 받아 당선된 전대협 간부 출신은 12명이나 된다. 인터넷 매체 '데일리안'에 따르면 국회의원 외 보좌관, 사무처 직원 등으로 국회에 들어가 있는 전대협 출신이 150명, 청와대에 80명 가까이 된다고 하였다. 주사파 지하조직 "자민통" 기관지는 "영생불멸의 주체사상을 향도이념으로 하고"라 시작되며, 90년 8월 자민통 가입 결성식에서는 "김일성 수령님 만세! 김정일 지도자동지 만세! 한국민족민주전선 만세! 민족해방 민중민주주의 만세!"를 외쳤다.

패거리 정치인들

국리민복(國利民福)에는 전혀 관심이 없고, 오직 '국쾌의원 한 번 더 해서, 뇌물 더 받아먹고, 특권 더 누려보겠다'는 생각만으로 보스에게만 충성하는 정치인들로, 친명계/비명계니, 친윤계/비윤계니 하면서 자기들끼리 파를 나누고, 서로 제 잘났다고 싸우고 자빠졌다. 조선시대 동인/서인, 남인/북인이 서로 싸우다가 나라가 망하는 빌미를 제공한 역사가 생각난다. 이런 패거리들에게 더 이상 정치를 맡겨서는 안 된다. 검사 출신이 대통령이 되자 '나도 국쾌의원 한 번 해묵자'라 생각하는 일부 검사들도 마찬가지다.

이런 사람들

물난리에 파안대소를 하고, 코로나 방역 기간 중 심야까지 동료 의원들과 술 파티를 벌인 인간들, 하는 말이 거의 전부 거짓말인 인간들, 무식한 인간들, 의원활동보다 자신의 본업에 더 열중인 인간들, 사기치는 인간들, 바른 말을 잘 하는데, 행동은 말과 정반대인 인간들, 내로남불의 전형을 보여주는 인간들, 부동산 불법 투기로 돈 번 인간들, 위장 전입, 자녀 병력 면제, 논문 표절을 당연시 여기는 인간들, 얄팍한 지식으로 국민을 현혹하는 인간들, 평생 직업을 가진 적이 없는 사람이 정치인 부모 덕분에 수백억 원의 재산을 가진 인간들, 뇌물을 받고 오리발 내미는 인간들, 공식석상에서 막말을 하고 여성을 비하하는 발언을 하는 인간들, 북한 김정은의 주장을 동조하는 인간들, 노인과 청년을 갈라치기 하는 인간들, 지방마다 가서 다른 말을 하는 인간들, 차명재산을 보유한 인간들, 지위를 이용해 사적인 이득을 취하는 인간들, 진영논리에 빠져 사실을 왜곡하는 인간들, 부정한 방법으로 돈을 벌어 유력 정치인의 힘을 빌려 구쾌의원 특권 한번 누려보겠다는 인간들, 다양한 전과기록이 너무 많은 인간들, 상황에 따라 말을 계속 바꾸는 변신의 귀재 인간들, 권력에 무조건 아부하는 인간들, 산불 때도 골프를 치고, 홍수 때도 골프를 치고, 폭설현장에서 술 파티를 벌이는 인간들, 유흥업소나 사적인 일에 법인카드를 사용하는 인간들, 이런 인간들에게 절대로 정치를 맡겨서는 안

된다. 그것이 나라를 살리는 길이다.

내가 여기에 쓴 '나라를 살리는 사람'과 '나라를 망치는 사람'은 나의 소신이다. 나는 여당, 여당을 구분하지 않고, 좌와 우를 구분하지 않는다. 나는 다만 우리나라가 정의로운 사회, 안전한 사회, 모두가 잘사는 행복한 사회가 되기를 간절히 바랄 뿐이다.